限界捜査

安東能明

祥伝社文庫

プロローグ

ぬめりとした南風を頬《ほお》に感じた。

開け放った戸から、なにかよからぬものを運んできたかのようだ。

本署の指令を受けた、法善寺《ほうぜんじ》南交番の山根和之《やまねかずゆき》巡査がまずしたことは、壁に張られてある地図を確認することだった。交番は三百棟《とう》近い団地のまんなかにある。南側が旧公団の西赤羽《にしあかばね》団地、北にかけては都営葵《あおい》ヶ丘《おか》団地。国内でも有数の団地密集地帯だ。

山根は表に停《と》めてある原付バイクにまたがった。道路は夕方降った雨で濡《ぬ》れていた。月も出ておらず、ふだんより闇が深い。街路灯の明かりを縫《ぬ》うように、葵ヶ丘一丁目に入った。葵ヶ丘団地北エリアと呼ばれる一帯だ。ここだけでも、五十近い棟が建っている。

低層の無個性な箱形団地が連《つら》なるゆるい坂を上った。側面にとりつけられた棟番号だけがモダンな感じだ。一週間前、このエリアに住む主婦が夫のＤＶを通報してきたが、どの棟だったのか覚えがない。

Ａ27棟。給水塔を背にした四階建ての棟。あれのようだ。明かりのついていない部屋がけっこうある。すべて空き室だ。

背面に回り込んで、原付バイクを停めた。増設を繰り返して、ダクトだらけになった建物は、化学工場の背面を思わせる。ゆっくりと階段を上がった。

四〇五号のドアベルを押すと、内側から鉄扉《てっぴ》が開いた。長い髪を赤っぽい色に染《そ》めた三十前後の女が、首を伸ばすように顔を突き出した。

「夜分失礼します。法善寺南交番の山根と申します。北原美紗子《きたはらみさこ》さんですか？」

女は濃いマスカラの入った目で山根を見つめ、小さくうなずいた。

ぷんと香水のかおりが漂《ただよ》った。

髪をきれいにとかし、首もとにロングネックレスが覗《のぞ》いている。モノトーンのチュニックに花柄のストールを巻きつけ、腰には細身のベルト。独身の女がデートに出かけるような感じだ。しかし、それはないだろう。連絡票によれば、夫と離婚して、いまは娘とふたり暮らしのはず。このおれの来訪を待って、めかし込んでいたのだろうか？

「一一〇番通報したのはおたくさんですね？」

「あの、はい、しました」

「お嬢さんが学校からまだ帰宅されていないとお聞きしましたが、いかがですか？」

「あ、まだ帰ってこないんですよ」

山根は胸ポケットからメモ帳をとりだし、ボールペンを握った。

「えっと、お子さんのお名前は、北原奈月《なつき》ちゃんでよろしいですか?」

メモ帳に書き込んできた名前を口にする。

「はい」

「小学校の何年になります?」

「葵ヶ丘小学校の一年二組です」

「一旦、学校から帰ってきて、出て行かれました?」

「いえ、学校を出てから行方《ゆくえ》がわかりません」

母親らしからぬ抑揚《よくよう》のない言い回しが山根の耳にざらつく。

「ふだん、下校は何時頃になりますかね?」

「金曜日ですから、午後の五時半には帰宅するはずなんですけど」

とはじめて、美紗子の顔に迷いの色が浮かんだ。

「塾とかお稽古事《けいこごと》には通っていますか?」

「いませんけど、わたしの仕事の都合で、学校が終わったら、西図書館の育成室で二、三時間お世話になっています」

育成室は児童を夕方まであずかる小規模な区の施設だ。

「きょうもそこに寄ったんですか?」

「訊《き》いてみましたけど、来ていないそうです」

「友だちの家に寄ることはありますか？」

「ないと思います」

「学校には行かれました？」

「あ、はい。さっき行って、用務員さんに話しました」

「担任の先生は？」

「これから連絡しようと思ってます」

まだ、していないのか。

山根は足をすくわれたような気がしたが、こんなものかと思った。行方不明事案は、春先からたびたび発生している。子どもに限っていえば、すべて迷子だ。たいていは、その日のうちに見つかるが、宇都宮《うつのみや》までひとりで行って、二日後に見つかった小学三年生の男子もいる。山根はとりあえず、きょう登校したときの服装を訊いた。

「紫の水玉模様のスモックにスカートですけど」

スモックと言われてもピンとこなかったが、手帳にはそのまま書いた。

「靴《くつ》は？」

「ピンクの運動靴です。緑色のデイパックを背負っています」

「緑のデイパックと……身長と体格はどんなふうになります？」

「一一六センチで一九キロだったと思います。細身です」

「髪型は？」

「縄編《なわあ》みのシニヨンに」

　地肌が出るくらい、髪をきちきちっと巻き上げたものを山根は想像した。

「これまでにも、この時間になっても、奈月ちゃんが帰ってこなかったことはありましたか？」

「なかったです」

「街中で遊ぶというようなことは？」

「ときどき、遊びに連れて行くことはしましたけど、ひとりでは行かないと思います」

　差し迫った感じがしない。もともと、こういう話し方なのか、子どもの行く先に心当たりでもあるのだろうか。

「ほかに、お母さんが思い当たるような場所はありますかね？」

「西川口《にしかわぐち》に母が住んでいて、先週、電車でなっちゃんを連れて帰ったんですよ」

「ほー、西川口」赤羽駅から電車に乗ってふた駅だ。「奈月ちゃんは、ひとりで電車に乗れますか？」

「お正月にひとりで行ってきました」

「お金は持ってましたかね？」

「たぶん、五〇〇円くらい」

「そちらへ確認は取りました？」

「まだ、来ていませんでした。来たら連絡をくれるようになっていますけど」

写真を貸してもらえないかと言うと、すでに用意していたらしく、美紗子はプリクラのシールを二枚寄こした。ポニーテールにまとめ、眉毛がまっすぐ伸びた黒目がちの愛らしい女の子だ。小学一年生にしては、しっかりした顔付きに見える。小学校からここまで七〇〇メートル足らず。そのあいだに、崖《がけ》や池などもない。家庭の事情から見て誘拐はありえない。各交番と警らのパトカーに知らせればすむはずだ。本署への報告は、交番に着いてからでいいだろう。午後十一時からシートベルト着用取り締《し》まりが一斉《いっせい》に行われる。その準備のほうが山根は気にかかった。

「了解しました。では、またなにかありましたら、こちらにお電話頂《いただ》けますか？」

山根が差しだした名刺を美紗子は受け取った。

「わかりました」

「では、これで失礼します」

まだ確認するべきことが残っているような気もしたが、母親の様子からして緊急性はないと判断し、山根は原付バイクに乗った。母親の仕事を聞きそびれていたものの、たいしたことではないように思えた。ヘルメットに雨の滴《しずく》を受けた。大粒だ。これからまた、ひとしきり降るだろう。六月七日金曜日。夜の十時を回っていた。

第一章　不明

1

疋田《ひきた》務《つとむ》は午前八時ちょうどに赤羽中央署に出署した。エレベーターで三階まで上った。生活安全課の暖簾《のれん》をくぐると、当直《とうちょく》明けの係員が目にとまった。土曜日なので、ほかの署員は休みだ。

疋田は少年第一係の係長席についた。

「……それで、お母さんはご納得しているんでしょうか？」

小宮真子《こみやまこ》は電話中だった。落ち着いたダークブラウンの髪。斜めの前髪で、襟足《えりあし》がすっきりと見えるボブスタイルだ。耳まわりの髪をかき上げながら、メモ用紙に書き込んでいる。

相手は学校の先生のようだ。

小宮はしばらくして、受話器を置いた。

「もう、どうしちゃったんだろう」

とメモ用紙を手に取り、背もたれによりかかった。

「昨夜《ゆうべ》、急訴事案でもあったか？」

呼びかけると、小宮は首を横にふり、奥二重《おくぶたえ》の大きな目で疋田を見た。

「えーと、赤羽駅でカップルが路上強盗、工事現場ねらいの窃盗《せっとう》とひったくりが一件」

「ホシは？」

「ぜんぶ、捕《と》りました」

「で、いまのは？」

疋田がメモ用紙を覗《のぞ》きこむと、小宮はまた指で髪をかき上げた。

「小学校の先生からです。小学一年生の女の子が昨日《きのう》の晩から帰宅していないんですよ」

「迷子？」

「違います、どうも」

「まだ、見つかっていないのか？」

「はい、まだ。ひったくりのホシ捕りの途中で、交番の巡査から報告が上がってきたんですよ。母親が念のために一一〇番通報したとか。わたし、ひったくりのホシの身柄をあずかったので、そのあと確認できなくて」

署員の少ない宿直勤務は、生活安全課が受け持つ以外の事案にも対応しなければならない。

「それで、今朝になって学校の先生が心配して電話してきた？」

「はい。朝早くに、マル対の母親から学校に電話があったそうです。間を置かず女の子の母親に連絡してみましたが、要領を得なくて」

母親はまる一晩、先生に連絡しなかった？

「報告を上げてきたのは？」

「法善寺南交番の山根さん。昨夜の十一時過ぎに。そっちもだめです」

今年配置になったばかりの若い巡査だ。マニュアルどおりの対応しかできないはずだ。

「母親は自宅にいるんだな？」

「ええ。担任が向かっています」

「うちの刑事課長には上げたか？」

所在不明事案は、まず、所轄署の刑事課長への即報が原則だ。

「刑事課の当直員が報告済みです。うちの課長にも」

「わかった」

幼児の行方不明事案の初期対応は、少年第一係の担当になる。

疋田はいやな予感を覚えた。

「マル対の家に行こう」

「了解」

「遅れましたぁ――」

オレンジのTシャツを着た野々山幸平《ののやまこうへい》巡査が、セカンドバッグを席に叩《たた》きつけるように置くと、給湯室に足を向けた。

「あ、幸平くん、ちょっと待って」

小宮に呼び止められて、スクウェアタイプのメガネの奥にある丸っこい目を白黒させた。団子《だんご》っ鼻《ぱな》に愛嬌《あいきょう》がある。去年、配属になったばかりの新米刑事《デカ》だ。

「お茶なんてあとあと。クルマ、表に回して」

言われて、野々山は壁のキーボックスから面パトのスマートキーを取りだし、部屋から出て行った。机の上に広がる書類を片づけて、小宮も席を立った。

ブルーのリネンシャツに紺《こん》のスリムパンツ。今年三十五歳になる小宮の身長は一六五センチと女性にしては高い。それを気にして靴はフラットシューズが専門。空手二段の巡査部長。長期休暇を平気でとる独身貴族だ。ついたあだ名は〝晩嬢《ばんじょう》〟。

小宮が部屋を出ると、疋田はその場で綿パンをジャージに穿《は》きかえた。身長は一七〇センチそこそこだが、柔道で鍛《きた》えた筋張った体型だ。来週、十二日の誕生日で四十歳の大台に乗る。

赤羽中央署はＪＲ赤羽駅の東口の繁華街にある。赤羽東本通りに面して建っている六階建てのビルで、駅まで歩いて五分の位置だ。捜査対象者《マル対》の自宅がある団地に行くには、いったん環状八号線まで出てから、赤羽駅の北側を大回りしなければならない。その環八で、長い赤信号につかまった。

小さな雨粒がフロントガラスに落ちた。薄曇りの空だ。本降りにはならないだろう。

運転手の野々山が私物のスマートフォンをとりだした。待ち受け画面は、鹿と大仏をかたどった奈良県のキャラクターだ。

「また迷子ですかね」

メールチェックをはじめた野々山がつぶやいた。

「そうであってほしいな」

疋田は軽い願望を口にした。

「幸平くん、このお天気よ。ヘンコが出ても、おかしくないわよ」

と小宮は興奮気味だ。このところ、宿直明けは気分が高ぶるようだ。

化粧ポーチから手鏡をとりだし、自分の顔を覗きこんでいる。

「変質者？　年中いますけど」

「梅雨《つゆ》時はあぶないのが出やすいの」

「その待ち受け、お似合いだな」

疋田が引き取った。

「青よ」

「いけね」

小宮が叩きつけるようにファンデーションを塗《ぬ》りだした。人目も気にせず、化粧をするのを見るのは、はじめてのことだった。

雨の日は変質者が多くなる。

疋田は窓の外に目をやった。七年前から立て続けに発生した幼女殺人事件でも、六月と七月に事件が集中した。

まず六月。埼玉県川越《かわごえ》市で六歳女児が行方不明になり、一週間後、入間《いるま》川近くでリュックサックづめの全裸死体が見つかった。七月には東京都東久留米《ひがしくるめ》市のパチンコ店から五歳の女児が誘拐され、半年後に自宅に近い畑で白骨死体が見つかった。その翌年の六月には、埼玉県朝霞《あさか》市で小学一年生の女児が誘拐され、二週間後、朝霞調節池付近で全裸死体が見つかっている。

警視庁と埼玉県警は東久留米署と川越署に特別捜査本部を置き、変質者を中心に洗い出しが行われたが、犯人特定には至らなかった。マスコミ報道は過熱して、一億総探偵の様《よう》相《そう》を呈《てい》した。

当時、東久留米署の交番勤務だった疋田も例外ではなかった。

その夏のことだ。巡回連絡で不審な男と出くわした。野津成治《のづせいじ》という四十八歳になる独身の男だった。強引に男の借家に上がり込み、押し入れを開けてみた。そこには、ビデオテープからはじまってDVDまで、床が抜けるほどのおびただしい数の幼児ポルノがおさまっていた。ただちに、疋田は本署に通報した。

任意同行された野津のDNAは、鑑定の結果、東久留米のパチンコ店で連れ去られた幼女の着衣に付いていた精液のそれと一致した。野津は逮捕され、一連の犯行を自供した。疋田はその功績が認められて、無試験で二階級特進を果たし、巡査から警部補へ昇任した。

しかし、野津は裁判がはじまると、否認に転じた。事件現場で採取されたDNAをその後、再鑑定した結果、野津のものではないことが判明し、野津は逮捕されて二年目の春に釈放され、再審で無罪が確定した。

マスコミは連日、強烈な警察へのネガティブキャンペーンを張った。犯人逮捕の決め手となった疋田の行動に、非難の矛先《ほこさき》が集中した。〝冤罪《えんざい》をつくったのはコイツだ〟と書き立てられ、盗撮写真が週刊誌に載《の》った。出身大学をはじめとして私生活をあばきたてられ、結婚七年目の妻とも離婚した。

職場でも針の筵《むしろ》にすわらされた。無試験による二階級特進に対するやっかみも手伝い、仲間内から白い目で見られた。おまえがいると、マスコミがハイエナのように寄ってくると。以来、交番長が定番のポストになった。それも一年と間を置かず、所轄署を渡り歩き、三つ目の赤羽中央署でようやく、本署の係長職につくことができた。

いまにして思えば、野津が犯人《ホシ》であるという思い込みが災いした。完敗だったのだ。

埼京線《さいきょう》の高架をくぐって、八幡坂《やわたざか》を上る。武蔵野《むさしの》台地の端《はし》にあたる坂だ。

そこを上りきった丘にある交差点の東側に三階建ての校舎が建っている。行方不明の北原奈月が通っている葵ヶ丘小学校だ。一学年は二クラスずつあり、全校児童数は四〇〇人弱である。

「三月と四月にもありましたね」

小宮が化粧の仕上げに、口紅を塗った。

「うん、あった」

「たしか小学二年生の女の子が男に携帯で写真を撮られたんでしたよね？」

「それと、男の子がむりやり、クルマに引きずり込まれそうになった」

と野々山。

「男の子が？」

「野々山くん、女の子だけじゃないのよ」

小宮は唇にはさんだティッシュを丸めて、化粧ポーチの中におさめた。ふだんより濃い化粧をする理由があまりよくわからなかった。

とにかく、迷子であればいいがと、疋田は願った。そうでないとすると、わいせつ目的の連れ去りか。一晩、空《あ》いているから身代金目的の誘拐の線は薄いはずだが。先月も、七十五歳になる独居男性老人が管内の幼稚園児を連れ去り、一昼夜、自分のアパートに泊めるという事件があったばかりだ。

団地の手前でクルマを停《と》めさせた。疋田はスポーツシャツにジャージ、そして、ジョギングシューズという格好でクルマを降りるとゆっくりと走りだした。生暖かい雨粒を頬《ほお》に感じた。

2

A27棟の四〇五号室には、エプロン姿でレジ袋をさげた小宮が先着していた。野々山が運転するセダンは見えない。万一、誘拐犯が近くで見張っていることを想定しての偽装工作だ。その可能性は低いのだが。

ドアをノックすると、小柄で細身の女が顔を出した。北原美紗子ですと名乗った。髪を染めていて化粧がかなり濃い。紺のワンピースにニットジャケットを羽織《はお》っている。すぐうしろに四十前後の髪の黒い女が立っていた。奈月の担任の杉本博子《すぎもとひろこ》のようだ。やや太めで、北原とは対照的にスッピンだ。居間のテーブルに疋田らが腰を落ち着けると、杉本教諭が待っていたかのように切りだした。

「あの、その後、警察にはなにか連絡はありましたか?」

「先生、電話で話した小宮です。あれからは、とくになにも。電話の続きになりますけど、昨日、下校前の奈月ちゃんの様子はどうでしたか? もう一度お聞かせくださいませんか?」

「ふだんと同じでしたし、まさか、いまになっても帰ってこないだなんて……どうしょう」

杉本は動揺していた。行方《ゆくえ》不明になった原因が自分にあるような感じだ。

北原美紗子は、眉根に小じわを寄せ、困惑したような顔でやりとりを聞いている。

「校長先生にご連絡は?」

「しました。北原さんから電話をもらってすぐに」

「で、なにか?」

「来られる職員を集めて、学校で待機させると言ってますけど」

「わかりました。もう一度確認させてもらいます。昨日、奈月ちゃんのクラスは、五時限で終わって、午後二時頃に下校したということでいいですね?」

「はい、そのくらいの時間です」

「放課後、残っていた児童はいますか？」

「男の子は校庭でサッカーをしていました。女の子も遊具で遊んでいた子がいるはずです」

「教室は？」

　小宮は高揚していた。間を置かず連続して質問を発する。

「残らないように指導しています」

「二時に、奈月ちゃんは学校を出たということですね。ふだんは西図書館の育成室に寄るけれども、昨日は寄らなかった」

「はい」

「奈月ちゃんには登下校をいっしょにする友だちがいたと思いますが」

　杉本が美紗子の顔を見やった。

「このごろは好子《よしこ》ちゃんかな」

　黙っていた美紗子が洩《も》らした。

「高木《たかぎ》好子ちゃん？」

　杉本が訊き返した。

「ええ」

　杉本は小宮を見やった。

「高木さんの住まいは、西赤羽団地のカステル西赤羽だったと思います」

カステル西赤羽は、旧公団が新しく建て替えた高層棟だ。

「ふたりはいつも、いっしょに下校しますか？」

「先月くらいから、そうなったみたいですけど」

美紗子が言った。

「でも、好子ちゃんは育成室に行かないでしょ？　その手前で別れるのかな？」

杉本が訊《き》いた。

「たぶん」

育成室のある西図書館は、葵ヶ丘団地西エリアの南端にある。小学校からは、西赤羽団地を横切っていく必要があり、かなり距離がある。北原奈月がそこから自宅に帰るためには、葵ヶ丘団地西エリアを突っ切り、さらに中央公園を通って、北エリアに入らなければならない。北原奈月は毎日、かなりの距離を歩いていたようだ。

芳《かんば》しいことではないと疋田は思った。団地はどこも植生が豊かだ。中央公園など草が生《お》い茂っている。空き家も多いことだし、子どもひとりを隠すような死角はごまんとあるのだ。

「北原さん」小宮が訊いた。「好子ちゃんのお宅には行かれました？」

「電話でお母さんと話しました」

「それでなにか？」

「昨日はいっしょに帰らなかったようです」

「そのお宅に行って、話を訊いてみないと」

小宮は疋田をふりかえり、言った。

「西川口にいらっしゃるお母さんのところにも、いないんですね？」

疋田が口を開いた。

「はい、いません」

北原が答えた。

「離婚された元のご主人の住まいは、どちらになりますか？」

小宮が訊いた。

「たぶん、戸田《とだ》の実家に」

「そちらは確かめました？」

「携帯に電話を入れました。奈月は行ってないです」

怪《あや》しいという目つきで、小宮が疋田の目を覗きこんだ。

「離婚したのはいつになりますか？」

「五年前です」

「元のご主人とはいまでも会います？」

「いえ」

「失礼ですけど、協議離婚ですか？」

「っていうかぁ、働いてくれなかったし―、子どもが生まれたら出てっちゃって」

むっとした感じで美紗子は答えた。地が出てきたと疋田は思った。

「結婚されていたときのご主人のお仕事は？」

「トラックの運転手してました」

「これまで、見知らぬ人に呼びかけられたようなことを、奈月ちゃんは話したことがありますか？」

美紗子は顔を曇《くも》らせ、

「あ、聞いてないですけど」

と声を低めた。

「奈月ちゃんが誰かにいじめられていた、というようなことはありますか？」

「それはないです。ないと思います」

うそはないようだ。

一段落したとばかり、小宮は疋田の顔を見てから、ふたたび美紗子に向き直った。

「わかりました。では、北原さんについてお伺いします。どちらにお勤めされていますか？」

「池袋《いけぶくろ》のコールセンターに」

「お仕事の内容は」

「サプリメントの電話営業です」

「勤務時間は？」

「朝の九時から夕方の五時まで」

「電車通勤ですね？」

「はい」

「赤羽駅までは？」

「自転車です」

「昨日、お帰りになったのは？」

「買い物をして六時頃でした」

「奈月ちゃんは自宅の鍵《かぎ》を持っていて、自分で開けて家でお母さんを待っているんですね？」

「遅くなると、そうなります。なるたけ早く帰るようにしているんですけど」

「昨日はどうされていました？」

「家に帰っても、奈月はいなくて。夕食を作り終わって、七時過ぎになっても帰ってこないから、外に出て探しました」

「夕食の献立《こんだて》は？」

「あ、カレーですけど」

「どのあたりを探しました？」

「団地を回ってから、育成室に行きました」

中央公園は葵ヶ丘団地の北エリアから西エリアをつなぐように、変則的な形でつながっている。あちこちを探して歩いたとしたら、二時間くらいはあっという間に過ぎてしまっただろう。

「奈月ちゃんは、持病とかお持ちではありませんでしたか？　喘息《ぜんそく》とかアトピーとかなんでも」

「ないです」

矢継《やつ》ぎ早《ばや》に質問をくり出す小宮を制するように、疋田は、

「ところで、美紗子さん、おたくに固定電話はあります？」

と訊いてみた。

「ありません」

「奈月ちゃんは携帯電話を持ってますか？」

「いえ」

「では、身分のわかるものを身につけています？」

「ランドセルに、名前とわたしの携帯番号を記したカードを入れていますけど」

「杉本先生、奈月ちゃんの友だちの話を聞く必要があります。保護者に、至急、学校に来るように連絡してください。学校に集まっている先生方も同様です。それと学校内の捜索をお願いできますか？　奈月ちゃんの通学路で危険箇所を把握しているようでしたら、そっちも。側溝、崖《がけ》、路地、藪《やぶ》なんか多いですよね、葵ヶ丘団地は」

「はい、すぐに」

美紗子と杉本は、生徒名簿を見ながら、奈月の友だちをピックアップしていく。

五人候補が出たところで、小宮が電話を入れだした。学校に電話を入れる杉本のかたわらで、疋田は美紗子に奈月の写真がほしいと言った。

美紗子は携帯電話におさめられた奈月の写真を五枚、疋田の携帯に送信してきた。どれも、顔は鮮明に写っている。

「昨日、登校するとき着ていた服の写真はありますか？」

訊くと、美紗子は二枚目に送ってきた写真を示した。

長袖《そで》で紫色のゆったりした水玉模様の上着。首まわりに白いレース。長い髪をシニヨンにまとめて、前髪が額《ひたい》にかぶっている。六日前に自宅で撮ったものだと美紗子は言った。

交番の巡査の報告とは少しちがっているようだ。

鼻が少し上を向いていて鼻の穴がよく見える。大きめの目とまっすぐ伸びた眉毛。五枚の写真に写っている奈月の口はすべて半開きで、上の前歯が露出していた。素直というより、いまにも、話しかけてきそうな好奇心の強そうな顔立ち。見知らぬ男が声をかけてきても、すぐ応じるタイプに見える。身長と体重、話し方、靴とデイパックの色や形状を聞き取った。

「この服は、いつお買い求めになりましたか？」

「先月の終わりに。バーゲンで、三二〇〇円もしちゃった」

「それ以来、学校へはずっとこの服で通っていました？」

「いえ、写真を撮ったこの日に、家ではじめて袖を通しました。外には着て行きません。そのあとは昨日です。本人が着て行くと言ったので出してやりました」

「昨日、はじめて着て外に出たということですね？」

「はい」

疋田は頭の中で整理した。まず、教師と奈月の友人たちへの聞き込みが必要だ。離婚した父親と西川口にいる祖母の事情聴取もいる。最悪のケースを想定し、誘拐を専門にする警視庁捜査一課の特殊班の臨場《りんじょう》も仰《あお》がなければならない。午前中にすませるだけすまし、それでも見つからない場合は、大がかりな捜索活動を展開する必要が出てくるかもしれない。

疋田は居間のとなりの部屋に移り、ふすまを閉めて、携帯で生活安全課長の西浦忠広《にしうらただひろ》警部に報告した。捜査一課をはじめ、できるかぎり署員を集めて応援を送るとのことだった。居間に戻ると小宮が持ってきた管内地図をテーブルに広げて、通学ルートを美紗子に書かせていた。

3

団地を出たところで、野々山の運転するクルマに拾ってもらい、小学校に行くように命じた。

「マコさんはマル害の自宅に?」

「離れられない」

宿直明けできついところだ。それに、かなり興奮していた。宿直で第一報を聞いたせいだろう。大丈夫だろうか。事件さえなければ、いまごろ、家に帰って休んでいるはずだが。

小学校の職員室に顔を出すと、生活安全課の仲間が五人ほど先着していた。その中に猫背気味の背中が見えた。同じ少年第一係の末松孝志《すえまつたかし》巡査部長だ。疋田より三つ年上で、水《み》戸《と》のそろばん塾の次男坊。きょうもブルゾンにスラックスという出立《いでた》ちだ。疋田に気がつくと、歩み寄ってきて、

「一番レースの途中で呼び出されちゃって」

と、どろんとした目で機嫌悪そうに言った。

非番の日は、競輪場で車券を買うのが末松の習いだ。

「きょうはどこの？」

「西武園《せいぶえん》。先生方、全員みえてますよ」

末松が言うと、額の広い五十過ぎの男が横から出てきた。

校長の中谷《なかたに》先生と紹介される。疋田は名乗った。

「奈月ちゃんのお母さん、いかがですか？」

中谷が待ちかねたように言った。

「うちの課の人間がついています。いまのところは大丈夫だと思います」

「杉本先生もいっしょですか？」

「もう、こちらに着く頃だと思います。お願いした件は？」

末松が代わりに口を開いた。「あ、係長。うちの刑事課の連中が、先生方といっしょに通学路を回っていますけど」

来る途中で見かけた何人かがそうだろう。

「助かります。何人くらいで？」

「十人くらいでしょうか」

疋田は末松を見た。

「うちからも、同じくらいになります」

きょうは土曜日で休みの人間が多い。刑事課長が非常招集をかけたのだ。

「育成室の職員のところにも聞き込みに出向いていますから」

「了解。校長先生、杉本先生からお話は聞きました。ほかの先生方からなにか、ありましたか?」

「なにもないんですよー、それが」中谷は目を細め、顔をしかめた。「なにしろ学校に上がってまだ二カ月でしょう。遊ぶ友だちも、くるっくる変わるんですよ」

「学校で把握している変質者を教えていただけませんか?」

「リストはあります。名前くらいで住所もわからないのが大部分ですが」

「かまいません。ください」

「用意します。あ、来た来た」

中谷が校庭を走ってくる男の子たちを見て、言った。

「保護者にお願いして、奈月さんと同じクラスの子を呼びました。半分以上、集まると思いますから」

「それは助かる」

親友もその中にいれば、それに越したことはない。

そのとき、疋田の携帯が鳴った。非通知だった。今朝は二度目だ。しかし、疋田はピンときた。

窓際により、携帯のオンボタンを押して耳にあてた。

無音だった。

「もしもし?」

応答はないが、電話口にいる気配が感じられる。

「もしもし……」相手の息づかいに耳を傾けた。「慎二《しんじ》?」

電話口で呼吸が乱れるのがわかった。

やはり、そうだ。慎二だ。

――離婚した妻に引き取られた息子。

今年で十三歳。

もう一度、声がけしようと思っていたら通話が切れた。

離婚したときは小学一年生だった。この春、中学校に入ったはずだ。

離婚してから会ったのは一度きり。それが、きょうの朝になって、いきなり電話がかかってきた。非通知でも、なぜか相手が慎二だとわかった。

どれほど、会いたかったか、声を聞きたかったか。

胸に温かいものが広がるのを感じながら、携帯をしまった。

末松が妙な顔で見ている。

疋田は頭を切り替えて、校長に向き直った。

教室をふたつ開けてもらい、児童らを少人数に分けた。生活安全課の刑事たちがふたりひと組になり、話を聞いた。

疋田は、単独で奈月が通学をともにしているという高木好子を受け持った。北原美紗子が親友だと話した子のうちのひとりだ。

ふっくらとした顔立ちの子だ。母親も付き添っている。昨日の下校時の様子を訊くと、好子は少し困った感じで、

「えっとぉ、昨日はいっしょに帰らない」

と答えた。

「よっちゃん、一昨日《おととい》はどうだった？　いっしょに帰ったかな」

母親がやさしく語りかけた。

「うん、帰ったよ、うん」

「育成室の近くで別れたのね？」

「うん」

高木一家が住んでいるカステル西赤羽は、公務員宿舎から道路をはさんで東側にある。

その公務員宿舎の手前のところで、別れたという。小学校から西へ五〇〇メートルほどのところだ。

「好子ちゃんは育成室に行ったことある？」

「うん、ある」

「そこで、仲のいいお友だちいる？」

好子はまた困ったような顔で、

「わかんない」

と答えた。

育成室の関係者から話を聞くしかないだろう。

「えっとねえ、好子ちゃん、これまでぜんぜん知らない人から、声をかけられたことある？」

「うーん、ないぃ」

甘えるような仕草で、好子は母親によりかかった。

「下校するときのこと、教えてくれる？　好子ちゃんが奈月ちゃんといっしょのときは、いつも、校門を出て、どっちへ行くかな？」

疋田は地図を見せて示すように言った。好子は西赤羽団地の北端に沿った道を指さした。カステル西赤羽に行くのは、その道しかない。

「でね、奈月ちゃんがひとりで校門を出たところなんか、見たことある？」

「うん、こっち」

好子は自分の帰宅ルートとは反対側の方角をさした。

「北だね」

「そう思います」

母親が代わって答えた。

小学校の門は、学校の西側の道路に面している。その道路を北に一〇〇メートルほど行けば、横断歩道橋がある。歩道橋の向こう側は、公園になっていて、そこを出れば、葵ヶ丘団地の北エリアだ。

「よっちゃん、ほら、この前。奈月ちゃんがうちにきたとき、なにか言ってたじゃない」

母親が語りかけると、好子はその顔を見上げた。

「この前、ほら、うちでアイスクリーム食べたとき」

「食べた食べた」

奈月は、高木家に遊びに行ったことがあるようだ。

「えっとねえ、秘密基地って」

「秘密基地？　どこのことかな。そこで遊んだりしたの？」

疋田が訊き返した。

「うーん」

好子は顔を曇らせた。

「中央公園の中とかにある?」

「ううん」

「じゃあ、空飛ぶ円盤の公園とか」

北原母子が入居している棟の西側に、UFOの形をした遊具を置いてある公園があるはずだが。疋田は、候補になりそうな場所を思い起こした。葵ヶ丘中央商店街の店はどうだ? 昔は流行《はや》っていたらしいが、いまではさびれて、シャッターの降りた店が多くなった。その中のどれかとか。疋田は口にしてみたが、好子は思い当たらないようだ。

秘密基地。

どこのことだ。

葵ヶ丘団地が完成したのは昭和三十四年。明治以降、赤羽は軍都と呼ばれていた。戦時中は火薬庫や被服本廠《ほんしょう》などの軍関係の施設が建ち並び、終戦直後は米軍が使っていた。それらがなくなり、空いた土地に大規模な団地が造られたのだ。

それから五十年あまりが過ぎて、団地は区画ごとに建て替えが進んでいる。緑が生い茂り、藪になって見通しがきかないところが目立つようになってきた。住民らが作った物置や小屋のようなものも、あちこちにある。

考えあぐねているのを見越《みこ》したのか、母親が好子の顔を覗きこんだ。

「ねえねえ、よっちゃん、奈月ちゃんと秘密の基地で遊んだの？」

「ううん。あのねえ、秘密のね、基地がね、あるよって。前になっちゃんが言った」

「前っていつのこと？」

好子が困ったような顔付きをしたので、

「五月にお休みがたくさんあったの覚えてる？　それより、あと？　前？」

と疋田は助け船を出した。

「あとあと」

「場所はどこか知らないのね？」

「知らない」

母親はすまなそうに疋田の顔を見やった。

高木好子から得られるものは、もうなさそうだった。

4

疋田がいなくなった部屋で、小宮は北原美紗子と教師のやりとりを聞いていた。美紗子も自分と同じように、濃いメイクをしているのに気がついた。

話し相手がいるので、落ち着いていられるのだろう。いざというときでも、外聞を気にするのは自分も同じことだった。こんなとき素顔など見られたら、たまったものではない。

美紗子がマーカーで線を引いた地図をながめた。このどこかで、北原奈月はいなくなってしまった。地図をたどって、学校から歩いてみたらどうだろうと思ったが、無駄なことと思った。

携帯に母親の政恵《まさえ》から電話がかかってきた。

出ようかどうか、小宮は迷った。居留守を使うこともできたが、結局、オンボタンを押した。

「いつになったら、見舞いに来るの」

いきなり来た。

「あっ、ごめんなさい」

「浩之《ひろゆき》は毎日来てくれてるのよ。まったく、あんたっていつまで経《た》ってもダメな子」

「ごめんね、今日は仕事があって行けないけど、明日かあさっては行くから。ね」

慌ただしく言って、オフボタンを押した。

政恵が膝の痛みを訴えて、満足に歩けないと言い出したのは、この四月のことだった。リウマチと診断されたが症状は改善されず、入院することになったのだ。

父親は一昨年、肝臓《かんぞう》ガンで亡くなり、政恵の面倒は、実家で同居している弟の浩之にまかせきりだった。五つ離れたその弟を政恵は溺愛《できあい》している。

〝背ばっかし伸びて〟

〝グズ〟

小さいときから、真子は政恵の目の敵《かたき》にされた。

ほんとうに、わたしの母親だろうかと何度も疑った。

強いものを求めて、短大を出るとき警察官の道を選んだ。反対されたが、押し切った。刑事の肩書きが付けば理解を得られると思って必死になった。それでも、生活安全課の刑事という役回りを話すとき、政恵ははぐらかされたような顔になるのだ。よりによって、こんなときに入院など……。

いつになったら応援が来るのだろう。疋田係長は情報を取れたのだろうか。まだ自分にもすることがあるはず。焦る気持ちをおさえ、北原家の中を見て回った。奈月の学習机に立てかけられた学習帳を手にとってながめる。

こんな悠長なことをしていてはだめだ。

仲のよかった奈月の友だちの名前と住所はもう聞いてある。そちらへの聞き込みのほうが優先されるべきだ。疋田係長に電話を入れて了解を得た。小宮は慌ただしく北原家を出た。

5

十一時前、応援要員の署員たちが、続々と学校にやってきた。刑事課長の岩井安典《いわいやすのり》警部も姿を見せた。小ぶりな体格だ。刑事畑が長く三年後には退職となる。万事控えめながら、こつこつと休むことなく仕事をして、雑草を食《は》むように事件を片付けていくタイプだ。若い頃からヤギの岩井と呼ばれている。疋田は自分の課の課長よりも、そんな岩井を頼りにしていた。下で働きたいとも思った。願いは通じて、今年の春、岩井は疋田を刑事課にほしいと署長に申し出たが、その願いは副署長の曽我部《そがべ》に封じられた。

「どうだ、こっちは？」

岩井が嗄《しわが》れた声で言った。

「芳しくありません。署の対応は？」

「現地対策本部ができた。本庁の捜査一課も入ったよ」

「特殊班も？」

「うん。北原家に向かった。母親の携帯に盗聴器を仕込んでる頃だろ。小宮も北原家か？」

「いえ、出ました。奈月のクラスメートの家の聞き込みに廻っています」

「一課の殺人係も北原家の棟に入ったぞ」

特殊班には被害者担当の女性刑事がいる。母親の北原美紗子はそっちにまかせておけばいい。いまの時点では、関係者への聞き込みが先決だ。

「通学路はほとんど団地ですから、そちらの聞き込みもやらないと」

帰宅途中の奈月の姿を見ている可能性がある。

「赤羽駅周辺とバスやタクシーの聞き込みもな。一課は防犯カメラの映像チェックをはじめた。ほかになにかあるか？」

「団地です。空き家も多いし、死角が多すぎます。人手がいりますよ」

葵ヶ丘団地は五千戸。赤羽西団地は三千戸。団地は老朽化が進み、生まれ育った子どもも世代は団地を離れ、老親だけが残った世帯が多い。世帯のほとんどは、ひとりかふたりで、総人口も二万人まで落ち込んでいる。

「うちの署員は非番も含めて全員、投入する。警備課の連中、またぐずぐず言い出すぞ。瀬川《せがわ》のとき以来だな」

瀬川は幼稚園児を連れ去った老人だ。

「うちの監視対象者は？」

子どもに対して暴力的性犯罪を犯し、刑務所に入所していた人物は所轄署の監視対象だ。赤羽中央署管内でも四人いる。

「刑事課で当たってる。いまのところ、全員嫌疑なしだ。近場の署から百人ほどかき集めたところだ。警察犬が三頭で嗅《か》ぎ回ってる。なにか出たら、すぐ教えるから。こっちはどうだ？」

疋田は児童たちから事情聴取した結果を話した。

「秘密基地か……」

「子どもの言うことです。漠然としすぎていて」

「母親には訊いてみたのか？」

「心当たりがないそうです」

「秘密基地ね……団地の中なら、ありそうな気がするな。商店街だってシャッター通りだし。学校の中は？　もう一度、調べる必要があるんじゃないか？」

「先生方にもう一度、お願いしてみます。課長、誘拐の線は？」

「うーん、疋田、おまえはここに残って統括してくれんか。お、庭師登場だ」岩井はうしろを見て言った。「おれは本部に戻る。たのんだぞ、ＢＢ」

離婚経験のあるバツイチの疋田。その部下の小宮真子の〝晩嬢〟の頭文字をとって、署内ではＢＢコンビで通っているのだ。

制服を着て、日焼けした精悍《せいかん》な顔つきの男がやってきた。

「特進」

と男に声をかけられる。

副署長の曽我部実《みのる》。署内の人事を一手に引き受ける警務畑出身の五十二歳。管理部門のメンバー限定のテニスクラブに所属し、週イチでラケットをふりまわす。ついたあだ名は庭師だ。悪いことに、東久留米署では警務課長として疋田と同じ時期に勤務していた。疋田の特進を目の当たりにしているのだ。

「おまえ、部下にどういう教育をしてるんだ？」

「部下がなにか？」

「昨夜、交番の巡査から報告を受けたときの小宮の対応だ」

「上に即報したはずですが」

曽我部は目を吊《つ》り上げた。

「そんなこと、当たり前だろ。緊急性を感じなかったかと訊いてるんだ」

「巡査から上がってきた報告は、そうではなかったようです」

母親の様子から、親戚の家に泊まっている可能性があるという報告内容だったが、そのことは言わないでおいた。

「大事になってみろ。初期対応はどう説明するつもりだ？」曽我部は言った。「あることないこと、書き立てられるぞ」

いまはまだ、マスコミ対応に関わっている時間帯ではない。行方不明事案だ。のんびりと捜査会議を持つ余裕はない。時間との勝負だ。

「そのときはお願いします。急ぎます。これで」

「これでしくじったら、おまえ、確実に飛ばされるぞ。覚悟しておけよ」

疋田はそれには答えず、先生たちの中に入っていった。


小宮真子が学校に来たのは、正午を過ぎていた。ひどく疲れた顔をしていた。北原家にいるよう命じておくべきだったかもしれない。疋田は空いた教室に連れ込んだ。

「昼飯は？」

「コンビニのサンドイッチを」

「ビタミン不足じゃないか。いつかのように倒れても、面倒見んぞ」

「あれ、面倒見てくれましたっけ？」

ようやく、薄い笑みを浮かべたので、疋田は少し安堵《あんど》した。

「時間がない。ほかの子はなんと言ってる？　何人会ってきた？」

「五人。母親が仲のいいと言っていた子です。女の子が三人と男の子がふたり」

「みな、団地住まいか？」

「ふたりが葵ヶ丘団地。西赤羽団地はひとり。残りはアパートと公務員宿舎」小宮は冴《さ》えない顔に戻り、疋田を見た。「奈月ちゃん、見つかりそうですか？」

「いや、どうして？」

「疋田係長の顔、さっきよりずいぶん、明るいから」

「さっき、息子から電話があってな」

「慎二くんから？」

「誕生日が近いからだと思うけど」

「……たしか十二日？」

疋田はうなずいた。

自分の誕生日を小宮が覚えていてくれたのが嬉《うれ》しかった。

「よかったじゃないですか。会えますね」

「秘密基地とか、そんなのは出なかったか？」

「あ、ありました。男の子から」

疋田は身を乗り出した。

「女の子たちが集まってケンケンしていたとき、奈月ちゃんが『秘密の場所があるんだよ』とか言ったのを聞いたとか」

「親しい子か？」

「本人は仲良しと言ってますけど。それって、どこなのと訊いたら、奈月ちゃんが『箱根《はこね》のお山の近く』と答えたそうです」

「箱根？」

「ええ、箱根」

「団地の中に、そんな地名はあるか？」

「保護者に訊いてみましたが、心当たりはないそうです。学校側は変質者を把握していますか？」

「リストはあるが名前程度だ。ろくに住所もわからんし、話にならない」

「戸田にいる別れた旦那のほうは、だれか行きましたか？」

「うちの刑事課の人間が行った。名前は野本康夫《のもとやすお》。同じ戸田市内にある大型トラックとバスの整備工場勤務だ。昨夜は夜勤で、いまは実家で寝ているそうだ」

「アリバイは完璧？」

「ありすぎて、切ったらしい」

小宮は児童用の小さな椅子《いす》にしゃがみ込んで、ティッシュで洟《はな》をかんだ。

「まだ治らんか？」

先週あたりから夏風邪《かぜ》をひいて、長引いているようだ。

「朝起きると、布団《ふとん》を着てないんですよ。ベッドからずり落ちちゃって。布団に嫌われてるのかなあ」

「布団を縫いつけておけよ」

「んもー。夏って、だいっ嫌い」

「八つ当たりするなって」

「母から電話がありました。リウマチで入院したんです」

たしか、世田谷《せたがや》の下馬《しもうま》に住んでいるはずだ。

関節が痛くて、うまく歩けないというのは聞いていた。年相応の病気だったようだ。

「もしかして、まだ見舞いに行っていないのか？」

小宮は伏し目がちな表情でうなずいた。

「まったく」

ふだんから母親のことをよく言わないが、病気ならべつだ。

気を取り直すように、小宮は顔つきを変えた。

「奈月ちゃんのお母さんの服、係長は気になりませんでした？」

「たしか、ネイビーのワンピースだったが、それがなにか？」

「わたしも最初、ぱっと見は、ありかなあって思ったんですけどね。でも、あんなもの家で着るかなあ」

小宮はティッシュを丸めながら言った。

「楽なんだろ」

「洗濯場を覗いたんですよ。そうしたら洗い立てのジーンズとTシャツが一番上にあって。たぶん、きょうはあれを着るはずだったと思うんですよ」

「ネイビーワンピは外出着《よそゆき》ということか？」

「おそらく。わたしたちが行くのがわかっていたから、着たんじゃないかな」

「子どもがいなくなったっていうのに、外見に気を遣うか？」

「だって女ですよ。でも、カレーを作ったたって話なのに、ゴミかごには野菜クズがひとつもなかったですよね」

「レトルトですませようとしたんじゃないか？」

「パッケージのゴミもありませんでした」

「動転しているんだ、こっちが思っている以上に。それより、マコ、ここはいいから、病院へ行っていいぞ」

「弟が行ってますから」

携帯がふるえた。刑事課長の岩井からだった。

「誘拐だ」

岩井の低い声がした。疋田は耳に強く押しあてた。

「たったいま、母親の携帯に電話があった。男だ」

疋田は腕時計を見た。十三時十二分。

「なんと？」

「母親本人かどうか訊いてきた。そのあと、十秒ほど黙り込んで、奈月はあずかっていると。母親が奈月の安否を確認した直後にいきなり切れた。たったの四十二秒で終わり」

「逆探知は？」

「してる。すぐわかるはずだ。切るぞ」

小宮が穴の開くような目で疋田を見つめていた。

6

『奈月ちゃんのお母さん？』

『あ、はい』

『…………』

『あの、奈月は？』

『お母さんですね？』

『はい、母親です。美紗子です。奈月は？』

『いるから、ここに……うん……これは』

『あの、なにか？』

『あ、だから、いるから』

『奈月は大丈夫でしょうか？』

ぷつんと電話の切れる音。

人が行き交う駅の地下通路である。コインロッカー脇にある公衆電話で、つばの付いた帽子をまぶかにかぶった男が背中を向けて話し込んでいる。手袋をはめていた。髪は短めで、ひょろっとした感じだ。チェック柄のジャケットを着ている。パソコンの画面で判別できるのはそこまでだ。

誘拐犯と思われる男は、渋谷《しぶや》駅の地下通路にある公衆電話から電話をかけてきた。ハチ公改札から地下に下り、宮益《みやます》坂方面へ進むと東急田園都市《とうきゅうでんえんとし》線の構内に入る。そこの通路にあるコインロッカー横の電話だ。その時間の渋谷駅の防犯カメラの映像を、野々山のモバイルPCで受けて表示しているのだ。

電話をすませた男が画面の右端に消えていくのを、疋田は見守った。地上に出る階段方向だ。歩き方からして、二十代後半から三十過ぎぐらい。身長は一七〇センチ、体重六〇キロ前後というところか。顔さえわかれば、どうにかなるのだが。

「防犯カメラはコインロッカーをカバーする形で設置されていますね。公衆電話まではけっこう、距離があるなあ」

見ている野々山が言った。

「映ってるだけましだ」

疋田が言った。

「渋谷かあ。美紗子さんは向こうに勤めていたことがあったんでしょうかね？」

「ここ数年間は、駅で降りたことがないということだ」

「奈月ちゃん、どうなんだろ」

生きているか、それとも。

「目撃証言が出ないのはヘンじゃありません？」

黙って映像を繰り返し見ている小宮が言った。

「団地で？」

「に限らず、学校でも道路でも」

「三月のホームレス襲撃のときも同じだったぞ」

葵ヶ丘中央公園でテントを張り、寝泊まりしていたホームレスが、少年の集団に襲撃されて頭部に全治二カ月の重傷を負った事件だ。団地のど真ん中で行われた犯行だが、目撃者はとうとう現れなかった。犯人は地元の中学三年生の四人組で、校内で流れた噂《うわさ》が逮捕のきっかけだった。しかし、そのときも事件解決まで三週間を要したのだ。

北原奈月の通学路を中心にした捜索活動では、手がかりは出ていなかった。ＰＴＡや近隣住民に声がけして大規模な捜索活動を展開する予定だったが、誘拐犯から電話があったために中止せざるを得なくなったのだ。

「いじめもなかったみたいだし」小宮が言った。「怨恨《えんこん》の線は、なにか出てきてますか？」

一課の人たち、母親の職場の同僚に当たっているみたいですけど」

「西川口の実家にも行った。親たちが言うには、母親の口から人に恨《うら》みを買うようなことは聞いたことがないそうだ」

「……誘拐だとしても、カネ目当てじゃないですよね？」

「団地住まいとわかってるから？」

カネ目当てで誘拐する気なら、カネのある家を狙うというのは常識だろうが。

「やっぱり、わいせつ目的？」

野々山が訊いた。

「それでさらって、ついでにカネも欲しくなったとか」

「母親の会社はどうかな。サプリメントの電話営業ですよね。成績はどうだったんだろ」

ふたたび小宮が言った。

「わりと良いみたいだぞ。歩合給もそこそこ、もらっているようだし」

「客にむりやり買わせて、知らず知らずのうちに恨みを買ったとかは？」

「特定のクレーマーはいるようだが、美紗子さんを名指しで電話口に呼び出すような客はいない」

「職場の評判は？」

「仲間うちでカラオケや飲み会に誘うと、だいたい顔を出していたそうだ。深夜まではしごするのも、しょっちゅうらしい。勤務時間中は、休憩時間でも仲間とあまりしゃべらないが、酒が入ると、人が変わったみたいに陽気になるんだそうだ。会社の同僚が、タクシーに乗せて早く家に帰るようにすすめるのがパターンのようだ」

「そのあいだ、奈月ちゃんはひとりで留守番か」

「独身のとき、遊び足りなかった口だろう。そういえば、職場で親しい男がふたりほどいたらしいけどな」

「親のしつけじゃないかしら。離婚の原因は聞いてます?」

「旦那の浮気。子どもの親権もあっさり手放したとか」

そのとき末松がやってきて、疋田に耳打ちした。

「母親の携帯に、北原奈月の写真が送られてきたみたいです」

「マル被から?」

「五分前に」

疋田は腕時計を見た。午後四時五分前。被疑者《マル被》から母親の携帯に電話が入ってから三時間。母親が安否《あんぴ》を尋《たず》ねたからか。

「捜査員の携帯に送られてくるそうです」

「待ってみよう」

疋田は小宮をそれとなく見やった。

捜査が進展すれば、抜けられなくなる。やはり仕事はさておき、母親の見舞いに行かせなければ。そう思って、声をかけようとしたとき、携帯がふるえた。

疋田は携帯のメールを見た。

〈捜査員各位〉という見出しで、本文にはメールが到着した時間が記されていた。発信源については、現在、調査中。

添付された写真を見る。髪をきつめに編み込んで、前髪が額に垂《た》れている女の子だ。半開きの口に笑みが浮かんでいる。紫色のゆったりした水玉模様の、スモックと呼ばれる上着だ。ピンク色のズック。北原奈月に間違いなかった。撮影は戸外だ。

「この服は」

小宮が真剣な眼差《まなざ》しで覗きこんでいた。

「さっき見せてもらったやつだな」

昨日、北原奈月がはじめて外で着た服だ。

「誘拐直後にマル被が撮ったんですよ」

「そうだ」

と疋田。

「いつ撮ったんだろう。ちょっと、暗いですね。木陰かな」

「日差しそのものが陰《かげ》ってるんじゃないか」

「……夕方？」

写真は鮮明ではない。雑草が茂る傾斜地の中ほどにしゃがみ込んでいる。うしろに木の幹が見え、うっそうとした葉で全体が覆われている。

「山の中かしら？」

「どうだろう」

末松が額に横じわを作り、「団地だって、あり得るんじゃないかな」と競輪のレース出走表をチェックする感じで言う。

「団地って？」

野々山が訊き返した。

「あちこち、藪だらけだぞ」

団地内の棟は、高低差のある段丘の上に建っている。葵ヶ丘団地北エリアの棟はその傾向が強い。

小宮が疋田を見やった。「マル被が団地の中にいるとしたら？」

「可能性としてはありだ」

「昨日、マル被は秘密基地で奈月といっしょに遊んで、そのとき、この写真を撮った。そして、日が暮れてから、自分の部屋に引っ張り込んだ？」

「としたら、目撃者がいてもおかしくない」

「その秘密基地がここってことですか？　秘密めいてなんかいないなあ」

野々山が口を出した。

「たしかに娘を預かっているぞ、ということを示すために、マル被は写真を送りつけた」

「ご明算」

と末松。

「次はカネ？」

「本部は現金の準備をはじめたようですよ」

「いよいよ、動くか」

「きょう中にはね」

やれやれという感じで、末松は両手を頭の上に持っていった。

疋田ら少年第一係の任務は、小学校の統括だ。犯人とマル被との交渉は、捜査一課の特殊班が対応する。とはいえ、いつ疋田らに出番が回ってこないとも限らない。

「これ、なんでしょうね？」

北原奈月の写真に見入っている小宮が、よく手入れされた爪の先で、うっそうと生い茂る木々の葉の奥をさした。赤っぽい塔のようなものが写っている。注意して見ないと、わからないほどのものだ。

「教会？」

野々山が言った。

疋田はもう一度、写真を見た。

小宮が示したあたりに建物があるようだ。特殊な形をしている。キリスト教の教会などによくある塔の先端のとがった部分のように見えなくもない。

教室にうっすらと西陽《にしび》が差し始めたころ、職員室のほうがにぎやかになった。

「外に出ていた先生方が、帰ってきたみたいだな」

末松が言った。

危険箇所などの点検に出ていた先生たちだろう。まだ、話を聞いていない先生もいるはずだ。とにかく、全員にこの写真を見せなくては。場所の特定につながるような証言が出ないとも限らない。


写真と似た感じの場所が、いくつか候補に挙がった。手分けしてその場に出向き、写真にある場所を探した。似た場所はなかなか見つからなかった。三カ所目の物置小屋を調べていると、ふたたび携帯がふるえた。刑事課長の岩井からだ。疋田は耳に押しあてた。

「写真を送りつけた場所、わかったぞ。秋葉原《あきはばら》だ。神田和泉《かんだいずみ》町の雑居ビル三階にあるネットカフェ、ルビー」

「秋葉原ですか……」

「セキュリティがゆるゆるの店だ。身分証は要らない。偽名で登録できる」

あぶない写真を送りつける場所としては絶好だ。

疋田は聞き込みでつかんだ、〝箱根〟のことを話した。

「箱根に秘密基地があるって？」

岩井が言った。

「箱根の山の近くとか、そういう感じで奈月ちゃんが言っていたようですが」

「箱根に教会なんてあるのか？」

「わかりません。例の写真の背景に写り込んでいる建物が教会っぽいというだけですから」

「しかし、箱根に秘密基地か……」

「断定はできませんが、箱根に連れ去られたとしても、時間的にはクルマでも電車でも間に合うはずです」

「こっちで調べてみる」

「お願いします。課長、写真の発信者の情報は？」

「特定できていない。ちょっと無理筋だな。送りつけるとき、ネットで何度も迂回《うかい》させている。秋葉原や渋谷駅全体の防犯カメラの解析がいるな。人手がいくらあっても足りなくなるぞ」珍しく岩井の口調が上ずっていた。「犯人が複数の可能性も視野に入れないとな」

7

『北原さん？』

『……あ、あの』

『美紗子さん？』

『あ、はい』

『写真、見た？』

『奈月はいますか？』

『いるから送ったんだろ』

『すいません……ごめんなさい』

『一千万、用意しろ』

『あの、現金で一千万円ですか？』

『二度言わせるな』

『……すぐ用意できなくて。銀行はお休みだし』

『事情を話せ。借りるなりして。今夜の八時、池袋のサンシャイン広場に持って来い。おまえひとりで来いよ』

そこで通話は切れた。

赤羽中央署の六階講堂に置かれた指揮本部に、マル被と北原美紗子の会話がスピーカーを通して、繰り返し流れていた。本署の在勤職員と近隣署や機動隊から送り込まれた応援要員で、講堂はすし詰《づ》め状態だ。

マル被から電話があったのは、午後四時十二分。練馬《ねりま》区千川《せんかわ》通りの中村橋《なかむらばし》歩道橋下の公衆電話からだった。近くに防犯カメラはなく、犯人の映像はない。

指揮本部からすぐ戻れという命令があり、疋田は三人の部下とともに赤羽中央署に戻っていた。午後六時十五分になっていた。

最初の電話こそ、渋谷だったが、今度の電話は練馬区内からかかってきた。奈月が誘拐された赤羽から、かなり近い。犯人は池袋近辺に土地鑑《とちかん》があるのかもしれない。

その犯人が指定した八時まで二時間を切っていた。捜査一課特殊班の担当者の説明もそこそこに、役割を与えられた警官たちが、続々と本部をあとにしていく。副署長の曽我部が疋田の前で足を止めて、

「おう、特進」と言った。「少年第一の役回りはなんだった?」

「母親の運搬です」

「現地では?」

「後方監視」

「それぐらいが、せいぜいだな」

「重要な役目です」

「抜かすな」

「副署長もマスコミ対応、ぬかりなくお願いします」

すでに報道協定が結ばれ、その対応にこれから忙殺されるはずだ。

「とちるなよ。晩嬢にも言っとけ」

「とちりようがありません」

＊

末松が運転するミニバンは、環状七号線の渋滞にはまっていた。午後六時三十五分。まだ十条《じゅうじょう》だ。小宮真子は、後部シートに乗り込み、向かいにすわる北原美紗子と特殊班の宮内《みやうち》裕《ゆう》子《こ》巡査部長のやりとりを見ていた。

「話すとき、マイクに顔を向けないでくださいね。きちんと声は拾えますから」

グレーのボタンジャケットを羽織った美紗子の腰元から無線機の線が伸びて、首元のトップスに付けた小型マイクにつながっている。宮内はストレッチパンツを穿いた自分の脚を美紗子の太ももに密着させて、話しかけている。

「それと、サンシャインシティには行ったことありますか？」

「展望台と水族館に行ったことがありますけど」

「サンシャイン広場はご存じですか？」

「地下の噴水のあるところの広場？」

「ええ、噴水、そう、ありますね。そこは、噴水広場といいますけど、それとはべつに、サンシャインビルの四階にも、サンシャイン広場という広場があります。ご存じですか？」

「え、知りません」

「相手は混同している可能性があります。現地に着いたら、両方ご案内しますから心配には及びません」

「はい」

「きょうは四階のサンシャイン広場でウイングの無料コンサートがあります。まわりは、わたしたちが取り囲んでいますが、そちらを見ないようにお願いします。相手はどこかで見ているはずですから」

ウイングは最近売出し中の、Jポップグループである。

宮内は自分より、ずっと若いが場慣れしているようだ。最後列には同じ特殊班の男性捜査員がふたり。係長の疋田と野々山は、特殊班の捜査員と乗り合わせて、べつのクルマで後方についている。

「現金は現場近くの拠点に着いています。本物の一千万円です。スポーツバッグに入れて運んでもらいますが、いいですね？」

「あ、はい。いいですけど、重い？」

美紗子が当惑した感じで訊いた。

オレンジブラウンに染めた長髪。メイクはファンデーションに淡《あわ》い口紅だ。ジャケットの下のトップスはボーダー柄で、茶色のカラーパンツを穿いている。それに、黄色の厚底スニーカー。

「一キロあります。肩にかけることができるタイプですから。携帯、見せてもらえます？」

美紗子の携帯のバッテリーをチェックする宮内を見ていると、小宮は心臓の動悸《どうき》がひどくなるのを感じた。車内はクーラーが効いてひんやりしているのに、首から上が火照《ほて》って仕方なかった。

昨晩の宿直から一睡もしていなかった。宿直で交番の巡査から上がってきた報告に対して、もっと的確に処理するべきだったという自責の念が深まるばかりだった。あのとき、実質的には警らのＰＣ《パトロールカー》に北原奈月の人着《にんちゃく》を知らせただけですませていた。署長官舎に電話を入れて、事態の緊急性を喚起すべきだったのだ。そうすれば、あるいは……。

やっと、ミニバンが動き出した。

宮内から水を飲むようにすすめられて、美紗子はペットボトルを受け取ったものの、焦点の定まらない目で暮れかかる窓の外を見やった。首が縮《ちぢ》まったように、猫背になり、見るからに疲れがたまっている。今朝見たときと違って、いっぺんに、十歳くらい歳を取ったようだ。身代金を渡すという大役を果たせるかどうか。

いや、その前に、この自分は？

誘拐事件の身代金受け渡しの現場に出るなど、警官人生でも一度あるかないかの大事だ。それなのに、睡眠不足で頭がのぼせて、物事を考えるのも億劫《おっくう》になる一方だ。母親の見舞いになど、行く気にならない。それより自分のことだ。クリニックの予約を入れなくては。どうせまた、早く身を固めるべきだと説教されるだろうけど。そうすれば、母親と一線を引けるからと。

「あの宮内さん、ひとつだけ美紗子さんにお伺いしたいことがありますけど、いま、いいですか？」

美紗子はそこにはじめて小宮がいたことに気づいたように、ふりかえった。

「美紗子さん、奈月ちゃんはご自宅で秘密基地があるとか、そんなことを口にしたことはありますか？」

「聞いたことないですけど」

心ここにあらずという感じで、美紗子の口から洩れた。

「箱根とかは？」

美紗子はどうでもいいような面持ちで、小宮から目線をはずした。

「もうひとつ。これまで、教会のようなところに行ったことはないですか？」

美紗子はきょとんとしたような顔で、小宮を見たが、またすぐ窓の外を向いた。秘密基地にしろ箱根にしろ、心当たりがないようだ。

宮内から制せられて、それ以上の質問はできなくなった。

美紗子は、小宮の存在を忘れたみたいに、宮内の言葉に耳を傾けている。

*

疋田は野々山とともに、サンシャインシティ西口のエスカレーター脇で警戒にあたっていた。地下一階の噴水広場と四階の広場からは、かなり距離がある。両方とも、特殊班の捜査員の監視下にあり、蟻《あり》が這《は》い出るすきまもないほどの要撃《ようげき》態勢が整っているはずだ。

犯人がこちらを向いてくることはないだろう。

疋田は背広の内ポケットからハンカチをとりだした。洗いすぎて角がほつれ、うっすらと茶色いシミがついている。

離婚した翌年の六月。疋田の誕生日にかこつけて、元妻の恭子《きょうこ》にひきとられた息子の慎二と会える段取りがついた。別れて一年半が経っていた。待ち合わせ場所にした上板橋《かみいたばし》駅に慎二はひとりであらわれた。上板橋駅は自宅アパートの最寄り駅だ。

改札口を出てきて、疋田に気がついたそのときだった。慎二の手から白い箱がこぼれ、落ちた衝撃で中身が飛び出た。疋田の好物のモンブランのケーキだった。とっさに疋田はハンカチでケーキをぬぐいとり、申しわけなさそうな顔をしている慎二の前で、頰張《ほおば》った。

あのときから、このハンカチが手放せなくなったのだ。

それにしても、いつになったら、マル被は接触してくるのか。Jポップグループのコンサートも終わり、指定された夜の八時を二十分もオーバーしている。

誘拐犯からかかってきた電話に、疋田は違和感を覚えていた。まず、第一に最初にかかってきた電話だ。奈月が行方不明になって、まる一昼夜明けたきょうの午後だったこと。下校直後に誘拐されたとしたら、二十四時間近くが過ぎている。

電話のあと、写真が送りつけられてきて、今度はいきなり身代金の要求だ。誘拐犯の口から、警察のけの字も出ていない。にもかかわらず、銀行に事情を話して借りろと、まるで警察の介入を許すような言動をとっている。よほど、切迫した事情があるように感じられた。

　そのとき、耳に差し込んだイヤフォンから入感があった。

〈こちら現本《げんぽん》、マル被から電話が入った。受け渡し場所は通告どおり、四階サンシャイン広場。繰り返す、マル被から電話だ。受け渡し場所は四階サンシャイン広場、地下にいる犯人捕捉《ほそく》班は全員、四階に移動しろ〉

　現地本部は、特殊班担当管理官が乗り込んでいる特殊車両だ。

〈了解、こちら地階担当、すぐ移動します〉

　疋田は一〇メートル先にいる野々山と顔を見合わせた。

　野々山は人差し指をまっすぐに立てて、上の階を示している。緊張しているようだ。頬が赤い。

　受け渡し場所の変更があっても、持ち場を離れることは許されない。たとえ、マル害の前に誘拐犯が現れたとしても、逮捕はおろか接近も禁止だ。

〈……マル害に接触してくるやつが出てきても触るな。全員、そのまま待機しろ〉

　犯人側は連絡員を使うかもしれない。人質はべつのところで、真犯人にかくまわれている可能性があるのだ。

〈あ、あ……〉

〈現本、どうした、なにがあった？〉

べつの男の声に変わった。池袋署に設営された前線本部にいる刑事部参事官のようだ。

〈ちょっと待って……おお、なんだ、なんだって〉

〈現本、なんだ、なにがあった？　報告しろ〉

〈こちら現本、また犯人側から架電《かでん》、受け渡し場所を変更、となりの東池袋中央公園。犯人捕捉第三班、第四班、至急、公園へ移動、繰り返す……〉

野々山が歩み寄ってきて、疋田の顔を覗きこんだ。

「いまの聞きました？」

焦燥感をふくらませた顔だ。

「持ち場に着いてろ」

「でも、近いですよ、ここから」

道路沿いに回り込めば、五〇メートルあるかないか。

イヤフォンの交信音がひっきりなしに続いた。各所に散った捜査員と本部との交信だ。

〈あ、聞こえん、聞こえん……捨てた捨てた、マル害がマイクを捨てやがった……〉

美紗子がマイクを捨てた？　いったい、どういうことだ。

美紗子はどのあたりに来ているのだ。

そのとき、視界の隅《すみ》で野々山が駆け出すのがわかった。首都高とは反対側の、公園に向かって猛烈な勢いでダッシュしている。

呼びとめる間もなかった。疋田はそのあとについて駆け出した。

イヤフォンをおさえ、犯人捕捉班と現本のやりとりに集中した。

〈現本、公園のどこ?〉

〈祈念碑、祈念碑〉

〈祈念碑ってなんの?〉

〈現地で確かめろ。えー、テラス広場のようだ。指定場所がそこだ〉

祈念碑?　どこにあるのか。

前方を走る野々山の姿が右手に消えた。公園に入ったのだ。

疋田は野々山が消えた地点に着いた。公園の中を見やった。並木のせいで野々山の姿は見えない。公園の案内図を見た。テラス広場は、正面入り口から入って、並木のとぎれた左手の奥にある。

疋田は公園に足を踏み入れた。後方に建つサンシャイン60ビルの明かりで見通しがきく。人はほとんどいない。並木のあいだを斜めに突っ切った。並木のとぎれたところで、左側に身体をふった。すぐ先にこんもりした高台がある。そこに向かって坂を駆け上がる野々山の背中が見えた。

「野々山っ」

声が届かない。息が切れた。

脚を動かした。ふいに現れたカップルをかわして、進んだ。

野々山が坂を上がりきり、高台の上に消えた。ダッシュして坂を上がった。

長方形の細長い平地が開けた。二〇メートル先に、丸っこい石碑が建っている。祈念碑はあれか？　平地はツツジの植え込みに囲まれ、そのうしろは高木《こうぼく》が生い茂っている。

疋田は姿勢を低くして、植栽の中に紛《まぎ》れ込んだ。右手から、スポーツバッグを持った女が歩いてくるのが見えた。グレーのジャケットに厚底スニーカー。美紗子だ。

そのとき、反対側の高木の陰から、小さな人のシルエットが浮かび上がった。服も人相もわからなかった。しかし、野々山ではない。植え込みをまたいで、美紗子のもとに忍び寄ってくる。

それに気づいて、美紗子は歩みを止めた。影と美紗子が重なった瞬間、石碑のうしろから人が飛び出た。

野々山が影に挑《いど》みかかるのを見て、疋田の身体は凍りついたように強張《こわば》った。

ふたつの人影がからみ合ったまま、倒れた。美紗子が離れていく。

呪縛《じゆばく》が解けたように疋田の身体が動いた。地面を蹴って、格闘する男たちのもとに向かった。

ジーンズを穿いた長髪の男の上に、野々山の身体が重なり、向こう側に回転した。

疋田は長髪の男の肩をつかんだ。するっと抜けた。腕がふりはらわれ、野々山も弾き飛ばされるように、男の身体から離れた。

長髪の男は膝立ちになったかと思うと、小刻みに脚を動かして植栽に分け入った。身体を左右にふりながら、跳ねるように高木の中に走り込んだ。ずんどうな男だ。両手首にはめたサポーターが目まぐるしく動いている。公園を抜け出ようとしていた。

すぐうしろで、駆けつけてきた犯人捕捉班の捜査員がマイクに向かって叫んでいた。それに呼応するように、公園の外周にある歩道で、おおぜいの警官が左右から走り込んでくるのが見えた。

サポーターをはめた男がその群の中へ飛び込むように入っていくのを、疋田は立ち止まったまま見つめた。外れたイヤフォンを耳に付け直した。

〈確保！　確保！、マル被を確保〉

鼓膜に突き刺さるようにその声が聞こえた。

ふりかえると、身代金の入ったバッグがあった。野々山は、北原美紗子の華奢《きゃしゃ》な背中を抱きかかえて、疋田を祈るような目で見ていた。

第二章 着信

1

北原奈月と思われる死体発見の報が飛び込んできたのは、行方不明になった日から、三日後の六月十日月曜日。疋田は三人の部下とともに、母親の北原美紗子を連れて新宿御《しんじゆくぎよ》苑《えん》に急行した。

日曜は北原家周辺の張り込みに、部下をふくめて出ずっぱりになった。慎二からの電話は、二日前にかかってきたきりだった。小宮も病院の見舞いに行かずじまいのはずだ。

土日の肌寒い天気は一変して夏日になっていた。疋田は千駄ヶ谷《せんだや》門から園内に入った。休園日のきょうは静かな雰囲気に包まれていた。死体を見つけたのは、ボランティアで御苑内の清掃に来ていた都立高校生だ。西に向かう道に沿って、警察関係者が警備についている。そこは日本庭園の菊の栽培所で、一般の人は立ち入り禁止になっているエリアだ。

疋田は、園路から樹木のあいだを縫《ぬ》って、五メートルほど奥に立ち入った。木漏れ日《こもび》でキラキラと輝く地面に、灰色っぽい布でくるまれた長いものが横たわっていた。靴にビニール袋をはめて、その布を上から覗《のぞ》きこんだ。激しい臭気が立ち上ってきて、一瞬、息を止めた。

扇の形に開いたそこに、細い眉毛が見えた。目が固く閉じられていた。湿り気を帯びた長い髪が、顔の左側に張りついている。左右に布を押し開くと、半開きになった小さな口が現れた。上の前歯が少し見える。さらに、布を押し下げると紫色の水玉模様の服が露出した。

北原奈月と思われた。

小宮が母親の北原美紗子を抱きかかえるように連れてきた。

ぽってりしたデニムのマキシワンピースだ。マスクをはめていた。美紗子はアイラインを濃く入れた目をしばたたき、背中を丸めて疋田の肩越しに首をのばした。数秒間、まじまじと見つめると、美紗子は膝が溶《と》けたように地面にしゃがみ込んだ。

「奈月ちゃん？」

小宮が語りかけると、蒼白《そうはく》になった顔で一度うなずいた。

疋田は小宮の目を見て、幹部たちがいる後方へ連れていくように促した。

風が流れてきた。強烈な臭いに、疋田は鼻を手で覆った。昨日、きょう、死んだ臭いではない。

ふたりの刑事が遺体をブルーシートの敷かれた園路際まで運んでいく。マスコミや野次馬もいないから、ここで検視が行われるのだ。

捜査一課の土井《どい》という検視官が死体に向かって合掌《がっしょう》したので、疋田はその脇についた。

土井は五十がらみの大柄な男だ。ピンセットで奈月の瞼《まぶた》をめくり、覗きこんだ。

「瞳孔散大《どうこうさんだい》、角膜混濁《かくまくこんだく》は中程度、溢血点《いっけつてん》は六つ……」

捜査一課の若い刑事がメモする横から、疋田は土井に尋ねた。

「かなり、時間が経《た》っていると思いますが、どうですか？」

「夏場ということを入れても、昨日じゃないな」

「一昨日《おととい》？」

土曜日だ。

土井は手袋をはめた両手で奈月の首をつかんで、前後左右にふった。

首は簡単に動いた。

「死後硬直は完全に解けているようだし。一昨日としても、早い時間か」

「じゃ、金曜日？」

「解剖してみないとわからんが、その線が強いんじゃないか」

行方不明になった日に殺されたということか。

土井は死体を覆っている布を取りはずした。布は縦に長くヒダがある。ポリエステル生地のカーテンだ。幅は一メートル、長さはその倍くらい。土井が着衣を脱がせるのを疋田も手伝った。全裸になった幼女の身体に傷らしいものはなかった。性器の損傷もないようだ。

丹念に手の指の爪を見た。皮膚片などは、はさまっていない。抵抗した痕《あと》はないようだ。死体をひっくり返して背中と脚の裏を観察する。死体の右側面の背中から腰にかけて死斑《しはん》が現れていた。どこにも、外傷はない。

仰向《あおむ》けに戻したとき、木漏れ日が死顔に当たり、奈月の顔が生き返ったようにぱっと明るくなった。唇の右端に赤っぽい点のようなものが見えた。ほくろではないようだ。それを指摘すると、土井は、「口紅かな」とつぶやいた。

まだ、その段階ではなかったが、疋田は死因について訊《き》いてみた。

土井はうーんと唸《うな》った。

奈月の死顔はきれいだった。外傷は見当たらない。首まわりに、ヒモで絞《し》めたような索《さく》痕《こん》や手指の扼痕《やくこん》もついていなかった。

「窒息《ちっそく》じゃないですね？」

疋田が訊くと、土井は、奈月の口を上下に開いた。小さな蛆《うじ》が内側から這《は》い出てきた。

舌は歯の内側におさまっている。首を絞められた死体の舌は、歯の前に出てくるものなのだ。

土井は否定しなかった。

「外傷性のショック死?」

「違うな」

「毒を盛られた?」

「毒でやられた死体じゃない。目はうっ血していないし、溢血点も少ないし。口まわりに吐瀉物《としゃぶつ》もついてないだろ」

「ではなんです?」

土井はしばらく考えた末に、

「……内因性の病気かなにかは」

「母親は病気持ちではないと言っていましたが」

「あとは司法解剖待ちだな」

「これ、なんですかね?」

シニヨンにまとめた奈月の頭髪に、白い斑点のようなものが浮き出ている。

垂れた髪の毛の根元をつかんで、土井にかざした。

微粒子だ。髪の毛に混じっている。

土井が指でこすったが、指に張りつかず、形も元のままだ。

「なんの粉かな……」

うしろにいた小宮に呼ばれて、疋田はそこを離れた。

「これ、スカートのポケットに入っていたんですけど」

と小宮は小さな紙片を差しだした。奈月の穿《は》いていたスカートを右腕にかけている。

五センチほどの真四角な赤い紙だ。三つ折りにされた折り目がついている。折り紙のようだ。裏返すと、子どもが鉛筆で書いた文字があった。

〝ふるみらい〟

なんだろう？

小宮は紙を手に取り、元のように折りたたんだ。

「この形で、奈月ちゃんのスカートのポケットに入ってました」

「どっち側？」

「右」

「奈月ちゃんは右利きだよな？」

「ええ」

「じゃ、本人が書いて、ポケットに入れたか」

「たぶん。あとで、お母さんに訊いてみます。殺害場所はここでしょうか？」

「死体をくるんだ布はカーテン生地だ。室内で殺されて運ばれてきたと思う」

疋田は腰をかがめて、死体の置かれてあった場所をふりかえった。樹木や葉が密生するトンネルの下だ。その四、五メートル先に高い鉄柵《てっさく》が見える。

「運んできた？　どうやって？　クルマは入って来られませんよ」

「わかってるって」

新宿御苑に入れるのは人だけだ。三カ所に門があり、自販機で入園券を買って、係員のいるゲートを通るしかない。開園時間は朝の九時から夕方の四時までだ。四時半には門扉が閉められる。係員は怪しい人物を目撃していないだろうか。

「子どもですから、バッグに入れて運び込んだんでしょうか？」

「その線もある」

「面倒ですよね。そんなことまでして、隠そうと思ったのかな」

検視がすむと、布にくるまれたまま、死体は運び出された。そのあとを、小宮に支えられた母親の美紗子がついていく。

園路のあちこちに鑑識員が散らばっている。足跡を採取しているのだ。犯人は、べつの場所で奈月を殺してここに運んできた。クルマを使っているはずだ。そのあと、バッグかなにかに入れて、自分たちがここに来たときと同じように、千駄ヶ谷門から入ってきたのだろう。ベビーカーに乗せるという手もある。あるいは夜に運び入れた？　そうなると、あの高い柵を乗り越えなければならない。新宿側とくらべて、千駄ヶ谷門のあたりは、ふだんから人が少ない。それもできないことではないと思うが。

司法解剖は四時間近くかかった。終わり頃、岩井刑事課長がやってきた。監察医は、でっぷりした鍋島広明《なべしまひろあき》という若い大柄な医師だった。サンダルを履《は》き、白衣の下に薄ピンクのポロシャツが覗いている。脂性《あぶらしょう》のようだ。フケのついたかたそうな髪をしごきながら、死体検案書を疋田によこした。

疋田は、まっさきに死亡の原因欄を見た。そこに、『不詳検索中』と書かれていて、目を疑った。鍋島は、火をつけたタバコを指にはさんで腕を組み、目を細めて疋田の様子を見ていた。

「性的な暴行は受けてないよ」

鍋島はじれったそうに言った。

「そうですね」

「お嬢ちゃん、何歳だったかね?」

「七歳と二カ月ですが、なにか?」

「七歳か、ぎりぎりだな」

言うなり鍋島はタバコの煙を吐いた。疋田はもろにそれをかぶった。

「年齢で死亡原因が変わるんですか?」

「こんな事件でしょ？　不詳と書くしかないじゃないですか。とりあえず、それで埋火葬《まいかそう》許可書は出ますから」

葬式を出させるための方便で検案書を書いた？

「タバコ、やめてもらえませんか？」

疋田が言うと、鍋島はタバコを床に落とした。サンダルで踏みしめてから疋田をにらみつけた。

「適当に窒息とでもしておけば」

吐き捨てるように言い、鍋島は疋田に背を向けた。

疋田はその前に回り込んだ。

「窒息って、いいんですか、それで？　ＡＬＳライトで照らせば、扼痕のひとつやふたつ、出たでしょう？」

「そっちこそ、見たんじゃないのかね？」

「日が照りつけている中で？　無理です」

「指の痕なんてひとつもない。だから、困っちゃうんだ。あえて言うなら、顔に軽いチアノーゼと浮腫《ふしゅ》は出ているし、心臓血は暗赤色流動性血液。臓器のうっ血も強いし、肺もぱんぱんにふくらんでる。いい？　そんなところで。あとはそれ見てよ」

検案書を指でつつきながら、疋田の肩を押した。

疋田は引かなかった。

「それって急性死の所見じゃないですか？　虐待《ぎゃくたい》の痕くらい見つからなかったんですか？」

「虐待？　ないね、まったく。発育状態も良好。育児放棄《ネグレクト》もないということです。あ、そうだ、もちろん、中毒死ということもないよ」

「だとしたら、窒息の理由はなんなんです？」

鍋島の顔に赤みが差した。

「死体血液の流動性があるって言ったじゃない。眼瞼《がんけん》結膜の溢血点もけっこうある。死斑部分や胸腺にも溢血点が出てます。いいかげんにしてよ」

「では、どうして窒息と書かないんですか？」

「何度も言ってるじゃないか。書きたいのは山々だけど、外部所見がないんだよ。首の甲《こう》状《じょう》軟骨や舌骨《ぜつこつ》も折れていないし、脳浮腫もほとんどない」

甲状軟骨や舌骨は首を絞められたとき、折れることが多いのだ。

検視官の土井が言った言葉を思い出した。内因性の病気ではないかと。

しかし、母親によれば奈月は病気持ちではなかったという。心臓麻痺《まひ》のたぐいではないかと訊くと、その所見も出ていないと鍋島は言い、「あえて言うなら、シズの所見はあるかもだな」と付け足した。

「シズ——ＳＩＤＳ《エスアイディーエス》。乳幼児突然死症候群？」

疋田が言った。

鍋島は察したように、

「そう書いていいの？」

「……いや、それは」

「ほら、書けないだろ？　ほかにないから、不詳としたんだよ」

横柄《おうへい》な相手の態度をこらえ、

「シズの所見として、なにがあります？」

「肝臓の脂肪沈着が顕著《けんちょ》だし、気道内に微細泡沫《ほうまつ》が少し残っているし」

「では、シズと書けない理由はなんですか？」

「だから、いいの？　書いても？」

強気に出てきた監察医の顔を見て、疋田はそれ以上、言えなくなった。

誘拐殺人事件で被害者が死亡。その死因がシズ——乳幼児突然死症候群などと発表できるはずがない。殺されているのは明らかなのだ。

「どっちにせよ、亡くなったときの状況がわからないと、判断しようがない」鍋島は言った。「血液や細胞組織のくわしい分析もほしいね。できれば、遺体も焼かないで、とっておくに越したことはないだろうな」

「母親を説得してみます」

疋田は感情を押し殺し、さらにくわしい解剖結果を聞き出して鍋島と別れた。別室で待機している遺族のもとに戻った。どう説明していいのか、いい考えが浮かばなかった。

2

疋田は刑事課長の岩井とともに、監察医務院の駐車場から、北原奈月の遺体を乗せた大型バンが出ていくのを見送った。

「業者の手配はうちか?」

岩井が訊いた。

「いえ、母親がしたみたいです」

「こんな状況で? なかなか気丈な母親だ」

別室には、奈月の母親と祖母がいただけで、頼りになりそうな親戚筋の人間はいなかった。あんがい芯《しん》のある女なのだろうか。

「奈月ちゃんの死亡日はわかったか?」

岩井が言った。

「金曜日の夜から土曜日の明け方のあいだということです。奈月ちゃんの胃の内容物ですが、チョコレート味のふ菓子とフルーツグミ。どちらも、金曜日の給食には出されていません」

「夕方か夜におやつを食べたのか?」

「夕食を食べていたら、かなり胃の中に内容物が残っているでしょうから、夕飯前、もしくは深夜に」

「おやつを食べた直後に殺された?」

「おそらく。殺害現場に近いところで」

「しかし、どうやって殺した?」

「監察医は殺したとは言っていませんよ」

「この際、それはいい。遺体の冷凍保存、母親は了解したか?」

「一晩、考えさせてくれということで」

「母親の一存では決められんか? ばあさんと相談しても、どうだろうな。焼却ということなら、できる限りのものは残しておけよ」

「承知してます。マル害のかかりつけ医の話も聞いてきます」

指紋《しもん》からはじまり、掌紋、足紋、口唇紋《こうしん》、唾液、毛髪、皮膚組織、血液など、あらゆる部分を採取し保存しておく必要がありそうだ。

末松が運転するセダンがやってきて、ふたりして後部座席におさまった。助手席に小宮もいた。

「課長、川又《かわまた》からなにか出ましたか？」

疋田が訊いた。

「出ない出ない、ありゃ、質《たち》が悪いな」

「じゃ、昨日の繰り返し？」

「取り調べ慣れしてるぞ」

川又良和《よしかず》は東池袋中央公園で、身代金を奪おうとしたところを現行犯逮捕された男だ。電話をかけてきた誘拐犯と比べると背格好がふたまわりも小さい。髪型もまったく違う。川又は肩にかかるほどの長髪なのだ。二十四歳で自称、警備員。執行猶予付きで、窃盗《せっとう》の前科がある。

川又によれば、六月七日の深夜、ネットの闇サイトを検索していたところ、簡単な作業で三万円を稼《かせ》げる呼びかけを見つけたという。それは、八日の日中に一枚の写真を指定されたアドレスに送ること。そのあと、同じ依頼主からもう一件。うまくいけば、成功報酬として別途、高額謝礼を支払うという内容だった。

その場で川又は、自分の携帯の番号とアドレスを記したメールを送ると、十分ほどで北原奈月の写真が添付された返事が来た。それには、写真の送り先のアドレスがあり、三十分後には、指定した口座に三万円が振り込まれていた。

写真は以前から使っている秋葉原のネットカフェで送った。そのあと、電話が入り、東池袋中央公園の祈念碑のある広場近くで待機しろという指示があった。男の声だった。指定された時間に、スポーツバッグを持った女が祈念碑に向かって歩いていくから、その場所に潜《ひそ》んでスポーツバッグを奪え、というものだった。言われたとおりにしたところ、警察に捕まった。そういう供述だ。

秋葉原のネットカフェを調べると、たしかに川又は来店していた。そこのパソコンから、北原美紗子の携帯あてに写真を送っていた。川又によると犯人から電話があったのは一回きりで、防犯カメラがない池袋駅の公衆電話だった。犯人から送られてきたメールを川又は犯行直前に削除しており、闇ネットの掲示板からも、その呼びかけは削除されていた。写真が送られてきたアドレスも特定できていない。

「川又の勤務先は?」

「大手の下請け警備会社に籍を置いていたが、三月に辞めている。うそをついているようには見えんな」

「本ボシにはつながらない?」

岩井は答えなかった。

小宮が疋田をふりかえった。「疋田係長、奈月ちゃんの口元にあった赤い点、わかりました?」

「鑑識が採取した。科捜研で調べる。気になるか？」

「というわけではないんですけど」

小宮が前を向くと、岩井が口を開いた。

「野々山は？」

「また、署の別室で取り調べを受けてますよ」

末松がさほど気にならない感じで言った。

野々山は、公園で許可なく、川又にいどみかかったことが問題視され、捜査一課の刑事から事情聴取されているのだ。疋田自身も、日曜の夜遅く、たっぷりとしぼられたのだが。

「マコ、さっきの赤い紙は？」

「あれは折り紙です。奈月ちゃんが好きで、いつも持ち歩いていたとお母さんが言ってます」

「筆跡は？」

「奈月ちゃんが書いたものに間違いないということです」

「意味はあるのか？」

――ふるみらい。

たしか、そう書かれていたはずだ。

「さっぱり、わからないということでした。現物がありますけど、見ますか？」

「いや、いい」

見たところで、仕方がない。

それとなく、小宮の横顔をうかがった。

きょうは顔色がいいように見える。昨日は張り込みの途中で、先に帰らせたのだ。

「見舞いに行ったか？」

「いえ」

疋田は落胆した。

「すみません。きょうの夜か明日には行きますから」

小宮はつぶやくように言った。


赤羽中央署には特捜本部が立ち上がっていた。総勢五十名ほどだ。

疋田は司法解剖の結果を報告した。地取りと鑑取りの班分けがなされ、電話解析班とビデオ解析班もできていた。疋田ら少年第一係は、そのどれにも属さない特命班に組み込まれた。特命班には箱根方面を受け持つ班もあった。それは、捜査一課の塩原《しおばら》というベテラン警部補にまかされた。

捜査会議が終わったのは午後八時過ぎだった。野々山は会議に出てこなかった。拘束が

解けていないらしい。制服を着た副署長の曽我部がやってきた。まだ居残っている捜査員たちの前で、

「おお、特進」

と声をかけられた。

「なんでしょうか？」

「医者のご用聞きもつとまらんか？」

「解剖結果のことでしょうか？」

「不詳とはなにごとだ？　見たことも聞いたこともないぞ」

「では、なんとしますか？」

「これからプレス発表だ。おまえなら、なんと言う？」

「……窒息」

「おお、ご名答。一課長も参事官も刑事部長も、みな、首を絞められて窒息死ということで決着だ。どうしてだと思う？」

「やむをえない決断だと思います」

「ふざけるな。殺しの線でなけりゃ、世間は納得せんだろうが。犯人憎しということにならんだろうが」

ひいては、捜査協力を得られないということか。

「何度も世話かけさせやがって。てめえなんぞ、野々山といっしょに懲戒免職ものだぞ」

「けっこうです。やってください」

曽我部は居残っている捜査員らの顔を見渡し、

「おまえ、強がり言っていられるのも、いまのうちだぞ」

そう言うと頬《ほお》を引きつらせて制服を正し、講堂を出ていった。

3

午後七時。

青椒肉絲《チンジャオロースー》とオムレツにシーザーサラダ。皿に盛られたおかずが、テーブルにはみ出るほど並んでいる。水島早希《みずしまさき》は、まだ汚れていない箸《はし》で青椒肉絲の豚肉をはさんで、ご飯の上に乗せようとしたが、山崎智也《やまざきともや》の目に気づいて取り皿に移した。胃が空っぽなので、ついい、昔のような食べ方になってしまう。気をつけないと。

智也は、缶ビールを舐《な》めるように飲みながら、テレビをぼんやりとながめている。小学生の誘拐殺人事件のニュースだ。幼稚園の卒園アルバムから抜き出した女の子の写真が映っている。ようやく死体が見つかったという。

自分たちが住む同じ都営団地で起きた事件だし、殺された女の子は早希が卒業した小学校の後輩だ。でも、テレビ画面を通すと、べつの地域で起きた出来事としか映らない。

「わ、おいしそう」

グレーのスウェット上下に着替えた母親の彩子《あやこ》が慌ただしく席に着いた。

センターパーツのロングヘアだ。アッシュ系の茶色の髪は、ヘアサロンに勤《つと》めているくせに傷《いた》んでぱさついている。

「ともちゃーん、いただきまーす」

彩子の甘ったるい声が耳につく。

智也はテーブルに肘《ひじ》をかい、シーザーサラダをつまんだ。長めにカットした髪を頭のまんなかで分けている。背丈は一七〇センチくらいで一見細く見えるが、あんがい肉体派だ。ヒゲはほとんど生えていない。三十八歳になる彩子と同い年と言うけれど、三つくらいさばをよんでいると早希は思う。

「わたしも飲んじゃおー」

彩子が冷蔵庫から缶ビールをとりだし、プルトップを引いて智也の缶にこつんと合わせた。ここ一週間、智也は首にドッグタグのチョーカーをかけている。母から贈られたもののようだ。

ふたりは、美味《うま》そうにビールを喉に流し込んだ。早希のことなど、気にもとめないというふうに。

早希はオムレツの形を箸で壊してやった。智也が早希の存在に気づくように。

智也はちらっと一瞥《いちべつ》をくれただけで、マールボロを一本抜き取り、火をつけた。自分が作った料理なのに、智也はあまり食べない。空いたほうの手でスマートフォンを握り、細い指でタップしていく。

早希は青椒肉絲を頬張った。インスタントのタレではなく、隠し味の効《き》いた本物の中華料理の味が口いっぱい広がる。

「ねえ、ともちゃん、あさって、お休みとれたの。ディズニーシー行かない？」

彩子が声をかける。

「またかよ」

紫煙を吐きながら、智也が言った。

「だって、アクアトピア、この前行ったとき、天気が悪くて乗れなかったじゃない」

子どもがだだをこねるように彩子が言う。

「アヤさん、あんまり無理強《むりじ》いはだめだよ」

早希が口を出すと、彩子はきっとにらみつけた。

「あんた、きょうは学校行ったの？」

「ううん」

「また、暴れたんじゃないだろうね？」

「まさか、バイトバイト」

赤羽駅西口にあるステーキハンバーグ店で、十一時からぶっ続けで晩の六時まで働いたのだ。立ち通しだったので、脚がつっぱって仕方がない。

「学校行かないなら、家にカネ、入れなよ」

「行くよ、明日は。ね、ともちゃん」

智也に声をかけると、彩子が目をむいた。

「ともちゃんは関係ないだろ、ばか、ねえ?」

智也は二本目の缶ビールに口をつけた。ふたりの会話に口出しする気分ではないようだ。

しばらく、食事を口に運んだ。

皿のおかずが半分ほど消えたとき、彩子が思い出したように、

「あと、それねー、問題は」

とオムレツを頰張りながら、流しの横の台を横目で見た。

電子レンジの上に黒いオーブンがそのまま乗せられてある。見た目に落ち着かないらしい。この団地に入居して以来、ずっとこのままだったが、智也といっしょに暮らすようになって、しきりと彩子は気になると言い出したのだ。

「なんとかしてみる」

「わー、助かるー」

食事が終わって後かたづけは早希の仕事だ。いくら油で汚れていても、洗い上げは苦にはならない。

早希は十六歳。都立高校になじめず、対立していたいじめっ子と取っ組み合いのケンカをした。そのとき、持っていた水筒で相手の顔を殴りつけて骨折させた。それがもとで退学処分をくらい、今年の春、高田馬場《たかだのばば》にあるフリースクールへ転校した。授業に出ないですむと思うと気が楽になり、高い学費を稼ぐためにバイトにもはげむようになった。彩子はそのことで、文句は言わなかった。

半年前に転がり込んできた智也に夢中なのだ。

それまで、彩子は赤羽駅西口の熟女専門のピンクサロンで働いていた。本人は口にしないが、智也はそこに客としてやってきたに違いない。

知り合ってから彩子は店を辞め、今度は赤羽駅東口にある美容院で働くようになった。もともと、美容師の資格を持っているのだ。

食事がすむと、彩子はさっさと風呂に入った。

早希は洗い上げをしながら、智也に、

「明日は行ってみるからねえ」

と声をかける。

「うん」

小さな声で返事。

彩子にはないしょで、ちょっとした頼み事を智也から請《う》け負《お》っているのだ。

そのことが、早希には嬉《うれ》しくて仕方なかった。

ともちゃんもいっしょに入ろう、と風呂場から声がかかった。

それに応じた智也がシャツを脱いだとき、玄関横の和室でベルを鳴らすような音が聞こえた。智也が持っているべつの携帯の呼び出し音だ。

智也は神経質そうにタバコの火をもみ消した。自分で敷《し》いたコルクカーペットの上を、ぺたぺた音をたてて歩き寝室に入った。そっとふすまを閉める。小声で話をするのが聞こえるが中身は聞きとれない。

でも、ちょっと秘密めいた感じがする。

洗い上げをすませて、早希は自分の部屋に入った。六畳のシングルベッドを置いているだけの殺風景《さつぷうけい》な空間だ。窓のカーテンレールが丸見えだし、壁も傷があちこちについている。

智也が鴨居《かもい》に板をわたして、棚を作ってくれたが、まだそこにはなにも置いていない。今度はカーテンレールのことも相談してみよう。きっと、なにかしてくれるはずだ。

早希はベッドに横たわった。窓は開けたままだ。人の話し声やテレビの音や赤ん坊の泣き声などがまぜこぜになって、団地の二階まで届く。横長のリビングに六畳の日本間がふたつ。その西側が早希の部屋だ。玄関横の和室とあわせても四〇平米足らずの古い間取りだ。でも、母子家庭だから、家賃は一般の半額の四万円。

窓を閉じて生活する冬と夏のあいだは、ほかの家からの物音は入ってこない。窓を開ける季節になると、いっぺんに団地全体の物音が流れ込んでくるのだ。しかしその音にも慣れて、早希は深い眠りに落ちていった。


翌朝。

朝食時は智也が寝ているから、昔のように勝手食いになる。

彩子はゆうべの残りご飯に海苔《のり》を乗せてかき込み、それから長いこと化粧台の前にすわり込んだ。盛り髪を付けるのに手間を食うのだ。早希は冷凍のあんまんをレンジで解凍して、水といっしょに腹におさめた。

鮮《あざ》やかな花柄のワンピースの上に黒いカーディガンを羽織《はお》り、合皮のビッグバッグを抱えて、彩子は慌ただしく出ていった。

洗い上げをしていると、かすかな音を感じた。ベルの鳴るような低い、くぐもった音。智也の古い携帯の呼び出し音だ。それはしばらく鳴ってから消えた。

つい先日まで、消音モードにしていたはずなのに。

早希はこっそりとふすまを開けて見た。

智也はベッドの壁際で背中を丸めて、ぐっすり寝込んでいた。携帯の着信に気づいていないようだ。

智也はヤクザのような人とつながっていて、借金を抱えているようだ。携帯で何度か、それらしいことを話しているのを聞いたことがある。でも、それはスマートフォンを使っているときだけだ。いま着信が入った古い折りたたみ式の携帯は、主にメールに使っているだけで、電話で話すことはない。だから、昨夜も電話がかかってきたとき、どうしたのかなと早希は思ったのだ。

早希はすり足で和室に入った。智也は布団をしわくちゃにして、起きる気配はない。狭い部屋に黒い鏡面《きょうめん》のローテーブルとプラスチック製の衣装ケースが二段。壁にパーカとフランネルシャツがつり下がっている。

早希は音を立てないように、ふとんの足下を横切った。音を頼りにテーブルの脇にあるショルダーバッグを開いた。サイドポケットに入っている折りたたみ式の携帯を開いてみた。

着信画面に名前はなかった。〝T3〟と表示されているだけだ。

早希は寝転がったままの智也の顔の前に、その携帯を持っていった。

「ともちゃん、電話だよー」

閉じていた智也の目が開いて、携帯をまじまじと見つめた。ものも言わずに、智也は早希の手からつかみとり、布団を蹴り上げて立ち上がった。そして迷惑げな顔でサンダルを履き、玄関から外に出て行った。

智也の顔に硬いものが張りついていたのを早希は見逃さなかった。

4

特捜本部にあてられた講堂に、まだ捜査員たちは少なかった。

「マル害の遺体はどうするって?」

濃い眉をした男が目尻をつり上げて言った。

捜査指揮に長《た》けているという評判の正木《まさき》捜査一課長だ。

「今朝、母親に連絡を入れました。火葬にするということです」

「聞いてないぞ」曽我部が口をはさんだ。「保存するように命令しただろ?」

「なんとか保存できないかと頼みましたが、だめでした」

「それで引き下がったのか、おまえ?」

「どうしても、ということでしたので。生前の身体のままでいるのは、忍びないと言っております」

「わかった。きょうは通夜《つや》だな？　何時からだ？」

　正木が引き取った。

「葵ヶ丘団地の第一集会所で、午後五時からです。告別式は明日の午前十時に」

「通夜には顔を出すからな。そのあと、記者会見をセットしてくれ」

「おまかせください」

　胸を張って答える曽我部の横から疋田は、

「ひとつよろしいでしょうか？」

　とうかがいを立てた。

「法務省から連絡が来る再犯防止措置の監視対象者は、強制わいせつや強姦《ごうかん》など、暴力的性犯罪にかかわる者だけです。公然わいせつや児童買春などの軽微な性犯罪を犯した者はふくまれておりません。今回の事件の犯人は、その中に紛《まぎ》れ込んでいる可能性もあると思います。この点、危惧《きぐ》しております」

「そのとおりだ。捜査会議で重点捜査項目に挙げるつもりでいる。情報提供を頼むぞ。管内に一番くわしいのはきみらだしな」

「承知しました。すぐ用意いたします。失礼します」

　会釈《えしゃく》して引き下がる。

　頭越しにやりやがってという感じでにらみつけている曽我部が疋田のあとをついてき

た。そして、低い声で言った。

「野々山は当分謹慎だ。わかってるな。課から一歩も出すなよ」

「それは特捜本部のご判断ですか？」

疋田は歩みを止めずに訊いた。

「いちいち突っかかるな」

言うと、曽我部はきびすを返して戻っていった。

いらついた。捜査一課長の手前があるとはいえ、すすんで捜査員にペナルティを科すようなことがあってよいのか。たまらなくアルコールが欲しくなった。怒りをおさえるために、思いきり息を吸った。そのとたんに、胸がきりきり痛み出した。

疋田は自分に当てられている視線を感じた。講堂入り口の長机に、ぽつんとひとりですわっている若い男だ。坊ちゃん刈りでワイシャツの袖口《そでぐち》をまくり上げている。巡査部長のようだが刑事特有の臭いを発散していないのだ。その男の脇を通るとき、

「ひどい副署長ですね」

と低いつぶやき声が聞こえて、疋田は歩みを止めた。

「あ、申し遅れました。サイバー犯罪対策課の越智昌弘《おちまさひろ》と言います」

男は軽く腰を浮かせて挨拶《あいさつ》した。まだ、三十前だろう。頬骨のところにニキビが出ている。目のやさしい男だ。

サイバー犯罪対策課はハイテク犯罪を専門に扱う部署だ。警視庁の組織上、生活安全部に所属しているが、ネットがらみで重大犯罪が起きたとき、捜査本部に派遣されてくることがあるのだ。

「あの、ご気分、すぐれませんか？」

「なんでもない。川又の供述の裏はとれましたか？」

疋田は胸の痛みをこらえながら訊いた。

不意の質問に越智はとまどった顔で、

「とれてますけど。秋葉原のネットカフェに来ていますよ」

「そっちじゃなく、ホシとのやりとり。川又はホシから謝礼として三万円受け取ってるでしょ？」

越智は合点がいったというように、

「川又とホシのメールのやりとりですけど、ホシはあちこちの踏み台を経由して自分のIPアドレスを隠しています。いまのところ、たどり着けていません」

と答えた。

踏み台とは他人のパソコンを不正にのっとり、犯行の足跡を消す手法だ。

「三万円の報酬は口座振り込みだったはずだけど」

「それですね。本庁から届いたところです」

越智は目の前においたノートPCの画面を疋田に見せた。

粗《あら》い映像だ。銀行のATMにとりつけられた防犯カメラの映像だとわかった。つばのついた帽子にサングラスをかけ、大型のマスクをつけた男がATMの前で操作をしている。

「ホシです。ここから川又に現金で三万円を振り込みました。池袋駅の地下通路にあるATMです。六月七日、夜の十一時二十二分」

疋田は画面に顔を近づけた。背景にかなりの数の通行人が行き交っている。

「見てのとおりです。素顔がわかりません。顔認証システムもはねられちゃって」

疋田は入金処理をすませた男がATMから遠ざかるのを見つめた。

「渋谷の公衆電話からかけてきたホシと、背格好はぴったり一致しています。歩行パターンも同じですね。これから一課長に見せますよ」

まだ、幹部たちに上げていなかったようだ。

それにしても、また池袋かと疋田は思った。身代金の受け渡しも池袋のサンシャインビルだし、それ以前にホシが使った公衆電話も、池袋に近い千川通りの公衆電話だった。ホシは池袋周辺に土地鑑《とちかん》があると見ていいだろう。池袋に注意を引きつけておく作戦かもしれないが。新宿御苑に死体を遺棄したのは、自分たちのテリトリーから少しでも離れたところに動かしたいという本能の表れだったのかもしれない。

画面を見ているうちに、胸の痛みがやわらいでいた。

疋田が離れようとすると、

「お急ぎですか？」

と越智はドングリ眼《まなこ》で疋田を見上げた。

「でもないけど、なにか？」

「ネットの件はご存じですか？　〝箱根〟の件です。けっこう、あちこちで盛り上がっているんですよ」

なにを言いたいのだろう？

「この一月に、児童ポルノ製造容疑で逮捕された立川《たちかわ》の高校教師のことはご存じですか？」

「知らない」

「愛知県警とうちとで共同捜査本部を作ったんです。それに参加して、この手の連中のことはいやっていうほど……」

「この手とは？」

「ペドファイルです」

「児童性愛者？」

幼い子どもたちを性的嗜好《しこう》のターゲットにする異常者だ。

越智は居住《いず》まいを正して、

「連中は、規制が厳しくなって地下に潜《もぐ》ったと言われてますよね。でも、ファイル交換ソフトを使って画像のやりとりをしたり、たちの悪い業者は、カモフラージュしたＨＰを作って画像の売買をしています。そのいくつかのサイトに、ぼくも身分を隠して入っているんですよ。で、チャットなんかにつきあっていると、よく〝箱根〟が出てくるようになって」

「箱根って言うと、今回の事件がらみで？」

誘拐当日、犯人が北原奈月の写真を撮った場所が、箱根と関係しているようなのだ。

「それはまだわかりませんが、そうだなあ、今年の二月くらいからかなあ。チャットで、『箱根は行ったか』とか『箱根はすごいらしい』とか、そんなわけのわからない会話を見るようになりました」

「二月から？」

今回の事件の四カ月前から？

「正確な日付は覚えてないですけど」

「今度の事件と関係しているのか？」

「いえ、ただそれだけのことなんです。きょうの捜査会議で上げてもいいんですが」越智は言った。「ただし、このことを知らせたのは疋田係長が最初です。どうされます？」

この男は初対面の自分に、アドバンテージを与えたい腹なのか？

「具体的にはどうやって調べるのかな？」

「やり方はいろいろあります。チャットに参加して様子を見てから、〝箱根〟と書き込んだやつのIPアドレスをつきとめれば、個人が特定できます」

「きみがやってくれるのか？」

「そうしたいのは山々ですけど、ぼくの席のまわりには、幹部連中がうじゃうじゃいますよ」

と越智は値踏みするような顔で疋田を見た。

サイバーポリスと呼ばれる彼らは、デスクワークが基本で外には出ない。幹部らが詰めるすぐ脇で仕事をするのが常だ。

ネットに現れる〝箱根〟の件を幹部に知られていいのか、と言いたいのだ。

ハイテク関係に強くない疋田にとって、雲をつかむような話だ。しかし、このネタを探ってみてもいいかもしれない。

「わかった。とりあえず、そのHPを教えてくれるか？」

「承知しました。疋田さんの携帯にURLを送りますから。言っときますけど、辛抱《しんぼう》、要りますよ。日がな一日、画面と首っ引きですから」

「為《な》せば成るさ」

講堂の出口に小宮が待ち受けていた。

「なにかありましたか？」

「ない。それより、お母さんはどうだった？」

今朝方はせわしなくて、聞きそびれたのだ。

「元気です」

見舞いに行ったらしい。

「歩けた？」

「まだ、ちょっと無理みたいですけど。ひどくはないと医者は言ってますし。生活習慣病みたいなものですから」

リウマチは生活習慣病とは違うと思うが。

「でも、お母さんは頼りにしてるぞ」

「弟もいますから」

「病気のときは娘のほうが」

小宮の表情が翳《かげ》ったので、疋田は言葉をのみ込んだ。

「うちの母って、弟さえいればいいんです。どうせ、わたしは、はじめから数のうちに入っていないし」

強い口調で言ったので、返す言葉がなかった。

「疋田係長、わたし、すぐ北原家に行きますから」

「一課長の命令を聞いてたのか?」

「聞こえました」

北原美紗子の自宅には、もう特殊班の宮内は来ない。うちで世話するしかないのだが。

「いいって、刑事課に頼むから」

「だめです。やらせてください。通夜の手伝いでもなんでもします」

疋田は思いつめたような小宮の顔を見た。

言い出したら聞かない。仕事に没頭していたいというように読み取れる。

「わかった。ただし、急な用事ができたら、すぐに交代してもらうこと。いいな?」

「わかりました」

疋田は生活安全課に入った。席に着いている野々山幸平は、疋田と目を合わせようとしなかった。

「捜査会議に提出する性犯罪者のリストはできてるか?」

疋田は訊いた。

「なんですか、それ?」

「管内に住んでる変質者のリスト。公然わいせつ、迷惑防止条例違反、軽犯罪法違反」

「それなら、いまあるので間に合いますけど。学校側からもらった不審者のリストもつけますか?」

「そのほうがいい。あとで特本のデスクに上げてくれ」

デスクは特捜本部に入ってくる情報をすべて管理するポジションだ。捜査一課のベテラン刑事が担当する。

ちょうど末松がやってきた。

「お、久しぶり」とからかい半分に野々山の肩に手をかける。

「やめてくださいよ」

不機嫌そうに野々山がふりはらうと、末松は笑みを浮かべて折り曲げた競輪新聞に目を落としはじめた。北原家に行くと買って出た小宮も、心なしか元気がない。

なんとかしなければと疋田は思った。まだ、これからひと山もふた山もあるはずだ。出だしからこの調子ではまずい。

「推測になるが、おれはホシが団地の中にいると思う。みんなはどう感じてる?」

疋田は呼びかけた。三人の反応は鈍《にぶ》かった。

「団地では、本格的な聞き込みがはじまっているが、おれたちの地元だ。これまで、なんべん出張ったかわからない。スエさん、ホシを見つけることができるのはわれわれだけだと思うがどうだ?」

「まあ」

と末松は新聞を置いて、頭をかいた。

「ホシを捕まえたいですよ。それはもう、できればこの手で」

野々山が言うと三人は神妙な顔つきになった。

「全員、捜査会議に出ること。そのあと、マコは北原奈月の母親の面倒見。元気出していくぞ」

「いいんですか、おれ、出ても？」

野々山がおずおずと切りだした。

「堂々と胸を張って出ろ。責任は俺が持つ。だいたい、おまえは公園で川又と取っ組み合いをしたんだ。捜査一課の連中から、なにを言われたか知らないが、あのとき、おまえがホシに向かっていったのは理解できる」

「やつだって、まだホシである可能性はあるわけだしさ」

末松があいだに入った。

小宮はまだ浮かない顔をしている。

「マコ、どうした？　面倒見はいやになったか？」

「そんな、めっそうもない」小宮は背筋を伸ばした。「すぐ出向きます。あ、瀬川はだれが？」

と三人の顔を見やった。

管内の幼稚園児を自分のアパートに連れ込んだ独居男性老人だ。

「そっちはおれがやる」

言ったとき携帯がふるえた。越智からのメールが着信したのだ。

それをそのまま、野々山の携帯に転送し、仕事の中身を伝えた。

野々山はけげんそうな顔つきで携帯のモニターを覗きこんだ。

5

第一集会所前の駐車場にクルマを停《と》めて、小宮は運転席から降りた。少し暑くなり、歩きながら喪服《もふく》の上着を脱いだ。A27棟の階段登り口にある北原家の郵便箱には、スーパーのチラシがはみ出ていた。中にはかなり郵便物がたまっているようだ。

四階までゆっくり上った。金曜日の夜、宿直勤務についていた自分が、交番の警官から北原奈月失踪の報を受けたことは、まだ、北原家には話していない。でも、いずれはわかるだろう。これから会ってすぐ、そのことを伝えて謝ってしまおうか、などと考えていると、もう四〇五号室のドアの前に来ていた。

ブザーを押すと、グレーのカットソーに黒パンツ姿の北原美紗子の母親が現れた。北原久枝《ひさえ》だ。美紗子と同じくらいの背丈。五十五歳くらいだろうか、小じわの目立つ顔だ。

ダイニングキッチンとつながった右手の部屋に、祭壇がもうけられていた。喪服を着た葬儀社の男が生花の飾り付けをしている。美紗子と同年代の女がふたり、それを手伝っていた。団地の知り合いだろうか。

小ぶりな純白の布団に、こんもりと人の形ができていた。北原奈月の遺体だ。痛々しい。こらえながら、布団の横にひざまずき合掌した。

対面する美紗子の視線を感じながら、顔にかかった白布を持ち上げた。深く眠っているような顔をしている。いったい、この子はどんな目にあったのだろう。

「ほんとうになんと申し上げていいのか、わかりません」

言うと美紗子もかしこまり、頭《こうべ》を垂《た》れた。現実に起こったことに、身も心も追いついていかない。身代金を運んだとき以上に、感情の起伏が乏《とぼ》しい顔つきだ。

手伝うことがあれば、遠慮なく言ってくださいと伝えて、枕元を離れた。

母親の久枝が、しきりと隣室と居間を往復している。

小宮は自分の母親のことを思った。

この親子は自分たちより、ずっと仲が良さそうだ。

ふと、警官がこの場にいてもいいのだろうかという思いがよぎった。

それとは裏腹に、三日前、通報を受けて駆けつけたときに抱いた疑問を思い出した。美紗子が外出着を用意したり、カレーを作ったとうそっぽいことを言ったことだ。

小宮は目立たないように台所に立った。

狭い台所だ。壁掛けの小物入れが目についた。麻でできた三段の入れ物に、チラシや手紙類がつめ込まれ、テレビのリモコンまで入っている。片づけたほうがいいのではないかと美紗子に耳打ちすると、

「あ、お願いできます?」

と美紗子は答えた。

「美紗子さん、こんなときに申し訳ないですけど、これまで箱根に行かれたことはありますか?」

「あ、二年前に娘とふたりで行きましたけど」

美紗子はすぐ反応して、壁際にあるサイドボードを開けた。コップやキャニスターが並んでいる中から、木箱をとりだした。波模様の柄で、ちょうど手のひらに乗るサイズだ。

「これ、おみやげに買ってきた〝からくり箱〟です。六面すべてが動きます」

知っている。箱根名物の寄木《よせぎ》細工だ。箱の面を順番通りにスライドさせないと開かない仕組みだ。

「わかりました。すみません、こんなときに」

身代金の受け渡しのときは動転していて、箱根どころではなかったのだろう。

小宮は久枝のあとについて、隣室に入った。

六畳間に奈月の学習机や加湿器が置かれていた。学校用品からドライフラワーまで雑多

な品であふれている。祭壇を作るために、こちらに運んできたのだ。

久枝が小声で、

「警察の方々にはすっかりお世話になりまして、すみません」

「いえいえ、ほんとうにこんなことになりまして……」

「遺体のこと、申し訳ありません。昨夜、美紗子は警察で保管してくれていいと言ってたんですよ。でも、今朝になって急にどうしても火葬にするって言い張るんだから。あの娘らしくもない」

「とおっしゃいますと？」

「お通夜は夕方の五時からなのに、午後一番で火葬するように手配したんですよ。業者の方も寝耳に水でした。大泉《おおいずみ》のほうで、引き受ける火葬場を見つけてくれたようですけど」

「え？　火葬は明日ではなくてきょう？」

「ええ。告別式のあとにしなさいって言ったんですけど、頑《がん》として譲らないんです。おかしいんです。親の言うことはなんでも聞く子なのに」

通夜の前に火葬することはまれにあるが、最近は聞いたためしがない。

生きていたときの姿のまま保存されるのに耐えられないということだったが、そんなに急がなくてもいいのではないか。どちらにしても、報告しなくては。

「こちらこそご無理をお願いしてしまって。それでね、お母さん、火葬する前に、ご遺体を少し調べさせていただければと思うのですけど、いかがでしょう?」

「うかがっています。それは娘も承知していますから」

「ありがとうございます。のちほど、係の者が参りますので」

久枝はこみあげてくるものがあるらしく、嗚咽《おえつ》を漏《も》らしながら、部屋を出ていった。

小宮はその場で疋田の携帯に電話を入れ、火葬が一日繰り上がったので、係員を至急派遣してほしいと依頼した。疋田はすぐ応じた。

学習机に立てかけられた分厚いアルバムが目にとまった。幼いころからの奈月と美紗子の写真がおさまっている。ところどころ、空白になっているのは、別れた夫が写った写真だったのだろうか。

半開きになった桐《きり》だんすの奥に茶色いバッグが押し込まれていた。イギリス生まれの歌手の名前を冠《かん》した高級ブランドバッグだ。本物なら数十万はするはずだが。

ダイニングキッチンに戻り、壁のサイドボードを隣室に運んだ。

はさみ込まれているのは、足つぼマッサージの優待ハガキやドラッグストアのチラシのようなものばかりだ。奈月宛の学習塾の勧誘や子役のオーディション通知まで、けっこうな量だ。消費者金融の督促状もある。

台所の隅《すみ》に移されたテーブルに、チェック柄のトートバッグが載せられていた。美紗子のものだ。赤い袋が飛び出していた。アセロラ味のグミの袋のようだ。死ぬ直前、奈月はあれを食べたのだろうか。大人向きのアセロラ風味を？

気になって久枝に尋ねると、

「いえ、なっちゃんは食べないですけど」

と不思議そうに言った。

「じゃ、美紗子さんが？」

「はい、あの子の好物です」

玄関のブザーが鳴り、美紗子がまた出ていった。

小宮は壁時計を見た。午前十時を回っている。来客は増えるだろう。

6

「なんだ、これ」

林亮太《はやしりようた》は目の前の横断歩道を渡る児童らを見て、アクセルをゆるめた。

午後五時少し前、喪服を着た母親たちに引き連れられて、十人ほどの児童が列を作っている。

「もしかして、お通夜かなあ」

水島早希は助手席から人々を見て言った。

「あー、例の誘拐」

「うん。あの保護者は殺された子のお葬式に行くのかもね」

「葬式に団地中の人が集まんの？」

「半分は好奇心じゃない？」

「行ってみるか？」

「やめてよ。そんな格好で」

ポロシャツに黒タイツ、そしてサッカーパンツという出立《いでた》ちでは無理だ。

亮太は早希がアルバイトをしている、赤羽駅前のステーキハンバーグ店の元同僚だ。いまは店を辞めている。私大の経済学部に通う三年生で、ときどき、ドライブに誘われるのだ。きょうも学校まで迎えに来てくれた。

早希は交番の手前でクルマを停めてもらった。うしろの席にあるトートバッグを手にとる。

「明日も学校、行けよな」

別れしなに言われて、

「親みたいなこと言うな」

と応じた。

亮太のクルマが見えなくなると、早希は自宅とは反対側に足を向けた。

葵ヶ丘団地の真ん中にある第一集会所の前は、児童や喪服姿の保護者でごったがえしていた。

「早希ちゃん」

同じ棟に住んでいる女に声をかけられた。小学生の子どもがいるはずだ。殺された北原奈月の同級生なのだろう。

「お線香、上げていってくれる」

相手は早希が着ているカーキ色のジャケットと黒タイツを見た。その格好ならOKという感じだ。

早希は集会室に入った。

三〇坪ほどの部屋に小ぶりな祭壇があり、児童や保護者が並んで焼香《しょうこう》している。普段着のままの人も多い。

まんなかの棚に北原奈月の遺骨がおさめられた骨箱が置かれていた。火葬が終わっているようだ。その横に大型の液晶モニターが設置され、笑顔の北原奈月の写真が映し出されている。

そういえば、中央公園で何度か見かけたことがある子だと思った。

北原奈月の住まいの棟は、北エリアのはずれだ。早希の自宅は、区営の特養ホームをはさんだ西エリアの南側にあり、直線距離で四〇〇メートルほど離れている。モニターの前で焼香をすませ遺族の前を通った。

奈月の母親はすぐわかった。無表情だ。ショックで子どもを亡くしたことが、まだ信じられないのだ。そのうしろに控えているのは、小学校の教師たちだろうか。

集会所を出た。中央公園をつっきって、団地の西エリアに入った。特養ホームの横を通り過ぎたとき、裏手の駐車場に黒っぽい服を着た細身の男が見えた。

山崎智也だ。

黒光りする頑丈そうなセダンの前で、喪服を着た中年の女と向き合っている。

智也もあの女も、通夜に出たのだろうか。

四角っぽい顔つきのはじめて見る女だ。白髪を隠さないベリーショートの髪が、額《ひたい》に張りついている。セダンの運転席サイドで、顎《あご》ひげを生やした肩幅のある男が腕組みをして見守っていた。

智也は女と顔をあわせようとせず、うつむいて話を聞いている。黒のジャケットにチェックのパンツ姿だ。智也の態度からして、目上の人間であるような感じがする。

どうして、あんなところで、こそこそ話し込んでいるのだろう。

早希はそこを離れて、自宅に向かった。

B17棟の二階の二〇三号室が住まいだ。

鍵を開けているとき、家の中からベルの鳴る音が聞こえた。

智也の古い携帯の着信音ではないかしら。

早希は家に上がると、玄関横の和室に飛び込んだ。携帯が甲高いベルの音を鳴らしていた。ローテーブルの上に置かれたバッグの中で、携帯が甲高いベルの音を鳴らしていた。

早希は折りたたみ式の携帯をとりだした。手の中でふるえるそれを、しばらく見入った。今朝、これを持って出て行ったときの智也の顔が浮かんだ。……よからぬ相手からかかってきたに違いない。

いっこうに着信がやむ気配はない。

よほど、大事な用件があるのだろうか。

そっと携帯を開けてみた。

〝見守る会〟

と表示されている。

見守る会……なんのことだろう。

やっぱり、出ちゃいけない。いずれ止まるはずだ。

早希はそっと折りたたんでバッグに戻し、部屋から出た。

着信はまだ続いている。気になって仕方なかった。

やっぱり出てみよう。急用に違いないのだ。あとになって、智也も困るだろう。

早希は部屋に戻り、あわててバッグを手にとった。その拍子にテーブルにふれて、積み上げられていたＤＶＤが音を立ててくずれた。気にしている間《ま》はなかった。早希は携帯を開いてオンボタンを押した。

「……さん、大丈夫？」

女の声だ。

長いこと呼んでも出なかったので、心配しているような感じだ。

早希は耳に押しつけた。

「聞いてますよね？　電話口にいるんでしょ？　返事いただけませんかー」

「あ、はい……」

早希は電話口でつぶやいた。

「いるんでしょう、やっぱり。あなた、どなたになるのかなあ？」

親しげな感じだ。

「えっと、知り合いですけど」

どうにか、ごまかせた。

「アサガさんはいますよねえ？」

アサガ――。

指の力が抜けて、携帯を落としそうになった。

固く握り直して、耳を澄ませる。

まさか、と思った。

そんなはずない。あるわけないじゃない。

でも……。

どうして、その名前が口をついて出たのか、早希にもわからなかった。

「アサガミツヨシですか？」

「そうですよお、なにを、おっしゃってるんですかぁ」

目に見えない鉄の塊《かたまり》が降ってきたような気がした。

得体の知れない疑問が頭の中でうずまいた。

――この携帯の持ち主は智也ではなくて、浅賀光芳《あさがみつよし》なの？

「きょうはメールが入ってませんけど、どうかされましたか？」

メールを入れる？　なんのことだろう。

「あ……いえ、かわりないです」

言いつくろった自分を奇妙に感じた。

「アサガさん、お薬は飲んでますか？」

薬？

「……はい、飲んでます」

「そう、よかった。脳梗塞《のうこうそく》を見くびってはだめですよお。いつ、倒れてもおかしくないんですから。お願いしますねえ」

あの人は脳梗塞を患《わずら》っているの？

「あ、わかってます」

「浅賀さんはいま、どちらに？」

「買い物に出ていますけど」

「わかりました。大事にしてくださいね。それじゃあ」

いきなり、電話は切れた。

通話時間一分二十一秒、と表示されたモニターをまじまじと見つめた。

浅賀光芳。

早希の父親の名前だ。

同姓同名の他人ではないと、早希は確信に近い思いを抱いた。

父が母親と離婚して、十年ほどがすぎている。しかし、この携帯は父親のものに違いないと、早希は思った。

どうして、それを智也が持っているのか。

さっぱりわからない。

話の中身からして、〝見守る会〟というのは父の勤め先だろうか？　病気を患った父を気づかってくれているようだ。

でも、どうしてそうならそうと、智也は言わないのだろう。

母は知っているのだろうか。

なにからなにまで、秘密めいている。

着信履歴を見た。たったいま、かかってきた〝見守る会〟の番号しか残っていない。

智也は、いつも電話に出るたびに、着信を消しているのだ。

携帯に登録されている番号を調べた。見守る会を除いて、四つしかない。T1からはじまって、T2、T3、T4。

見守る会は固定電話だが、ほかは携帯の番号だ。

こうして見ていることを、智也には知られてはいけないと思った。

少し迷った末に、早希は見守る会から来た電話の着信を消した。

居間に戻り、早希はカレンダーの裏側に五つの番号をボールペンで書きつけた。携帯を智也のバッグに戻して居間に入った。ちょうど、そのとき玄関ドアが開いて智也が顔を出した。

間に合ったと早希は思った。携帯のことはとりあえず、訊かないでおこう。いま、着信があったことも知らせない。

もし、事情がわかってしまったら、智也はここから出ていってしまうような気がしたからだった。

7

疋田は末松とふたりで通夜会場の集会室に入った。警察関係者がおおぜい列席していた。捜査一課長の姿も見える。北原美紗子は同じ年格好の女たちに囲まれるようにすわっている。うしろにいた小宮真子が席を立って疋田のもとにやってきた。

「火葬場につきあったか？」

疋田は小宮に訊いた。

「もちろんです」

「遺体のサンプルは？」

「十一時過ぎにとりました。科捜研にまわされるそうです。係長、瀬川は？」

「アパートにいない。今月の一日に脳梗塞で倒れて、浦和《うらわ》の特養に入った。美紗子の別れた亭主は来てるか？」

「来ていません」

自分の子どもが誘拐され殺されたというのに、葬儀に参加しないとは。

ふたりはそれほど剣呑《けんのん》な仲だったのか。

疋田は美紗子のまわりにいる女たちは親戚なのか、と訊いた。

美紗子が入っているなめこクラブという布絵本を作るサークルの仲間だと小宮は答えた。

「怪しい人間は来たか？」

「いえ、これまでは」小宮は耳打ちしてきた。「美紗子さんが勤めている会社の花輪にカメラを仕込んでいます」

その花輪は骨箱の横にある。通夜に訪れる人をすべて録画するのだ。犯人サイドの人間が紛れ込んでいないとも限らない。

疋田はあらためて、会場を見渡した。

児童をふくめて、おおぜいの住民が参列している。テレビ局の取材クルーがあちこちでカメラを回していた。新聞記者の顔も見える。

自分は今朝、団地の中に犯人がいると部下に話したが、その見立てに間違いはないだろうか。カネが欲しくて、団地住まいの子どもを狙う誘拐犯などいないのではないか。カネ目当ての誘拐事件とはとても思えないのだ。

「疋田係長、胸は大丈夫ですか？」

小宮が訊いた。

「問題ない」

外に出てから、痛みはない。

「慎二くんから電話はありましたか？」

「ないよ、まだ」

疋田はぶっきらぼうな感じで答えた。

「怒ってません？」

「どうして？」

「わたしが母のことを悪く言うから」

「そんなことないよ」

実際、それはないとはいえない。

どんな事情があるにせよ、自分の母親のことを悪く言うのは、聞いていて気持ちがいいものではない。

疋田はふたりを残して集会所から出た。焼香をすませた児童や保護者の輪があちこちにできていた。小太りの女が目にとまった。三月のホームレス襲撃のときに聞き込みをして顔見知りになった主婦だ。たしか武藤礼子《むとうれいこ》という名前だ。

声をかけると、相手はすぐ疋田のことを思い出したようだった。

「いつぞやは、なんべんもお邪魔しました。申し訳ありませんでした」

「あ、いえ、あの子たち、あれからどうなったんでしょうか？」

「そのことはお話しできません。ところで奥さん、今回のことについて、なにかお聞きになっていることはありませんか？」

「奈月ちゃんのことで？」

「ほかにありません」

自分でもぶっきらぼうな言い方になったと思った。

武藤はたび重なる聞き込みでも、好意的に応じてくれたのだ。

「仲間うちではいろいろと話しているんですよ。ですが、まだなにも」

「公園で子どもたちに話しかけたり、あとをついて歩くような人間を見たり聞いたりしたことありませんか？」

「まえにも言ったと思いますけど、おかしな人はいっぱい、いますよ。名前がわからないけど」

「知っている範囲でけっこうですから、話していただけませんか？」

「午前中にお見えになった刑事さんにお話ししました」

「その中身をもう一度、話してください」

疋田は武藤の言う言葉に聞き入った。

手がかりになりそうなことはひとつもなかった。

そういえば、と武藤は言いかけて口を閉ざした。そのとき、ノートを持った若い男が横に来て、

「あの、東久留米の幼女殺人事件のときの疋田さんですよね」

と声をかけられた。

こんなときにと疋田は思った。まだ、自分の顔を覚えている記者がいるとは。

「このあと署で記者会見があるぞ。訊きたいことがあれば、そのときに」

疋田は言いながら、記者を遠ざけるために、武藤を通夜会場の裏手に連れていった。

「なにか思い出しましたか？」

「奈月ちゃんのことじゃないんですけど」

「なんでもいいから、話してくれと言ったはずですよ」

武藤はさすがにむっとした顔で、

「写真です。女の子の」

と口走った。

「なんですか、それは？」

「ですから、言ったとおりのことです。女の子の写真が新聞受けに入っていた家があるんです」

「どこの女の子のことです？　まさか、北原奈月ちゃんじゃありませんよね？」

「奈月ちゃんであるはずないじゃないですか。それならそうとわかります。ただ、べつのときにそういう噂《うわさ》話を聞いただけですから。見かけない女の子が写っている写真が、ある日、新聞受けに入っていたという噂です」

「どこの家に？」

「団地の中だと思います。どこの家なのかはわかりません」

「あなたのご自宅はどこでしたか？」

「Ｃの５棟です」

古い団地だ。葵ヶ丘中学校の東側のエリアにある。

それにしても、わからない話だ。

女の子の写真が新聞受けに投げ込まれるとは。なにかのいたずらだとは思うが。

ほとんど材料が出なかった捜査会議が終わると、疋田は刑事課長の岩井をつかまえて、尋ねた。

「箱根に出張ってる捜査員からなにかありましたか？」

捜査一課、殺人犯捜査五係の塩原警部補の姿が今晩もなかったのだ。

「箱根に教会と名のつくところは二カ所しかないみたいだ」

「聞いています。元箱根に修道院。強羅《ごうら》にもカトリックの教会がありますよね。そのふたつだけ？」

「そうだ。十人がかりで聞き込みの真っ最中だ。なにかつかむまで帰って来るなって参事官が発破《はっぱ》かけてるぞ。とうぶん、むこうへ泊まり込みだな」

「奈月ちゃんの写真と似たところは見つかりましたか？」

「どっちも企業の保養所が集まった一画にある。まわりが山にかこまれた中にあるってい
うことだ」

「塔のある教会はどっちです？」

「教会だぞ。どっちにもある」

「赤い塔は？」

「写真を分析した結果を聞いてるだろ。光線のかげんで赤っぽく写っているだけだ。もと
は茶色かもしれん。箱根にあるふたつの教会の塔も茶色だ」

「教会の近辺で、事件前後に怪しい人物や奈月ちゃんらしい女の子の情報は？」

「あれば、会議に出る」

「カーテンの調べはあれで終わりですか？」

奈月の遺体をくるんだカーテンのことだ。捜査会議で量販店で売られているという報告
があったが、それ以上は調べないということで終わったのだ。

「五係に訊けよ」

岩井はぶすっとした感じで去っていった。

いまのところ、犯人と直接つながる手がかりは、遺体を巻いたカーテンしかないのだ。

捜査一課は捜査のキモとなる情報を自分たちで握って、出さないだろう。

生活安全課には末松のほかに小宮も戻ってきていた。野々山はノートPCと首っ引きだ。つけっぱなしのテレビには、誘拐事件のニュースが流れていた。身代金受け渡し現場になった池袋サンシャインシティをはじめとして、犯人が電話をかけてきた渋谷の地下街と中村橋歩道橋下の公衆電話が多元中継されている。

「マル害の様子はどうだった？」

と疋田は小宮に声をかけた。

「親戚関係が五人ほど自宅に残っているだけです。泊まるのは母親だけだと思います」

小宮は精彩がない。

また、病院にいる母親と一悶着《ひともんちやく》あったのだろうか。

「どうした、疲れたか？」

「いえ」小宮は耳元の髪をかき上げながら、眉をひそめた。「なにか、美紗子さんにふりまわされちゃって。昨日までは遺体の保存に前向きだったのに、今朝になって、火葬にするとか言い出して。わけがわからない」

「遺体を見ていて気が変わったんだろう」

「そうでしょうか？　わたしが母親なら、遺体を生前のままの姿で保存してくれるって言われたら、たぶん、そうすると思いますよ。火葬にするのは、犯人が捕まってからでも遅くありませんから」

「小宮は親の気持ちがわかるのか？」

末松が意地悪く訊いたので、小宮は話題を変えた。

「〝箱根〟の件ですけど、美紗子さん、子どもを連れて二年前に箱根に行っています」

小宮は北原家で見た箱根みやげの寄木細工のことを話した。

「となると、奈月ちゃんは箱根のことを知っていたことになるぜ」

末松が突き放すように言った。

「ええ、たぶん」

「ホシは箱根で奈月ちゃんを見そめたのかもしれませんよ」

野々山がPCから目を離さずに言った。

「ホシは箱根在住か、もしくは、観光客か……」

「保養所とかも多いし、やっかいだな」

末松が言った。

「どっちにしても、ホシは奈月ちゃんを箱根に連れていったんですよ」

小宮が決めつけるように言った。

「捜査一課が箱根に出張ってることだし。そのあたりは徹底して聞き込んでいるんじゃないですかね、疋田係長」

「と思いますね」

「北原家の手紙入れに消費者金融の督促状がありました。五万円ほどですけど」

小宮が思い出したように言った。

「支払期限はいつ？」

「ふた月前の月末。もう支払いはすんでいるみたいですけど。彼女、ひょっとしたら浪費家かもしれないですね」

小宮は美紗子が高級ブランドバッグを持っていることをつけ足した。

「バッグだけじゃなくて、服とか家具とか、けっこう良いものも持っているんですよ。あ、それにグミも」

「グミ？　どうした？」

「奈月ちゃんじゃなくて母親の好物らしくて」

「あれば食べるだろう」

「そう思ったんですが……」

「明日も行くんだから、もう一度訊いてみたらどうだ」

「そうします」

「きょう、通夜に出てみて、やっぱり団地だなあって思ったな」

しみじみとした感じで末松が言った。

「どういうこと？」

疋田は訊いた。

「ホシは近くにいるんじゃないかって」

「ぼくもカネ目当ての誘拐じゃなくて、わいせつ目的の連れ去りだったような気がしますよ」野々山が言った。「末松さんは、団地の住人が奈月ちゃんにめぼしをつけていて、自分の家に連れ込んだと考えているんですよね？」

「それに近いかなと思っただけだよ」不服そうに末松は続けた。「カネ目当てなら、誘拐した当日になんらかのアクションを起こすのが自然な気がするしさ。たとえ、殺してしまったあとだとしても、身代金の要求はあって当然のような気がする。でも、今回の事件では次の日の午後だった。なにか、とってつけたような気がしてならんな」

末松は言うと疋田を見やった。

末松の直感は当たることが多いのだ。

「スエさんは誘拐が狂言だったと見てる？」

末松は細い首を伸ばして、うなずいた。

「そのあとも犯人は行き当たりばったりの場所から電話をかけてきたし」

「そうでしょうか？　池袋のサンシャイン広場を指定してきたとき、けっこう用意周到だなと思いましたけど」

野々山が言った。

「川又はどう？　彼がネットで例の〝仕事〟を見つけたのは、誘拐のあった日の深夜よ。もし、あらかじめ計画された誘拐だとしたら、そんなぎりぎりのタイミングで人を雇うかしら」

小宮が言った。

「もっと前から犯人は掲示板に書き込みをしていたかもしれんぞ」

疋田が言った。その確認はとれていないのだ。

「通夜で顔見知りの主婦から、東エリアの団地の新聞受けに女の子の写真が投げ込まれた家があるということを聞いた。聞いたことあるか？」

疋田は続けて言った。

末松が不思議そうな顔になった。

「それ、今年の二月くらいに聞いたような……」

「知っているんですか？」

「葵ヶ丘団地でほら、ピンクチラシを配った野郎を挙げたじゃないですか？」

「ああ、赤羽の歓楽街のピンサロの店長？」

小宮が応じた。

疋田は風俗営業法違反容疑で書類送検した男がいたことを思い出した。溝口《みぞぐち》という三十歳の男だ。葵ヶ丘団地の東エリアの棟の一階にある集合ポストに、デリヘルの迷惑チラシを投げ入れていたのだ。

「あの男がどうしたって?」

「いやね、容疑の裏付けで団地の聞き込みをしていたとき、そんな話を聞いたような……うろ覚えだけど」

末松が言った。

チラシと女の子の写真を混同した住民の話だろう。どちらにしても、ぼんやりした話だ。あてにはならない。

「もう一日、北原美紗子の家か」小宮が続けた。「煮詰まっちゃうな」

「小宮はそれが任務だろう」末松が不満げに言った。「こっちだって明日も一日、団地の聞き込みだし……せっかく高松宮《たかまつのみや》杯で連勝したのに、ツキが落ちちゃう」

競輪のことを持ち出したので、野々山がいいのか、という目つきで疋田を見やった。

「一件落着したらにしてくださいよ」

疋田が釘《くぎ》を刺すと、末松は頭をかいた。

急にアルコールが欲しくてたまらなくなった。

「スエさんの言ったことが気になる」疋田はアルコールへの思いを断ち切るように言った。「ほんとうにホシは行き当たりばったりのところで電話をかけたんだろうか……」

「防犯カメラで顔が映らない場所を選んでいるからですか？」

　末松が訊いた。

「それもあるけど……おれはその二カ所を回ってみようと思う。きょうの会議でも、そのことにふれる意見は出なかったし」

　池袋のサンシャインシティも見ておく必要があるだろう。

「回って、どうするんです？」

　用もないのにという感じで末松が言った。

「わからない。ただ、気になるというだけなんですけどね」

　疋田は反論しようと思ったが、やめた。かわりに、背広の内ポケットにあるハンカチのことを思い出した。きょうは道場に泊まるべきだろうが、慎二のことがある。明日は自分の誕生日だ。用事にかこつけて、早めに自宅に帰りたい。

「おっ」

　野々山がPCの画面を覗きこんだ。

「幸平くん、どうしたの？」

　小宮が横から画面を見やった。

「……返事だ」

「なんのことだよ」

と末松。

「越智さんが教えてくれたＨＰの」

野々山は疋田を見やった。

疋田は野々山が児童性愛者たちがひそかに集まって情報交換しているネットを調べていることを説明した。

「掲示板に書き込みをしてたのか？」

「ええ、ぜんぶで五つ教えてもらったんですけど、そのうちの三つにぼくのメルアドを載せておいたんですよ。『〝箱根〟に行ってみたいなあ。知ってる人、誰か教えて〜』と書き込んだあとに……しかし、なんだろう、これ」

野々山はみなが見られるように、ＰＣを九〇度まわして、メールを見せた。

〈ようこそ、こちらへ
１９３　２５２　２××　１〉

たった二行の文面だ。

あいさつはわかるが、そのあとの数字はなんなのだろう。

「うさんくさい相手だな」末松が言った。「幸平、おまえペドファイルに謎かけされて遊ばれてるんじゃないか」

「連中から？　へこむようなこと言わないでくださいよ」

「どうせ時間がたっぷりあるんだ。せいぜい、仕事にはげめよ」

末松がせせら笑うように言う。

「パソコンとにらめっこですか？　仕事してる気分じゃないですよ」

「最近の犯罪は、なにからなにまでネットがらみになってきてるぞ」

「例の箱根関係のつぶやきをツイッターで見るとか？」

と小宮。

「それもありだろ。ほかのＳＮＳだって」

ＳＮＳは人同士のつながりを広めるのを目的にしたインターネットのサイトのことだ。

「万一、〝箱根〟を見つけたらどうしますか？」

「該当するＨＰの保全と発信者のＩＰアドレス捜査」

プロバイダーの自主判断で記事が削除されることを防ぎ、さらに発信した人間をつきとめることだ。

「やったことないですよ」

「この際、やってみろよ」

末松に言われて、野々山は浮かない顔でＰＣを見やった。

8

豚肉のレタス包みと豆腐《とうふ》ステーキが夕食の卓に並んでいる。夜の八時に帰ってきた智也が、ほんの十五分ほどで作ったものだ。レタスがすっかりしおれて、早希は箸をつける気がしなかった。

見かねたように智也が豆腐ステーキをつまんで早希の取り皿に載せた。

「まずい？」

「ううん」

お腹は空いているのに、少しも食欲が湧《わ》かない。

あの電話のせいだ。

〝見守る会〟をネットで検索したら、すぐHPが見つかった。高齢者向けの介護サービスや旅行の世話などをするNPO法人のようだ。西早稲田《にしわせだ》にある。HPに出ていた代表番号と智也の携帯にかかってきた固定電話の番号が一致したのだ。

そこの女が告げた父親の名前を耳にしてから、身体の歯車のひとつが欠けたみたいに力が入らない。

智也はテレビのバラエティ番組を見ながら、おかずを口に運んでいる。

智也に訊いてみたいことが山ほどある。一番知りたいのは、父親のことを知っているかどうかだ。でも、それは訊けなかった。これまで半年以上、生活をともにしてきたのに、智也はそのことを口にしなかったからだ。

なにかある。絶対。

母親にもわたしにも口にできないなにかが。

遠回しな言い方で、「ねえ、ともちゃん」と呼びかけた。

智也は形の良い眉をちょっと上げただけで、早希を見ようとはしなかった。

片手に持ったスマホをタップしている。ふだんの智也は部屋にこもって、モバイルパソコンと首っ引きだ。でも、早希が不在のときに、たびたび外出している様子もうかがわれる。今週も外に出ることが多くて、昼間、部屋にはいないようだ。

「ともちゃん、きょう、あの子のお通夜に行った？」

「お通夜？　誰の」

「誘拐されて殺された女の子の」

智也は驚いた感じで早希を見つめた。

「どうしておれが行くの？」

「そうだよね。関係ないよね」

またひとつ、わだかまりが増えたような気がした。

智也はあの女と北原奈月の通夜に出向いたに違いない。早希は確信に近い思いを抱いていた。理由などないのに。

「彩ちゃん、どっか寄ってくるって？」

智也が壁時計を見て訊いた。

「わかんない。指名でもあったかもしれないね」

美容院のアルバイトをしている母親の彩子は、そこそこの腕前らしい。指名が入れば客を待っていなくてはならないのだ。

それにしても、息苦しい。いつもなら、たわいのないことを言い合っているのに。テレビのニュースを見たいと思ったが、チャンネルを変えられない。

「たのむな」

ぽつりと智也が洩《も》らしたので、早希は、「なんだっけ？」と訊き返した。

「荷物。たまってると思うんだ。明日はおれ、とりに行けそうもない」

早希は胸をなで下ろした。

早希が通う学校の近くに智也は私設私書箱を借りている。学校帰りに智也宛に送られてきた荷物をとりに行くのだ。

「いいよ。オーケー」

話が終わると、また重い空気が漂った。

もう限界。ふたりきりでいられない。

早希は箸を置いて、テーブルを離れた。トートバッグからスマホを抜き取り、玄関に向かった。

「どこ行くの？」

うしろから声がかかった。

「アヤさんを迎えに」

それだけ言い残して玄関から出た。

すっかり日は落ちている。立ち並んだ棟の部屋から洩れる明かりを頼りに駅の方角に向かった。旧公団が建て替えたカステル西赤羽と公務員住宅のあいだを歩き、丘をぐるっと回った。見下ろす谷間に西赤羽の住宅街が広がっている。

Y字型五階建ての建物が目に入った。旧公団が建てたスターハウス——。父と母が離婚する前に、三人で暮らしていた棟。それがいまでは、まわりに金網のフェンスが張りめぐらされている。建て替えで取り壊されるため、人は住んでいない。手にしたスマホの電話帳をタップして、その番号を表示させた。

〝T3〟

今朝、智也の携帯にかかってきた電話番号だ。その電話が気になって、智也がいないあいだに、自分のスマホに打ち込んだのだ。

番号非通知モードにして、オンボタンを押すと、すぐ呼び出し音がした。

七回鳴らしても、出る気配がなかった。切ろうとしたとき、女の声がして早希は身体を強張《こわば》らせた。

「……もしもし」

なんと答えるべきか、言葉が浮かんでこない。

「あ、夜分、遅くにすみません」

どうにか、口にした。

「北原ですけど、どなた?」

北原?

夕方の通夜のことが頭に浮かんだ。北原奈月の母親の顔がよみがえった。まさかと思いつつ、

「美紗子さん?」

と母親の名前を口にした。

「……どなた?」

急に疑い深い声になった。

こちらの出方をうかがう相手の息づかいが伝わってくる。

「あ、いいえ、このたびは……」

いきなり、電話は切れてしまった。

いまのは、あの殺された小学生の母親？

そうかもしれない。美紗子さんと呼びかけて否定しなかったのだ。

――智也は、あの女と知り合いなの？

だとしたら、智也が通夜に出ていてもおかしくない。

でも、いったい、どういうことなのだろう……。

早希の父親の浅賀光芳の携帯に電話番号が入っていたのだ。でも、いまは智也が持っている。智也の様子からして、誘拐事件が発生した直後から、ひんぱんに北原美紗子と連絡をとりあっていたことになる。彩子も、そのことについてまったく関知していない。

智也は北原美紗子と知り合いであることを隠している？

でも、どうして？

もしかしたら……智也は事件そのものに関係している？　わたしの父親の光芳も？

明日は奈月の告別式がある。美紗子も姿を見せる。そのとき、Ｔ３にかけてみればいい。美紗子が出れば、Ｔ３は美紗子の携帯の電話番号ということになるはずだ。

「サキ」

自分の名を呼ぶ声がしてふりむいた。

赤羽駅東口に通じる階段から、彩子がちょうど上がってきたのだ。

「こんな暗がりでなにしてるの、あんた」

彩子はけげんそうな顔で訊いてきた。

早希は手にしたスマホを隠して、

「迎えにきたんじゃない」

「迎えに？　うそばっかり」彩子は早希の顔を覗きこんだ。「ともちゃんと喧嘩《けんか》でもしてきたんだろ？」

「するわけないじゃん。ヘンなこと言うな」

「ま、いいか、帰ろう」

先だって歩き出した彩子と肩を並べた。

「アヤさん、お父さんて何歳だっけ？」

「どうしたの、いきなり」彩子は早希を見やった。「あんた、どうかした？」

「どうもしないってば。ねえ何歳？」

「そうねえ、五十……だったかな」

「若いね」

ふと、〝見守る会〟のことが頭をよぎったのだ。高齢者を対象にするサービスをしているはず。父親は高齢者の部類に入らないだろう。やはり、見守る会は勤務先なのだろうか。脳梗塞をわずらったらしいが、動くことはできるようだし。

「若いも古いもないよ。思い出したくもない。あんな男」

その理由は痛いほど早希にもわかる。さんざん、暴力をふるわれたのだ。

でも、ひとつだけ言えることがある。

智也と父親はつながっているはずなのだ。

たぶん、見守る会を通して。

自宅が近づいてくる。家に着いたら、訊けなくなってしまう。

いまのうちだと早希は思った。

「お父さんって、いま、どこに住んでるの？」

「知るわけないだろ。いまさら、なにを言い出すかと思ったら」

「働いてるところも？」

「知らない知らない」

「アヤさん、見守る会って聞いたことある？」

「なに？」

「み・ま・も・る・会」

「知らないよ、どうしたの、まったく。わけのわからない子だねえ」

彩子は父のことをなにも知らないようだ。

それでも、早希は不安が消えなかった。とにかく、見守る会を訪ねればなにかわかるはずだ。

早希は心に決めて、街灯に照らし出された母親の姿を追いかけた。

第三章　失踪

1

翌日。

恭子と同意した離婚協議書には、慎二と会う回数に上限はなし、の一文が盛り込まれている。しかし、それが守られたことはなかった。身から出たさびというのだろうか。

離婚直前まで、大きないさかいもなく一家で警官専用の官舎に住んでいた。

ところが、疋田による誤認逮捕が発覚してから、喧嘩《けんか》が絶えなくなった。同僚の家族らの目が耐えられないと恭子は言った。ののしり合いの末、ある日、いきなり離婚届を突きつけてきたのだ。

まだまだ子どもだった慎二は、昨日まで食事をともにしていた父親が消え去ってしまったことに、ひどいショックを受けたはずだ。父親に見捨てられたのではないかと。

しかし、そのことを慎二は面《おもて》に出さなかった。一年半後、上板橋駅で再会したときも、打ち解けるまで硬い殻《から》をかぶっていた。回転寿司で好物のイクラを頬張《ほおば》ったとき、ようやく笑みがこぼれたのだった。

池袋サンシャインシティに着いた。午前十時ちょうどだった。地下駐車場にクルマを停《と》めて、四階までエスカレーターで上がった。扉を開けてサンシャイン広場に出た。六月八日土曜日、身代金の受け渡し場所として、犯人が指定してきたところだ。

当日はウイングというJポップグループが演奏していた。彼らが演奏していたのは、どのあたりだろう。土曜日だから、人も多かったはずだ。

疋田は地下一階にある管理事務所を訪ねて、六月八日の夕方から午後八時半まで、サンシャイン広場に設置された防犯カメラの映像を見せてもらった。

ステージは扉を出たところに設置され、若いファンが屋上を埋め尽くしていた。かなり、人気があるグループのようだ。

八分割された画面を早送りにした。四人のメンバー以外に、七、八人のダンサーがステージの上で飛び跳ねている。それを見守るファンの数は多すぎて、個人の特定などできない。

疋田は防犯カメラの映像と進行表やコンサートスタッフの名簿をもらいうけ、デイパックにしまった。サンシャインを出ると、昼を回っていた。

その足で疋田は、犯人が二度目の電話をかけてきた場所に向かった。練馬区千川通りの中村橋歩道橋下の公衆電話だ。身代金の引き渡しを告げてきたところである。

川越街道から環状七号線に入ったとき、携帯がふるえた。

小宮真子からだった。

「いま、どちらですか？」

疋田は現在地を伝え、告別式は終わったかと訊《き》いた。

「終わりました。ほんとに、回ってるんですね」

「うそついてどうする。お母さんはどうだった？」

「行ってないです。どうせ、行ったってダメ出しされるに決まってるし」

なにをダメ出しされるというのか。

「女の子の写真を見つけましたよ」

「どの子のことだ？」

「東エリアの団地の新聞受けに投げ込まれていた写真です」

「ピンクチラシを配った男を逮捕したときのか？」

「はい。投げ込まれた写真をとっておいた主婦がいました」

「そんなものを……」

まったく――。

「係長と合流してもいいですか？　電車で行きますけど」

「中村橋には長居しない。来るなら渋谷駅の例の場所に」
つっけんどんに言って電話を切った。

〝しぶちか〟と呼ばれる渋谷駅地下街は、渋谷駅前のスクランブル交差点の地下に広がっている。JRや私鉄、地下鉄など合わせて八本の鉄路が行き交うターミナルだ。出入口も無数にある。便利この上ない立地だ。

犯人は、ここにある公衆電話から、はじめて北原美紗子の携帯に電話を入れた。最初の接触だから、緊張していたはずだ。なるべく人の多いところが好ましいと考えた。自分のアジトから、遠いところを選んでいるうちに、ここへたどり着いたのではないか。

疋田はハチ公改札の大階段を下り、地下街に入った。サラリーマンや若者らに混じって、東急田園都市線の方角へ向かった。

レディス洋品店から出てきた小宮真子を見つけた。腕にモノグラムデザインのバッグをかけている。歩きながら声をかけた。

「買い物か？」
「まさか。聞き込みです」
「ホシを見た店員でもいたか？」
「ノー。先週の土曜日の午後の人通りは、この三倍くらいあったそうですよ」

小宮は疋田の先を歩き、コインロッカーの手前にある公衆電話に近づいた。壁際に緑色の公衆電話が三台並んでいる。小宮は一番手前の公衆電話の前に立ち、疋田をふりかえった。

「これです。番号を確認しました」

疋田はその公衆電話の前で立ち止まり、あたりを見回した。

「通行人に背を向ければ、顔はわからんな。それに、あれも」

と疋田は天井にある防犯カメラを指さした。

「ホシは気づいていたんでしょうか？」

「わからんが、たぶん。マル害にはじめて電話をかけるんだぞ。緊張でがちがちになっていてもおかしくはないと思うけどな」

「奈月ちゃんを殺したあとでも？」

「だからこそ、よけいにプレッシャーを感じてさ」

「わたしには冷静に見えましたけど」

「告別式はどうだった？」

「式のあと、家に入れてくれなくて」

「どうして？」

「なめこクラブの人たちがおおぜい来て、あとはまかせてくれって言われて。会場でも、ほとんど話せなかったし。嫌われたのかなって」

「嫌われるようなことをしたか?」

「昨日、美紗子さん本人や祖母にあれこれ訊きすぎたような気がします。通夜だったのに」

火葬にも付き合い、折りを見ては尋問を繰り返していたのだ。嫌がられるのも無理はない。

「告別式のあと、昨夜、話が出たピンクチラシのことを思い出して、Cの5棟に行ってみました。二月に聞き込みをした家を訪ねたら、これを渡されちゃって」

小宮は、バッグを開けて、内ポケットから一枚のカラー写真をひきぬいた。その拍子に、チークブラシとハガキがこぼれ落ちた。疋田はそれを拾いあげた。ハガキに印刷されたハート形のシンボルマークが見えた。疋田も知っている婚活サイトのマーク。思わず文面を見た。来週に予定されているパーティの招待状だ。

「あ、すみません」

ハガキとチークブラシをしまう小宮の手から写真を受け取った。

パーティの招待状を見て、心臓の動悸《どうき》が激しくなっていた。

どうして、そうなったのか、疋田にはわからなかった。

写真には室内で撮られた面長《おもなが》でかわいらしい女の子が写っていた。六歳、いや五歳くらいか。ウェーブのかかった長い髪が、肩下まで伸びている。顎《あご》が少しとがっていて、コケティッシュな印象だ。黒シャツの上に、飾りベルトのついたチェックのジャンパースカート。膝まである長い靴下にロングブーツを履《は》いている。髪型にしろ服にしろ、大人びた装《よそお》いだ。

「Cの5棟というと？」

「三階の三一二号、大矢《おおや》という家の主婦からあずかりました。一階の集合ポストではなくて、直接、玄関ドアの新聞受けに投げ込まれていたと言っています」

「チラシを配った溝口の仕業《しわざ》なのか？」

「どうでしょうか。取り調べでは、一階の集合ポストに入れただけだと言っていました。現場検証でも、それは裏付けられていますから」

「じゃ、新聞受けにこの写真を投げ込んだのは別人ということか？」

「その可能性はありますけどね」

「いったい誰が？」

「わかりません」

「この写真の女の子の身元は？」

「それもわかりません」

こんなものを小宮がもらい受けてきた意味がわからない。投げ込んだ意味も不明だ。

「どうして、こんな写真を投げ込まれたんだ？　大矢はなにか言ってるか？」

「ぜんぜん身に覚えがないそうです。大矢家には子どももいないし」

「気味が悪いな」

疋田は写真を返した。

「サンシャインはなにかありましたか？」

疋田は見てきたことを伝えた。

話している疋田の顔を見ながら、

「昨夜は慎二くんと会えたんですか？」

と小宮は言った。

「あ、いや」

「じゃあ、きょうが本番になりますよ。きっと」

言われて、疋田は気が明るくなった。

携帯をとりだし、犯人がここで電話をかけてきたときの動画を呼び出して再生した。映像とともに携帯から音が洩《も》れてくる。

小宮が真剣な眼差《まなざ》しで、横から覗《のぞ》きこんでいる。

引っかかるところがあった。

中盤のあたりだ。犯人は美紗子と話しながら、なにかべつのことに気をとられている節がある。

『いるから、ここに……うん……これは』

のところだ。

このとき、犯人の視界になにかが映り込んだのだろうか。

もう一度、再生しながら、まわりを見やった。

正面には灰色の壁とそれに反射する蛍光灯の光。犯人はそのとき、わずかに身体を右に向けた。疋田もそれにならった。

光を強調したタッチの油絵が目に入った。著名な画家による絵だ。銀座の百貨店が主催するフランス印象派の絵画展のポスターで、開催は八月十二日からになっている。ふた月も先だ。

犯人は絵心でもあるのか？

だとしても、この程度のものを見て驚くだろうか。

その右側には、相続税対策の案内ポスターが貼られてある。驚きという点では、絵画展のポスターよりはるかに劣《おと》るだろう。どちらも控えめなB１サイズだ。疑問を口にすると、小宮が口を開いた。

「先週の土曜日に貼られていたポスターは、これとは違うかもしれないですよ」

「どうして、そう思う？」

「週ごとに貼り替えられるはずですから」

ならば、土曜日にここへ貼られていたポスターを調べてみるか。

そのとき、胸ポケットの携帯がふるえた。赤羽中央署に残っている野々山からだった。

「係長、すぐ戻ってきてください」

野々山は勢い込んで言った。

「どうした？」

「暗号が解けたんですよ。越智さんが教えてくれたホームページ。妙な返事があったじゃないですか。ようこそ、こちらへ、っていう」

返事には数字の羅列があった。野々山はそのことを暗号と言っているようだ。

「で、なにがわかったんだ？」

「アリスという児童ポルノサイトですよ」

「児童ポルノサイト？　ブロッキングで遮断されているんじゃないのか？」

ネット上では児童ポルノサイトを強制的に遮断する措置《そち》がとられているはずだが。

「ホームページのアドレスっていうのは、ふつう、〇〇ドットコムとかいう文字で表記するじゃないですか。でも、実際のネット上では、ＩＰアドレスっていう数字の羅列によって接続されるんです。で、例の１９３　２５２　２××　１をネットのブラウザに直接、入力してみたんです。そしたら、どんぴしゃ、出ました」

「越智さんに見せたのか？」

「このやり方、ＩＰ直打《じかう》ちって言うんですけどね。実をいうと越智さんのアドバイスです。児童ポルノサイトに間違いないということでした。合法のポルノサイトの中にバナー広告を張りつけてあって、それをクリックすると自動的にここへ接続されるようになっているということです」

「子どもの写真が載っているんだな？」

「水着程度ですけどね。でも、それはカモフラージュで、実際にこのサイトに注文を出すと、児童ポルノ写真を焼き付けたＤＶＤが送られてくるらしいですよ」

「わかった。切るぞ」

「待ってくださいよ。肝心なことがまだです。そのホームページを見ているんですけどね。客からの投稿写真のコーナーがあって、その一番下です。北原奈月の例の写真が載っているんですよ」

疋田は耳を疑った。

「箱根の山の中のか？」

「ええ、服もなにもかも誘拐された日のものです。間違いありません」

「ホシが投稿したのか？」

「ほかに考えられないですよ」

たいへんなことだと疋田は思った。あの写真はどこにも公開していない。投稿した人間をたどれば、ホシに行き着くのではないか。

「越智さんはなんと言ってる？」

「この写真の発信者のIPアドレスを追うために、令状をとらないといけないと言っています」

疋田は身の内がかっと熱くなった。人定《じんてい》ができた段階で、この手で犯人をつかまえたい。その権利はほかの捜査員ではなく、自分たちにあるように思えるのだ。

「上に報告したのか？」

「まだです」

「投稿した人間には行き着いていないな？」

「はい」

「わかった。ひとつ用事をすませたらすぐ帰る。おれが上に報告するから、それまで待っていろと越智さんに伝えてくれ」

「了解です。すぐ来てください」

＊

男は携帯電話のオフボタンを押すと、総革張りのチェアに腰を落ち着かせ、パソコンの電源を入れた。立ち上がるまでのあいだ、デッドスペースにある円柱水槽をながめた。サンゴの中から細かな泡が立ちのぼり、赤いまだら模様のディスカスがゆったりと泳いでいる。

Ｌ字型のワークデスクの向こうは素通しの一面ガラス窓になっていて、オフィスで働く人間たちが見渡せる。洩れてくるダンスミュージックに自然と耳が反応した。

モニターに画面が映った。そのホームページを表示させる。飾り気のない灰色の壁紙のまんなかにＡｌｉｃｅの文字が浮かんでいる。マウスをあやつり、読者投稿欄に移っていった。

最後まで目を通してから、電話で教えられた掲示板に入った。その二段目にあるタイトルに目を奪われた。

〝箱根より〟

掲示板の中に示された写真を表示させる。画面いっぱいにそれは現れた。

木々の生い茂る中に水玉模様のスモックを着た女の子が。

まじまじと見入った。髪をきつく巻き上げたその顔に警戒心はない。半開きになった口元からこぼれる前歯が笑顔を引き立たせている。

喉のあたりが火であぶられたように渇いてきた。唾《つば》を呑《の》み込もうとしたが、口の中は干《ひ》上《あ》がっていて、できなかった。

自分がいま見ているものは本物か？

だとしたら、なぜ、いま、ここに？

どこの誰が、こんなものを投稿したのだ？

ふくらんでくる疑問に焚《た》きつけられるように、心拍数が上がるのがわかった。ネクタイをはずそうと首に手をあてた。きょうはノータイでいることを忘れていた。

このサイトを見ている何万という好奇の目が、自分に降り注いでいる錯覚に陥《おちい》った。しかし、これは幻覚などではない。はっきりとした現実以外のなにものでもない。

行き場のない怒りが突如《とつじょ》湧《わ》いてきた。猛烈な勢いでそれは身体中を駆けめぐり、男の鼓動を高ぶらせた。

これは警察が仕組んだ罠《わな》なのか。

この写真は警察の手元にあるはずだ。それとも、無関係な第三者が、たまたま手に入れたものをネットの大海に投じたのか。……そんな偶然があるはずがない。持っている人間は限られている。それがなにかの拍子に自分たちの手を離れて、生き物のように無限に拡散していくのが感じられて、粟粒《あわつぶ》のように鳥肌が立った。

男は気をとりなおして、掲示板を上から注意深く見ていった。

〈葵ヶ丘は大変なことになっている〉

〈奈月ちゃん、死んじゃったのー〉

事件に関係する書き込みが目につく。怪しくはない。ほかのサイトでも、今度の事件は話題になっているのだ。気になる書き込みを見つけた。

〈〝箱根〟に行ってみたいなあ。知ってる人、誰か教えて〜〉

書き込んだ人間は、自分のメールアドレスも付け加えている。

これはマニアではないと直感した。胡散臭《うさんくさ》いサイトなのだ。マニアならわざわざ、自分が訪れた証拠を残すようなまねはしない。気になるのは、箱根に関して、訊いていることだ。いったい、どこの何者か？

はっきりとした形で見えてこない。漠然としすぎている。なによりもまず、目の前に広がる業火《ごうか》を消すことに専念しなければならない。

携帯を手にとる。ワンコールで相手が出た。

「有馬《ありま》」

男が呼びかけると、女の声で返事があった。

「見ました？」

「見た。たのむ」

それだけ言うと、オフボタンを押して、携帯を机に放り出した。

まだ怒りはおさまらなかった。それをおさえ、パソコンの電源を落とした。

なにかに復讐《ふくしゅう》されているような気がしてきた。時間が経《た》つのが遅くなったように感じられた。

サイトから写真が消えてなくなるまで、どれくらいの時間がかかるのか。一〇分か、いや、もっとか。それだけで、ことはすむだろうか。

2

「このポスターなんですが」

小宮がスマホで撮った写真を見せながら言った。

「存じています。地下街のあちこちに貼ってありますから。場所は7a出口近くの公衆電話の横ですね」

若い女性事務員がファイルをめくりながら答える。

「ええ、コインロッカーの横の」

疋田は口をはさんだ。

ここは、渋谷地下街を管理する会社のオフィスだ。青山《あおやま》通りに面した雑居ビルの中にある。

事務員はファイルで確認してから、ふたりを見やった。

「お尋ねの美術展のポスターの掲示は、今週の月曜日からですね。実物をご覧になりますか？」

「いえ。同じスペースでも先週の土曜日には、べつのポスターが掲示されていたんですよね？　そちらを見せてください」

事務員は承諾すると、席をはずして、また戻ってきた。

「先週の土曜日でしたら、こちらを貼っていました」

と言いながら、事務員が丸めたポスターを広げるのを疋田は見守った。

黄色い縁取りの派手なポスターだ。タンクトップのウェアを着た女性が胸の前で手を合わせている。

ホットヨガスタジオ　ハーニャ
同時二カ所オープン　池袋と赤羽

疋田は小宮と顔を見合わせた。

小宮も疋田と同じことを思いついたのだ。

犯人はここに書かれた赤羽の文字を見て、驚いたのではないか、と。

自分が誘拐事件を起こした場所が赤羽というだけではない。このポスターそのものと、なんらかの結びつきがあったのではないか、と。

これまでひとつも見いだせなかった手がかりに、はじめて出くわしたような気がした。もし自分たちがいま、想像するラインの延長に犯人がいるとしたら、誰の力も借りず、自分たちの手で犯人を検挙できるのではないか。

ふたりはポスター掲示を依頼した会社を聞き出し、目の前のポスターをもらい受けて、事務所を出た。

エレベーターに乗ると、小宮はあらためてポスターを広げた。

「ホシはこれの関係者でしょうか?」

小宮はあらたまった口調で言った。

池袋店は池袋駅東口にあるビルの三階と四階。赤羽店は赤羽駅西口にあるビルの五階と六階。七月一日オープンだ。

「だとしたら、マコ、どう思う?」

「ホシはこのジムの関係者?」

「入会希望者か、もしくはスタッフ。入会希望者は女性が多いだろうから、ホシがいるとすればスタッフのほうに」

「あるいは、工事関係者とか。池袋か赤羽か、どっちの店でしょう?」

「奈月ちゃんが誘拐された日だ。ホシは池袋駅の地下通路にあるATMから、川又の口座に三万円を入金しただろ」

「ええ、そのあと、同じ池袋駅の公衆電話から、川又に具体的な指令を出しました。東池袋中央公園にやって来る女が持っているスポーツバッグを奪えと」

「どちらも池袋。しかも、犯人側のカネの振り込みは、かなり慌てているふしがある。仕事を請け負ってくれる人間が見つかって、相手の気が変わらないうちに、急いでカネを支払ったように思えるんだ」

「同感です。ホシはそのために、自分が住んでいるか、勤めている場所の近くにあるATMと公衆電話を使わざるをえなかった。そこで、ふだんから見知っているATMと公衆電話を選んだ。防犯カメラがあったとしても、人混みの中でカモフラージュできることがわかっていたんです」

「つまり、いつもその前を通っているということだ」

「どうします？　池袋店、行ってみますか？」

これから、すぐスタジオを訪ねてみたい衝動にかられた。しかし、と疋田は思い直した。正面切って乗り込めば、相手はどう出るだろう。警戒されるのは間違いない。へたをすれば、逃げてしまうかもしれない。ここは慎重にことを運ばなくては。

「とにかく、署に戻ろう」

＊

「もしもし」

「はい、『見守る会』ですが」

「西早稲田の……？」

「そうですけど」

「老人の介護とかするんですよね？」

「直接はしていません。介護保険の申請の代行はいたしますけど」

「あの、お年寄りのための、携帯電話を使ったサービス、してますか？」

「失礼ですけど、どちらさまですか？」

「あ、学生です」

とっさに水島早希は口にした。

「えっと、その携帯電話を使ったサービスですけど、どうやるんですか？」

続けて早希は訊いた。

「折りたたみ式の携帯電話を用意してもらって、画面を開くだけよ。そうすると、あらかじめ電話機に登録された人に自動でメールが届くようにしてあるんですよ。一日に一回ね。ご家族で必要な方がいらっしゃるの？」

こちらが女子学生だと安心したらしく、相手の口調はフランクになった。

「あ、いえ、学校の課題です。現代社会の介護の章の」

「あら、そうなの。一日連絡がなければ、知人が様子を見に行けるでしょ。スマホじゃだめよ。折りたたみの携帯でないと。携帯を開くだけだから、メールを打つ必要もないしね。お年寄りはメール苦手でしょ」

「登録してある人って、家族ですか？」

「自由よ。身寄りのない方は、ここの事務所を登録してあるの。連絡がないと、その日の午後とか翌日に、こちらから電話をするのよ。ほら、お年寄りのひとり暮らしで孤独死って聞いたことあるかしら？」

孤独死？

「あ、はい」

早希はようやく理解できた。昨日、智也の携帯——いや、早希の父親名義の携帯にかけてきたのは、この事務所の人だ。だとすれば、浅賀光芳は家族の登録をしていない。ひとり暮らしなのだろうか。でも、どこに住んでいるのだろう。口から父親の名前が出そうになってしまい、早希は慌てて呑み込んだ。

いま、父の名前は出せない。言えば、こちらの身分や名前を訊かれるし、だいたい電話などで、そう簡単に居所を教えてくれるはずがない。個人情報とか、そういうのはうるさいと授業で習ったばかりだし。どちらにしても、自分が父のことを調べていることを悟られてはいけない。

相手はくどくどと説明を続けた。

「サキ、なに電話なんかして」

いきなり背中をどつかれた。

クラスメートの里奈《りな》だ。

早希は電話を切り、バッグの中に投げ入れた。

「やだ、なんでもないってば」

「新大久保《しんおおくぼ》、行かない？　ソウル市場」

韓国の食材を売る店だ。

「またぁ、あそこ飽きちゃった」

数学の授業が終わったばかりだ。四十分単位の授業なのに、必死で黒板の数字をノートに書き写していて疲れてしまった。それに、お昼ごはんも喉を通らなかった。……昨夜、見守る会の人から父親の名前を聞かされて以降、ずっとそうだ。

いったい、父親はどこで、どんな生活を送っているのだろう。北原奈月の事件に関係があるのだろうか。もし、あるとしたら……。

早希はそこから先のことを考えるのをやめた。得体の知れない黒いものに呑み込まれるような気がしたからだ。でも、どうしても知りたい。知らなければと思った。せめて、父親の居所ぐらいは。

午後二時ちょうど。早希が通っているフリースクールは山手《やまのて》線高田馬場駅の早稲田口から歩いて五分のところにある。

いちおう週五日制のクラスに籍を置いているが、今月に入って登校しない日もけっこうある。朝は十時からはじまって、午後の五時半まで教室は開いているが、二時以降は補習や相談の時間になっていて、クラスメートのほとんどは帰ってしまう。

「いるいる、早希の彼氏ー」

里奈が覗きこんでいる窓の下を見ると、白のマークXが路肩に停まっていた。

林亮太のクルマだ。ワーゲンとかBMWとかならいいのに。

亮太は経済力がないから、父親のクルマを乗り回しているのだ。

早希は階段を飛び降りるように下ると、マークXの助手席におさまった。

「お待たせ」

「いいよ、ゴー」

「そっちじゃない。ぎゃくぎゃく」

早希がビッグボックスの方角を指さすと、亮太はアクセルをふかして、クルマをUターンさせた。

「また寄るのかよ」

「早く早く」

高田馬場駅前ロータリーから早稲田通りを左手にとる。山手線のガードをくぐり、三角の角地にある郵便局の手前で降ろしてもらった。

その雑居ビルまで足早に歩いた。小さな百円ショップと餃子《ぎょうざ》専門店が左右に張り出している奇妙な造りだ。そのあいだにある鉄扉《てっぴ》を開けて、四〇二号室のインターフォンを鳴らした。

「はい、センターです」

男の声。

「山崎です」

「どうぞー」

エレベーターで四階に着いた。四〇二号としか出ていない表札のドアを開ける。

私書箱ボックスが三列並んだ狭いスペースだ。奥にカウンターがあり、さらにその上に高い衝立《ついたて》が立っている。店長はふだん、客からは見えないその向こうで店番をしている。

私書箱ボックスのあいだの通路を進んだ。左右どちらも鍵《かぎ》のついた横長のボックスが十段ほどある。ガラス張りになっていて、中が素通しのものもある。

窓際のその一列だけは、中の見えない大きな鉄製のボックスになっていた。

早希はポケットから鍵をとりだして、列の一番下のボックスを開けた。

三つの宅配物があるだけだった。どれも、この私設私書箱気付だ。しばらく来なかったので、たまっているだろうと思ったが、当てが外れた。

三つとも大きさや包みがまちまちだ。持ってきた紙袋にそれらを放り込む。その下に小さなテディベアがあった。とりあげようとして手を伸ばしたが、途中で止めた。今朝、出がけに、智也から、ぬいぐるみは持ち帰るなと言われたのを思い出したからだ。

ボックスに鍵をかけて、私設私書箱をあとにする。

郵便局の手前で待っていた亮太のクルマに乗った。

「おれって宅配人かぁ？」

「いいから、行こ」

不満げな亮太をせかして、クルマを発進させた。山手《やまて》通りを赤羽に向かった。ハンドルを握りながら、亮太は時折り、早希のジーンズの上から太ももにタッチしてくる。

「これから、野球でも見に行くか？」

いきなり、亮太は切り出す。

「どこ？」

「東京ドーム」

「チケットあるの？」

「ないない」

「じゃ、どうするの?」

「決まってるじゃん。ホテルで見ようよ」

またそっちの誘いか。

「きょうはやめておくね」

亮太は赤羽岩淵《あかばねいわぶち》にある自宅住まいだ。早希が住んでいる葵ヶ丘団地からクルマで十分かからない。絵画のモデルのバイトをしているくらいだから、顔の彫りは深いし、声もまんざらではない。でも、ちょっと飽きっぽいところがある。

西池袋の交差点で信号渋滞にはまった。

亮太は大きな目で早希の足のあいだにある紙袋を覗きこんだ。

「それって、ビリーの店長のもの?」

亮太は早希が勤めるステーキハンバーグ店の名前を口にした。

「違うよ」

「じゃ、誰のだよ」

「いいじゃない、どうでも」

智也の存在に気づかれてしまうから、これまで亮太を団地の住まいに近づかせていない。

宅配物はどれも軽いが、大きさはまちまちだ。厚いものもあれば薄いものもある。上から触れば、中に入っているものは、おおよそ見当がつく。

亮太は腕を伸ばして、宅配物のひとつを引き抜いた。長い紙袋だ。底のテープがはがれて、白っぽいものがはみ出ている。

「ちょっと、やめて」

言ってみたものの、遅すぎた。

亮太は中にあるものをとりだした。

レースのついた女の子向けのハイソックスだ。小さい。

「セコハンかあ？」

ソックスの甲《こう》のあたりに、茶色いシミがついている。

早希は亮太の手からひったくり、元のようにしまって紙袋におさめた。

「なんだよ、それって？」

亮太は気になるようだ。

「なんでもないったら。ほら、前見て運転して」

「ちぇっ」

ほかのふたつの宅配物の中身もうすうす見当がついた。

女の子が着ていた服だろうか。下着かもしれない。どれも、使い古しだ。小学校から中学校くらいまでのものが多いはずだ。智也は、ネットで注文をとって、これらを売るのだ。

こうした荷物のほかに、私書箱にはたくさんの封筒が送られてくるが、中身のほとんどは定額小為替証書だ。智也がとりだすのを何度か見たことがある。たぶん、売った代金だろう。

もうひとつの、小ぶりな段ボール箱に入ったものが気にかかった。軽くて、ふってみると乾《かわ》いた音がする。

赤羽駅西口広場を横切り、高台の下にあるトンネルをくぐり抜ける。坂を上りきるとゆったりした空間に高さが一〇〇メートル以上もある高層団地がつらなっている。そこから、西へ道をたどって葵ヶ丘団地に入った。

道の左右に小高い棟がぎっしり建ち並んでいる。まるでコンクリートの壁で囲まれた蟻《あり》の住処《すみか》だ。もし、壁が透明ならどうだろうと早希はこの日もぼんやり考えた。まわりの家庭が見えたとしても、いまの生活とあまり変わりないのではないかなと思う。みな、人のお節介を焼く余裕はない。働いて身体を休めてまた次の日に備える。その繰り返し。自分にしても、母にしても夢を見るのに忙しいのだ。

3

「帰ったらすぐ捜査本部に上げますか？」

助手席の小宮が訊いた。

「いまの時点ではやむをえない。そう思わないか？」

ハンドルを握る疋田が答える。

新幹線のガードをくぐった。署まで十分足らずだ。

「……ですね。ホシの見当がつかないし。でも、癪《しゃく》にさわるな。これで、もし犯人がジムの関係者だったら、手柄をほかに持っていかれちゃいますよ」

「まだ、そうとも限らないぞ」

「でも、本部は捜査員を総動員して、ジム関係者を調べるはずです。きっとすぐ、不審人物が上がってくる。係長は悔《くや》しくないんですか？」

「そうなったら、そのときだ」

小宮は、煮え切らない疋田をあきらめたふうに車窓に目を移した。

「昨日、じつは病室に母の好きなロールケーキを持っていったんです」小宮は言った。

「たぶん、そうだろうなと思って見ていると、やっぱり一口食べてあとは手をつけないし」

「体調が悪かったんじゃないか?」

「わたしがやることなすこと、ぜんぶ嫌いなんです。見栄《みえ》っ張りだし強情だし」

子どもに戻ったような感じで小宮が言ったので、疋田は身を強張《こわば》らせた。

「病院は相部屋?」

「四人部屋ですけど」

小宮は疋田を見やった。

「慎二くんから電話、ありましたか?」

「まだない」

「早くあるといいですね」

金曜にかかってきた電話は携帯からだとあらためて疋田は思った。中学生になって、携帯を与えられたのだ。五年前に会ったとき、疋田は自分の携帯番号を教えておいた。それを忘れないでとっておいてくれたに違いない。

「ひとつ腑《ふ》に落ちないことがあります」小宮は思い出したように言った。「犯人は交渉のとき、どうして、トバシ携帯を使わずに、わざわざ目立つ公衆電話を使ったんでしょうか?」

トバシ携帯とは他人や架空名義で契約された携帯電話のことだ。発信先をたどることができない。

「トバシ携帯が間に合わなかったとか。事情があるんだろう」

「そうでしょうか、あっ」

小宮は身体をねじって、後方を見やった。

「どうした?」

「停めてください。停めて」

ただならぬ様子だった。

疋田はバックミラーで後方を確認した。

急制動をかける。前のめりになり、クルマは停まった。

丁字路の手前だ。

小宮がドアを開けて、飛び出した。

「どうした?」

「あの女の子」

言うが早いか、小宮は後方に向かって走り出した。

両手をふりながら、小刻みに走って行く。

みるみる、遠ざかっていった。

疋田もクルマから降りて、路肩に回った。

小宮の先に子ども連れの女が歩いていた。白いマキシスカートを穿《は》き、長髪の女の子と手をつないでいる。

その女に追いついたかと思うと、小宮は声をかけ、走って疋田のところまで戻ってきた。

「大矢さんの新聞受けに入っていた写真の子です。間違いないです」

「あの女の子が？」

葵ヶ丘団地東エリアの棟に不審な写真が投げ込まれていたことを小宮は聞き込んできた。その写真に写っていた女の子か？

「係長、先に行ってください。あのふたりと話してきますから」

ひと息に話すと、小宮はまた疋田から離れていった。

「先に行ってるぞ」

声をかけたが、小宮の耳には届かなかった。


エレベーターで六階の講堂まで上がった。捜査本部のデスク席に正木捜査一課長と副署長の曽我部がいて、浅黒い顔つきの捜査員と話していた。捜査一課、殺人犯捜査五係の塩原警部補だ。箱根から戻ってきたのだ。あわてている気配はない。手がかりはなかったようだ。

目が合った正木に用件を訊かれ、疋田は三人のあいだに割り込むようにホットヨガスタジオのポスターを広げて見せた。塩原が濃い眉をひそめるように見入った。入手したいきさつを話した。

「ホシが電話をかけてきたとき、このポスターが貼ってあったって？」

塩原が言った。

うなずくと、正木が口を開いた。「ホシはこれを見て驚いたということか？」

「その可能性があります。ホシはどこかでこのヨガスタジオとつながっていると考えていいと思います」

「おまえ、渋谷くんだりまで行って、こんなものを仕入れてたのか？」

曽我部が口をはさんでくる。

「副署長、いいから。塩原、ホシとの会話を再生してくれ」

塩原がノートPCを開き、犯人からかかってきた最初の録音を再生させた。

「たしかに、妙な間《ま》だな」

二度繰り返して再生させたあと、正木は言った。

「そう思います」

続けて疋田は池袋店のほうに捜査を集中すべき理由をつけくわえた。

「調べてみてもいいだろう」

正木は言うと、疋田の顔を覗きこんだ。

関係者を把握するためには、直接、ジムを訪ねて責任者から話を聞くしかない。その役目は自分に回ってくるはずだ。期待を込めて正木の顔に見入った。

「課長、地取りの第三班をまわしましょう」曽我部が口をはさんだ。「スタジオがオープンする赤羽駅周辺の聞き込みを担当しています。ちょうどいいですよ」

正木に不服はないようで、三人はあらためてポスターに見入った。疋田が入り込む余地はなく、裏切られたような気分でその場を離れるしかなかった。

腹立ちをおさえながら、三階まで階段を使って下りた。生活安全課の暖簾《のれん》を手で振り払うようにくぐった。野々山が席を立ち、強張った顔で疋田をむかえ入れた。

気持ちを切り替えなくては。

野々山の目の前にノートPCがある。疋田はその画面に目をやり、

「どれ、見せてくれ」

と、立ったまま荒い口調で声をかけた。

「や、それが……」

野々山は小声で言い、頭をかきながら自席についた。

画面にある枠の中に、幼い女の子の写真が並んでいる。水着姿や制服姿など、まちまちだ。上側にあるタブに、Ａｌｉｃｅの文字が浮かんでいる。

野々山はしかめっ面《つら》で、画面を上下にスクロールさせるだけだ。

「北原奈月の写真はどこにある？」

「このあいだにあったんですよ」野々山は無念そうな様子で、指を画面の下側に張りつけた。

「……消えてしまって」

投稿番号123と投稿番号125のあいだだ。

「124番があったのか？」

「あったんです、たしかに。それがコーヒーを買いに行って戻ってきたら、消えていたんですよ」

「ほんとうに、奈月の写真だったのか？」

「間違いありません。箱根の山の中で撮られた写真です」

「写真を保存しておかなかったのか？」

「見つけてすぐでしたから。まさか、こんなに早くなくなるなんて」

「どこのどいつが投稿したんだ？」

「わからないです。でも、見られてはまずいから消したんじゃないかって」

「犯人か？」

「……なんとも言えないです」

ワイシャツ姿の越智がやってきて、野々山に声をかけた。「見つかりました？」

「ないです。どこにも」

「越智さん、あなたも見ていたんでしょ？」

疋田が訊いた。

「ええ、少し目を離していたら消えてしまって。でも、北原奈月の写真に間違いありませんでしたよ。ぜったい」

「あなたも保存はしていない？」

「残念ながら」

「どうして消えたんですか？」

「このホームページへの投稿写真は、投稿した人間でも削除できない仕組みになっているんですけどね」

越智はそう言うと、腕組みして考え込んだ。生白い頬が赤い。

「じゃあ、このホームページの管理人が消したってこと？」

「……基本的にはそうですが、ネットの知識があれば、関係ない人間でも削除することはできるはずです」

「まずは管理人を見つければいいわけ？」

「そういうことになるかと思います。でも、捜査協力してくれたらの話ですけど」

「令状は取れない？」

「奈月の写真が載っていたら取れたと思いますが。デスクに相談してみます」

そう言い残して、越智は部屋から出ていった。

取り残された野々山が、

「あの疋田係長、ぼくはなにをすれば……？」

疋田はPCを指した。「穴の開《あ》くほど調べろ。すみずみまで」

「わかりました」

疋田も自分のノートPCを使って、消えた北原奈月の写真を探す作業にとりかかった。

それにしても、あの写真を投稿したのは何者なのだろう。なにが目的だったのか。もしかすると、犯人ではないのではないか。犯人なら、そんな足の着くようなまねをするはずがない。

疋田は誘拐事件が発生した直後のことを思い起こした。あのとき、疋田は小学校にいて、携帯で写真をうけとった。奈月の背景に写り込んだ場所を知るため、それを複数の先生に送って見てもらった。先生たちは、それをほかの人間に送って確認を求めた。それが人から人へとわたり、無関係な人間にまで拡散していったのではないか……。

その可能性は否定できない。でも、あのときは仕方なかった。一刻も早く、北原奈月の所在を知るためには、ひとりでも多くの関係者に見てもらうしかなかったのだ。

末松が大股《おおまた》で近づいてきたのに気づかなかった。疋田係長と呼びかけられ、疋田はふりかえった。

末松の様子がふだんと違った。ジョギングをした直後のように、額《ひたい》から汗がつたい、わきの下の汗がワイシャツにしみ出ている。

「北原美紗子が男といるのを見た人が出ました」

顔を紅潮させて末松は言った。

「どこで?」

疋田は聞き返した。

「葵ヶ丘中央商店街の前で。バス通りで男が運転するクルマに乗り込んだのを見たと薬局の奥方が言っています」

葵ヶ丘中央商店街は昭和の時代を彷彿《ほうふつ》とさせる古い商店街だ。多くの店が廃業して、シャッター通りと化している。それでも、北原美紗子がそうした行動をとったのを聞くのははじめてのことだ。

「いつのこと?」

「この三月三十日の土曜日に。本人がエイプリルフール直前の土曜日と記憶していて助かりました。夕方だったそうで。奈月とふたりで白っぽい小型車の後部座席に乗り込んだのを見たと言っています」

「運転手は?」

「暗くて、男としかわからないらしくて。志村《しむら》方向へ走り去ったって言ってます」

西へ向かったということだ。板橋の方角になる。

「クルマはマーチみたいだけど」

疋田はこれまでの捜査を思い起こした。美紗子に関係する男といえば、別れた元夫の野本康夫がいる。勤務先では、親しい男友だちの名前がふたり挙がっていたはずだ。彼らの口から、美紗子と奈月をクルマで送り迎えするような話はひとつも出ていない。三人のうちの誰かがうそをついているのか？

もっと気になるのは、当の美紗子本人から、そのような話が出ていないことだ。

「美紗子さんに確認すればてっとりばやいけど……スエさん、どう思う？」

「いきなり、ぶつけてシラを切られてもねえ」

末松も疋田と同じ考えのようだ。

夕方、待ち合わせて、子ども連れで男のクルマに乗るというのは、浅い関係ではないように思える。どうして、美紗子はこれまでそのことを話さなかったのか。

小宮はどうしたのだろう。まだ、あの親子連れと話しているのだろうか。

「元の旦那の野本だろうか？」

疋田が訊くと末松は少し考えて、

「野本に当たるのはありかな。勤務先へ行ってみますか？」

「そうしてください。美紗子の勤務先の男ふたりにはおれが当たりますから」

「それでも、なにも出てこなかったら、ご破算で願いましては……」

「美紗子本人に訊くしかないよね。野本の勤務先はどこだっけ?」

「戸田のトラック整備工場」

「よし、夜の捜査会議の前に結果を出しましょう」

「承知」

疋田は捜査資料でこれから訪ねる男性の名前を確認して、署をあとにした。

＊

携帯で話す智也の声が聞こえて、早希は耳をすました。立ち上がる気配がしたので、慌ててテレビのスイッチをいれた。ふすまの開く音がして、智也が玄関に向かう気配がした。

「あ、ともちゃん、お買い物?」

早希が声をかけると、智也はサンダルを履いてドアノブに手をかけていた。

「すぐ帰る」

せわしない感じで言い残し、早々に出ていった。

早希は冷蔵庫を開けて中を見た。野菜室には半分にカットされたカボチャとゴーヤが押し込まれているだけで、空きスペースが目立つ。ここ数日、ほとんど買い物をしていないのだ。智也が食材の買い出しに行ったようには見えない。部屋着のままだったし、誰かに携帯で呼び出されたようにも思える。……まさか、子どもが殺されたあの母親に会いに行くのだろうか。昼間にお葬式があったはずだから、もう家にいるかもしれない。

少し前までは、智也はしょっちゅう家を留守にしていたのに、最近はめったなことでは家を出ない。

早希はこっそり智也の部屋に入った。ローテーブルの上に折りたたみ式の携帯がある。あの母親とは会わないということだろうか。

モバイルパソコンは閉じられたままだ。衣装ケースのふたが開いて、四角いフェルト布が二、三枚はみ出ている。色紙のようにカラフルだ。なにに使うのだろう。

早希が私設私書箱から持ち帰った段ボール箱のふたが開いていた。上から覗くと、赤い包みが見えた。そっと開けてとりだしてみる。

三〇センチほどのリアルな女学生フィギュアだ。紺のソックスにローファーを履き、ミニスカート。ほっそりした体型なのに、胸だけが異様に大きい。新品のようだ。

こんなものをどうするのだろうか。智也はオタクでもなんでもない。売り物にするのだろうけれど、わざわざ買い上げるようなものなのだろうか。

北原奈月の葬式のとき、早希は智也の携帯にあった短縮のT３の番号にかけた。すると、慌てた様子で母親の美紗子が電話に出た。やはり、智也は殺された子の母親と関係があるのだ。

わたしの家に智也が転がり込んできたのも、なにか目的があったのだろうか。

智也と父との関係も想像がつかない。ひょっとしたら、遠い親戚かなにか、かなと思うこともあるけれど、智也の口から父親のことは一言も洩れない。智也の〝仕事〟上で付き合いがあるのだろうか。だとしたら、父親もあまりほめられたものではない。

じっとしていられなくなり、早希はスマホを持って家を出た。

すぐ近くにある住民用の駐車場に、シルバーのマーチがあった。智也のものだ。歩いて行ったようだ。もしかしたら、郵便局に行ったのだろうか。

出かけるとき、通帳のようなものをポケットにしまったのを見た。

行くとしたら、ひとつとなりの西赤羽団地にある郵便局だろう。取り壊しが決まっている高層団地の一階にある。葵ヶ丘団地の住民はほとんど使わないが智也は使うのだ。

そこに行くため、ショートカットして住居棟のあいだを歩いた。あちこちに雑草が茂って、先の見通しがきかない。中央公園に入ると緑が深まった。人はいない。

白いコンクリートブロックのモニュメントがある場所で立ち止まり、道ばたにある滑り台を見上げた。小学校に入りたてのころだったろうか。

滑り台の上に黄色いマフラーを置き忘れたことがあった。帰宅して母親に言われ、気がついたときは、日が暮れかかっていた。

帰宅した父に、いっしょにとりに行ってとせがんだ。

とりあってくれない父だったが、何度も泣きつくと、ようやく外へ連れ出してくれた。道を急いだ。ひどく、遠く感じた。早く行かないと誰かにとられてしまうと思い込んでいた。

マフラーはもとのところにあった。

それを手にしたときの嬉《うれ》しかったこと！

「早希、ジャングルジムで遊ぶか」

帰り道で父に言われて、胸がおどった。このまま家に帰りたくないと思ったものだ。

ふだんの父は、あまり口をきかなかった記憶がある。だが、コップに半分でも酒を飲むと人が変わったように顔がぐしゃぐしゃになった。恨みがましいことを言って彩子の顔を平手で叩《たた》くのを何度か見た。怖くてそのたびに、となりの部屋に隠れた。それでも、音は聞こえた。父親の暴力が早希に向けられることはなかった。そのころ父は、王子《おうじ》にある家具屋に勤めていたはずだ。

それからしばらく経って、母親に連れられ、狭いアパートに引っ越した。父親も団地に住んでいられなくなって、出ていった。

母親が離婚したのは正しかったのだろうか。

彩子は智也と自分が勤めていたピンクサロンで知り合ったのだろう。偶然そうなったとは思えない。智也のほうから彩子に近づいたというのが正解なような気もする。だとしたら、その目的はなんなのだ。団地で誘拐されて殺された女の子のことがよぎった。

廃校になった葵ヶ丘中央小学校の正門を回り込んだとき、人の声が聞こえて、早希は立ち止まった。

「……まだ振り込まれてない」

智也の声だ。

「振り込む？　そんなこと言った？」

女の声だ。

陰から、そっと覗きこんだ。

高級セダンの向こう側に、背広姿の男にベリーショートの髪の女、そして智也がいた。

昨日も通夜の帰りに見かけた女だ。

呼び出したのは、この人たちだ。でも、なんの用があるのだろう？　おカネがからんでいるのはたしかなようだけど、借金しているはずの智也がおカネを寄こせと言っているのは奇妙だ。

「……すむと思ってるの」

という女の声が聞こえ、それに智也が応じたが、聞きとれなかった。

早希は腰をかがめ足音を忍ばせて、セダンに近づいた。運転席を見る。革張りで木目調の豪華な内装だ。ダッシュボードに使い込まれた住宅地図が置かれていた。運転席わきのドアポケットに「トーシン開発」と印刷された大判の封筒がおさまっている。

智也の横にいる背広姿の男が、智也の肩をこづいた。智也はあとずさりしながら、憎々しげな目でふたりを見やった。

早希はセダンのわきから三人のいる前に歩み出た。

はじめに気がついたのは智也だった。その視線を追うように、男がふりむいた。

「ともちゃん」

早希が声をかけると、智也は顔をそらして、手で向こうへ行けと示した。

女がいぶかしげな目で早希を見やった。早希はその視線に負けないように、敵意のこもった目でにらみ返した。

「もう帰る?」

早希が呼びかけても、智也は目を合わせようとしない。

男が近づいてきて、早希の前に立ちはだかった。顎ひげの生えた口元が動く。

「おまえ、どこの誰だ?」

低くて冷たい声だ。

早希は身が縮こまった。

「松永《まつなが》、その子はいいから」

女に呼びかけられ、男は早希の身体を上から下までながめてから、元の場所に戻った。

智也は早希を無視するように顔を背けたままだ。

三人はまた早希の存在など忘れたように、話し込みはじめた。

それ以上、早希はなにもできなかった。

4

午後六時半。

疋田が帰署すると、十分もしないうちに末松と小宮が続けて戻ってきた。

「捜査会議はまだ?」

末松が訊いた。

「まだまだ。で、野本はどうでした?」

「三月末は風邪を引いて、戸田の実家で三日間臥《ふ》せっていたというんですよ。実家に電話してみたら、たしか休んでいたかもしれないと、母親が言うんですけどね」

「はっきりしないですね」

「野本はクルマを持ってるけど、マーチじゃないですよ」

ぽかんとした感じで聞いている小宮にわけを話した。

「池袋のスタジオには行かなかったんですか？」

小宮は意外そうな顔で訊いた。

「スタジオには行ってない。本部が対応することになった」

小宮は落胆の表情を浮かべた。しかし、それを言葉にはしなかった。

「幸平のほうも似たり寄ったりだ。奈月ちゃんの写真が削除されてしまっているし」

と疋田は言った。

続けて末松が訊いた。「係長、美紗子の勤務先の男はどうでしたか？」

「ふたりとも、クルマは持っていない。片方は免許もないし、もうひとりも三月三十日は、ガールフレンドと大阪に一泊してる」

「そうなると、やっぱり野本が候補になるかな？」

「でも、当日、美紗子と奈月ちゃんが元の旦那のクルマに乗ったとしたら、それはそれでありかもしれませんよ。美紗子が話さないのも、野本がらみでなにかあるのかもしれないし」

「三人で箱根に行ったとか？」

末松が小宮に訊いた。

「うーん、どうでしょう」

「勤務先のふたりは写真を撮ってきた。野本の写真もあるから、一度、目撃した薬局の奥方に三人の写真を見てもらったほうがいいな」と疋田。

「明日の朝、一番で行ったらどうですか」

末松が言った。

「どっちにしても、そのマーチに乗っていた男というのが重要参考人になりそうですね」

小宮が言った。「奈月ちゃんだって顔見知りだろうし、声をかけられれば母親がいなくても、かんたんにクルマに乗ってしまいますよ。きっと」

「おれもそう思う」疋田が答えた。「スエさん、なにか?」

「今度の誘拐、最初からおかしいと思わないですか? わいせつ目的で連れ去られて、その直後に奈月ちゃんは殺された。でも、どうしてわざわざ新宿御苑くんだりまで運んだりしたんでしょうかね? 団地の近くで殺したとしたら、荒川の河川敷《かせんしき》とか遺棄する場所はいくらでもあるのに」

「末松さんが言うように、わいせつ目的なら、殺したあと、誘拐を装う必要なんてないんじゃありませんか?」

それまで、黙っていた野々山が言った。

「そうそう、誘拐自体もおかしいし」

と小宮。

「誘拐が狂言だったという方向は出ていないぞ」

疋田がたしなめた。

「狂言じゃないとしても、おかしいと思いませんか？　母親の態度を見ていると、不自然なところばかり目についてしまいます」

「どんな点？」

末松が訊いた。

「子どもが行方不明になったという通報が遅かったし」

「それは、こっちの初動がまずかったということだぞ」

「美紗子さん、そのあとの警察の対応に口をはさまなかったじゃないですか。身代金引き渡しのときも、無線を自分からはずしてしまったし。美紗子さんといっしょにいても、なにかこう、もどかしいなっていう感じがして」

「きょうは家に入れてくれなかったんだろ？」

「なめこクラブの人たちがいるから、人手は足りてると言われて」

「母親が犯人だと決めつけるような言い方はどうかと思いますよ」野々山はＰＣの画面をにらみつけたまま、つぶやいた。「虐待の疑いはないんだし、子どもとは、ふだんから仲が良かったわけでしょ。生命保険だってかけていない。第一、新宿御苑まで、どうやって運ぶんですか？　殺す理由なんて、どこにも見つからないですよ」

「べつに決めつけているわけじゃないけど」小宮は疋田の顔をふりかえった。「おかしいと思ったのは、お通夜のときです。それまで、何度も箱根のことを訊いたのに、ずっと知らんぷりをされていたんです。それがあの日、箱根のことを持ち出すと、急に思いついたように、サイドボードから箱根みやげのからくり箱を持ちだしてきて」

「そのからくり箱、風変わりなやつだったですよね？」

野々山が言った。

「六面ぜんぶが動くとか言ってたけど。幸平くん、どうかした？」

「あれから調べてみたんですけど、その箱が発売されたのは最近みたいなんですよ」

野々山はキーボードにあてた指を動かしながら答えた。

「最近って？」

「ここ一、二年かな」

「係長、箱根にいる捜査員に確認とってもらったほうがいいんじゃないですか？」

小宮が心配げに言った。

「塩原さんに頼んでみよう」

疋田は答えた。

この際、北原美紗子を徹底的に洗うべきだろう。

「奈月ちゃんの遺体のサンプルの検査結果はいつ出ますか？」

小宮が訊いた。

「科捜研に急がせてる。金曜には届くはずだ。それはそうと、マコ、あの親子連れはどうなった？　ずいぶん時間がかかったけど」

疋田は訊いた。渋谷からの帰り道で出会った親子連れだ。

「いちおう、話はできましたけど」

気乗りしない感じで小宮は言い、葵ヶ丘団地のC5棟の住民からあずかった女児の写真を三人に見せた。長髪でコケティッシュな女の子だ。

「この写真の子に間違いなかった？」

「この子です。吉沢亜美《よしざわあみ》ちゃんという五歳の女の子です」

「いっしょにいたのは母親？」

「はい、吉沢貴子《たかこ》さんといいます。三十二歳ですね。夫と三人で葵ヶ丘団地のC2棟に住んでいます」

「C2棟？　その写真を寄こした主婦が住んでる棟の近くだな？」

「近所といえば近所にはなりますけど、北と南でそこそこ、距離がありますね。大矢さんが吉沢亜美のことを知らないというのも、おかしくはないと思います」

「その写真、母親の貴子には見せたのか？」

末松が訊いた。

「はい」

小宮は肩をすくめるように答えた。

「反応は？」

「見せたとたん、引きました。でも、誰が見たって娘ですから、しぶしぶ認めはしましたけど」

野々山が写真を手に持ち、ながめてから、

「これって完全なカメラ目線ですよ。盗撮とかじゃない」

と言った。

「この写真がよその家の新聞受けに投げ込まれていたことは話した？」

疋田は訊いた。

「それは伝えませんでした。得体が知れないし、母親の反応もちょっと怪しかったから」

「怪しいというと？」

「認めているのに認めたくないような感じ。入手先を知っているように感じたんです。わたしがこの写真をどこから入手したか、訊いてこなかったし」

「しかし、自分の娘の写真が、勝手によそのうちの新聞受けに投げ込まれているんだろ。

おかしいぞ。恨みでも持たれているんじゃないか?」

末松が言った。

「そう思うんですよね。吉沢一家が住んでいる棟で、四、五軒、聞き込みをしました。ほかにも吉沢亜美の写真が投げ込まれた家があるみたいです」

「同じ棟で?」

「ええ。この写真じゃなくて、園服を着ている写真のようなことを言う人もいますし。もうちょっと、聞き込みをしてみたいと思うんですけど、どうしましょうか?」

「北原美紗子を洗うのが先決だぞ。スエさんもそっちに専従してもらいたい。ホットヨガのスタジオも、今晩の捜査会議で割り当てが来ないとも限らないし」

疋田は言いながら、胃のあたりが重くなるのを感じた。慎二から来るかもしれない電話のことを思った。あるとすればきょうだ。あったとしたら、どうするか。きょうは捜査会議を抜け出せないかもしれない。そのときのために、言い訳を考えておかなくては。

5

男は開発事業部長が残していったペーパーに目を通していた。南は大田《おおた》区から北は豊島《としま》区まで、五カ所のマンション用地の候補が記されている。どれも、オーナー型のワンルームマンション建設にあてるものだ。駅に近いというのが絶対条件。しかも五〇〇メートル以内。あてはまりそうな用地はひとつしかない。

トーシン開発は、都内でも指折りの不動産会社だ。祖父の代から受け継いで六十年あまり。男の代になって、居酒屋のチェーン店や芸能プロダクションを傘下《さんか》におさめた。総従業員数は三百名を超えている。男は四十八歳という若さで、それらをすべて采配する立場にある会長職だ。

部長め、ごたいそうに、複数の候補を挙げて、いかにも仕事をしていますということか。

やる気のある若手もいる。首をすげかえる時期だ。あいつはトーシン開発の子会社に放り込めばいいだろう。そこで居酒屋チェーン店の店長でもやらせておけばいい。

そのとき、誰もいなくなったオフィスの明かりがともった。ドアが開き、有馬と松永が入ってきた。

「遅くなりました」

有馬の高い声を聞いただけで、不首尾に終わったと察しがついた。

男はチェアに身を沈め、中年を過ぎた女とふてぶてしい顔つきの男を見やった。

「また強請《ゆす》られてきたのか？」

有馬は目を逸《そ》らした。

「倍にするとほざいたので」

松永が言うと、有馬が手で、それ以上言うのはやめろと制した。

「倍にだと？　ふざけるなっ」

声を荒らげると、有馬は肩で息をついた。

父親の代から受け継いでいる秘書だ。たいていのことは聞いてくれるが、こんどばかりは頼りにならない。

「写真をアップしたのは認めたか？」

「いえ、それも」

「松永、おまえがついていて、どういうことだ？」

「お許しが出れば、次の機会にでも」

松永は固く握りしめた拳を持ち上げた。

「三度目のなんとやらだな。北原とかいう女はいいのか？」

「そちらは責任を持って対処すると言っておりますが」

有馬が言った。

「自分の尻に火がつくからな」

「会長、お言葉ですが、智也は昔の智也じゃありません。別人になったみたいに強情です。松永でも無理かもしれないです」

「あの高校生、どうかな」

ふと松永が洩らした。

有馬が智也の知り合いらしい女子高生のことを話した。

「調べておけ」

男は言った。

「それより、部屋のこと、どうしましょう？」

「山崎を呼び出す。おれが直接、話をする」

有馬が松永と顔を見合わせた。

「呼び出すって……どうやって？」

「いいから」

ふたりに出ていくように命じた。

引き出しからキーをとりだし、キャビネットを開ける。宅配用の大封筒から中身をとりだした。

マンガの古本が五冊。黄ばんでいるが中はきれいだ。二十年前のものにしては奇跡に近い。専門コミック誌に連載され、一世を風靡《ふうび》したメカ少女のマンガだ。

男は携帯を使って電話をかけた。相手はすぐ出た。

「あ、こんにちは、大友《おおとも》さん」

「どうも、こちらこそ、大友さん」

——大きな友だち。

電話で話すときは、お互い、大友さんと呼び合う仲だ。

「あれ、届きました？」

相手は言った。

「ええ、いま見てますよ。なかなかのものだなって思って」

「値が張りましたからね」

「でしょう」

片手でぱらぱらとマンガをめくった。

戦闘脚のついた少女が、カンフーもどきで戦っている。

太ももから下は機械だが、股の付け根はパンツ一枚。そこから上は生身の少女の肉体だ。自由そうでいて機械に拘束されたイメージがなんともいえない。

「で、大友さん、例のは見てる？」

男は問いかけた。

「見てますとも。いま、ここで、こうして」

「どう思います？」

しばらく話し込んでから、電話を切った。

椅子《いす》にすわり、あらためてマンガを開いた。ページを繰《く》る手は止まらなかった。

6

翌日。

午前十時ちょうど、電車は王子駅に着いた。

早希は教科書の入ったトートバッグを持ち、電車を降りた。北口から出て、線路沿いに北に向かった。道路にはさまれた角地に、クリーム色のいびつな形をした低いビルがある。一階は総ガラス張りだ。ナガエ家具と書かれた看板が出ている。正面入り口から中に入った。

ほどほどに明るいフロアに、ソファーやらタンスやらが、隙間なくびっしりと陳列されていた。緑のベストに黒いサンバイザーをかぶった店員が動くのを早希はしばらくながめた。

父もあの服を着て、働いていたのだろうか。離婚した当時、浅賀光芳はここにいたはずなのだ。

若い親切そうな女性店員に声をかけてそのことを話すと、年配の店員を連れてきてくれた。縮れ毛の人なつこそうな男だ。店長・山口《やまぐち》という名札をつけている。男はにこにこし

ながら、

「へえ、あなた浅賀さんの娘さんなの？」

と声をかけてきた。

「はい。早希と言います」

「一度、店に来たよね。こんな小さかった時分」

彩子に連れられてきたのだろうか。

「大きくなったねえ。お母さんがこの近くの美容室にいたのは知ってるよね？」

「……はい」

知らない。

そこで母と知り合ったのだろうか、父は。

「きょうはなに？　買い物に来てくれたの？」

「そうじゃなくて、父と会わないといけなくて……」

山口は目を丸くした。

「いま、どこのお店にいますか？」

山口はすぐ返事をせず、早希の顔に見入った。

「そうか、ご両親は離婚したんだよね……お父さん、もう辞めてしばらく経つなあ」

「いつ辞めたんですか？」

「四、五年くらい前だったかな。ここから本部に移って、それからすぐに辞めたって聞いたけど。お母さんは元気？」

「あ、はい、元気です。本部ってどこですか？」

「浦和《うらわ》」

行ったことがない。

「お父さんが住んでいるところ、そこに行けばわかりますか？」

「どうかなあ、ここにいたときとは、違うみたいだよ。前は十条の方にいたはずだけど。ちょっと本部に訊いてみるから、待ってよ」

山口はしばらくして、戻ってきた。

「ここだって」

とボールペンで書いたメモを寄こした。

足立《あだち》区千住旭町《せんじゅあさひちょう》の住所が記されている。戸建てのようだ。

「あの、父の携帯電話の番号はわかりませんか？」

「ちょっと待って」

山口は自分の携帯をとりだして、番号を調べる。

「あったあった、これ」

山口のモニターに映る電話番号を、早希は自分の携帯に打ち込んだ。

〝見守る会〟の携帯の番号とは違う。

「ありがとうございます」

「これから行くの、そこへ？」

「はい」

山口はひきとめるように、早希を太い柱のかげに寄せた。

「あなた、最近、お父さんと会ってないんだよね？」

「……はい」

だから、会いに行くのだ。

「お父さん、本部に移って物流部門に配属されてね。物流、わかる？　在庫管理とかするところ」

「あ、はい」

「まとめて十二店舗の在庫管理をするんだけどさ、パソコンで。ほら、浅賀さんて、大の機械オンチだったでしょ？　その部署って、ほとんど女性社員なんだよ。派遣とかさあ。でも、あの人の質《たち》からして、細《こま》かいこと、女の子になんか訊けないじゃない。だからさ、ものすごく浮いちゃってたみたい」

山口がなにを言いたいのか、早希にはのみこめない。

「そのころ、一度、飲んだんだよ。そしたら、週に一度は、社長室に呼ばれて、もうすこし、まわりを見て働けとか言われてたみたいなんだよ。でも、文句なんて言えないだろ。うちの社長ってワンマンだからさ。しかも、社長はぜったい、辞めろって言わないんだよ。浅賀さん、ねちねち何度も呼ばれるのがいやになったみたいでさ。それで、辞めたんだよ」

「辞めてからはどこへ?」

「スーパーに勤めたって聞いたけどなあ。区役所は行ってみたの?」

「戸籍の附票のことですか?」

「たしか、それ見れば、お父さんの現住所がわかるはずだよ」

「行きました。でも分籍とかしてあって」

「そうか、残念だね」

ほんとうは違う。父親の戸籍は岡山にある。

転居先の住所が記載されている附票は、戸籍が置いてある市町村でしか交付されないのだ。区役所で郵送でも請求できると教えられたが、それだと送られてきた郵便物を彩子に見つけられたとき申し開きできない。だから、独自で探すしかなかったのだ。

まだ、なにか話を聞くことができそうに思えたが、それよりも、父と会うのが先決だった。お礼もそこそこに家具店を出た。

すぐ教えられた携帯に電話をかけた。もう使われていないというアナウンスが流れた。

やはり、直接訪ねるしかない。

北千住駅から荒川方面に向かって歩くこと十五分。狭い路地を行きつ戻りつし、たどり着いたそこは、プレハブ二階建てのくたびれた外観の一戸建てだった。二階のベランダは、トタンで囲われた物干し台に改造されている。玄関ドアの横にエアコンの室外機が三台並んでいた。郵便受けにマジックで北千住会館と書かれていた。戸建てなのに呼び鈴もない。

ドアノブを回すと、あっさり開いた。リビングらしい空間に古いソファーと丸テーブルが置かれている。人はいなかった。物音もしない。

「こんにちはー」

呼びかけても反応はなかった。

壁側は本格的なカウンターになっていて、大きなジャーが載っている。奇妙な造りだと早希は思った。うしろから話し声がしたかと思うと、ドアが開いて早希は前に押しやられた。

髪の薄い六十過ぎぐらいの男と若い男が話し込みながら、早希のことなど気にもとめないように靴を脱ぐ。玄関を上がったところで、髪の薄い男が、

「キムさん、安静第一だからね、ほかの人にうつさないでよ」

と声をかけると、若い男は長い髪をしごきながら、奥に消えた。

「えっと、どちらから紹介？」

男があらためて早希の顔を見て言った。勝手に入り込んだ早希のことを怪しむ素振りもない。

「あ、あの……はい」

「いつからになります？」

早希が答えないであちこちに視線を走らせていると、男は思いついたように、

「あ、カウンター？　この家は、バーだったんですよ。それをゲストハウス用に改造してね」

ゲストハウス？

ひとつの家で多人数が暮らすアパートのようなもの？

父はここに住んでいるのかしら。

「大家さんですか？」

「そうですけど」

早希はぶしつけな感じで尋ねた。

「いま住んでいる人は何人ですか？」

「四人。上と下にふたつずつ空きがありますよ。見ます？」

「はい」

早希はさっさと歩き出した男のあとについて、居間を通り過ぎる。

大型冷蔵庫とゴミ用の大きなポリバケツが三つ並んでいる。

「さっきの人は外国人ですか？」

「半年くらい前から入居してもらってる韓国の学生さん。熱が出てね、医者へ連れていったんですよ」

床はきれいで掃除が行き届いている。

左右に二戸ずつ並んだドアのひとつを開けて、中を見せてくれた。

木製の二段ベッドが置かれているだけの質素な造りだ。三畳ほどだろう。

「保証金はなしで、家賃が月二万円、それと水道光熱費が八千円ですよ。きょうからでも泊まれるからね」

「あの、浅賀光芳はいますか？」

大家は早希をふりむき、

「え、ここに入ってる人？」

「はい、ずっと前から住んでいると思いますけど」

大家は眉間にしわを寄せ、

「アサガ……うーん、あ、そうそう、いたいた。二、三年前」

と口にした。

「いまはもういないんですか？」

「出ていったなあ。長いこと住んでいたけどねえ。あの人と知り合い？」

「父です」

「あなたの？」

「はい。引っ越した先わかりますか？　教えてください」

「や、ちょっとわからないなあ。なんせ、出入りが多いからねえ」

「調べてもらえませんか？　どうしても、会いたいんです。あ、わたし」

早希は自分の学生証を見せた。

「高校生なの」

大家はそれを見てつぶやいた。

「両親はずっと前に離婚したんです。わたし、母親といっしょに住んでいるんですけど、喧嘩して家を飛び出してきちゃったんです。だから、どうしてもお父さんと会わないといけないんです」

いろいろな事態を想定しながら、来る途中で思いついたうそを早希は口にした。

「それはお困りだねえ。でもね、早希さん、うちは出た人の資料はおいておけないんだよ。手伝ってあげたいのは山々だけど、ちょっと無理だなあ」

「なんでもいいんです。お願いします」

「杉田《すぎた》さんなら、知ってるかなあ」

思いついたように大家が言ったので、

「杉田さんて？」

と早希は食らいついた。

「ここに住み着いてもう五年目になる人なんだけどね。カー用品の営業でサンプル持って長距離走ってるからね。きょうは帰ってこないなあ」

「明日は帰ります？」

「どうかな。土曜には帰ってくるけどね。戻ってきたら、あなたに教えてあげるよ。それでいい？」

「お願いします」

早希は深々とお辞儀をした。

大人に向かって、こんなに頭を下げるのははじめてだった。

7

疋田の携帯に、捜査一課の塩原から電話が入ったのは、野本康夫の実家のある戸田に向かっている途中のことだった。やはり、野本が美紗子をクルマに乗せた疑いは晴れず、三十日当日のアリバイ確認のため、戸田の実家に行くことにしたのだ。野本の実家の聞き込みは末松にまかせて、疋田は戸田公園駅前でクルマを降り、埼京《さいきょう》線で赤羽まで引き返した。

電車の中で、疋田は息子のことを思った。

昨夜は、慎二から電話はかかってこなかった。もしかしたら、誕生日のことを忘れてしまったのだろうか。

別れたときはまだ小学一年生だった。ずっと覚えているのは無理だったのだろうか。それとも、電話したのが恭子に見つかってしまったのだろうか。どちらにしても、夜、出かけてくるのは無理かもしれない。

慎二は、小平《こだいら》にある母親の実家に住んでいる。小平から上板橋まで、電車だと小一時間かかる。会うとしたら土日の日中になってしまうか。明後日《あさって》か明明後日《しあさって》。新宿あたりで待ち合わせれば、慎二の負担は軽くなるはずだが。いや、その気になれば夜でも来られるか……。

捜査本部に上がると捜査一課の塩原警部補の浅黒い顔が待ち構えていた。

「寄木細工の件、わかったぞ。箱根にいるうちの連中から返事が来た。手のひらサイズの波模様の四角い箱で、六面ぜんぶが動くやつでよかったな？」

通夜の当日、北原美紗子が小宮に見せた箱根みやげのことだ。

「たぶん、そうだったかと思います。で、なんと？」

「箱の面を順番通りにスライドさせないと開かないらしいけど、それはいいよな？」

「箱根のからくり箱はそうなっているはずです」

「こいつだ」塩原は自分の携帯のモニターを見せた。「芦ノ湖《あしのこ》畔にある寄木細工専門店で見つけた。白波《しらなみ》という品名で売られているそうだ。去年の暮れ頃から店に出しているそうだが」

「去年の暮れ？」

北原美紗子は二年前、箱根を訪ねた折りに買ったと言っていたはずだが。

「小田原《おだわら》の職人が作ったらしくてな。その職人に問い合わせたら、去年の十二月に新作として発表したということだ。六面ぜんぶが開くやつは、これがはじめての製品らしいぞ」

おかしい。美紗子はうそをついているのか。もし、そうだとしても、なぜ、うそをつく必要がある？

「これは芦ノ湖のその店でしか売られていませんか？」

「小田原の物産店でも売られているそうだ。ネットでも手に入るようだし」

「美紗子が注文して購入した形跡は？」

塩原は疋田の顔を見つめ、

「残念ながらない」

疋田はその箱の写真を自分の携帯に送ってもらった。

「おれはこれから箱根に戻る。ほかに調べることがあったら、遠慮なく申し出てくれていい」

塩原は言った。

「ありがとうございます。箱根の聞き込みはいつまでやります？」

「今週いっぱいだ。手がかりひとつ見つからん。教会近辺の聞き込みで奈月らしい子どもを見た人間はいない」塩原は真剣な目つきで疋田を見た。「北原美紗子が奈月を連れて箱根に行ったと言うが、ほんとうだろうか？」

「からくり箱はもう一度、部下に確認させますから」

「わかったら、知らせてもらえるか？」

「わかりました」

それにしても、朝イチで北原家に出向いた小宮真子はどうしただろうか。

疋田は捜査本部を出て、三階の生活安全課に戻った。

野々山は相変わらず、自席でノートPCと向き合っている。画面に映っているのはアリスのホームページだ。

「北原美紗子の男関係、なにか出ましたか？」

野々山は浮かない顔で訊いた。

「いまのところない」

「そういえばうちの副署長、赤羽のほうのホットヨガスタジオの聞き込みに同行してます」

ぶすっとした口調で野々山は言った。

「そっちからなにか出たか？」

「いえ、なにも」

捜査本部の雰囲気からして、ヨガスタジオの件は、まだ海のものとも山のものともつかないのだろう。それにしても、野々山はすっかりふさぎの虫にとりつかれているようだ。毎日、児童ポルノのホームページを見ていたら、いいかげん、飽きがくるだろう。曽我部と話し合わなければ。

「係長、招待状が届きましたけど」

「招待？　なんの？」

「このアリスを閲覧《えつらん》しているやつ……たぶん、男から。土曜日にオフ会を開くそうです」

疋田は野々山のＰＣを覗いた。無料で利用できるｗｅｂメールの画面だ。野々山のハンドル名あてに来たメールが並んでいて、野々山はその一番上のメールをクリックして開いた。

茶話会開催のお知らせ、のタイトルがついている。

「よくこんなものが来たな」

「もう五万円、アリスに突っ込んでますよ」

「五万も？　児童ポルノ写真を買ったのか？」

「まあ」

カネは捜査費から出るように、越智が取りはからったのだろう。

野々山はそれを印刷して、疋田に見せた。

場所は都電荒川《あらかわ》線の小台《おだい》駅近くにある居酒屋。あさっての土曜日、午後一時からだ。

「小台駅っていうの、くせ者ですよね」

「どうして？」

「五分歩けば、わくわくランドですよ」

野々山は頬杖《ほおづえ》をつき、意味深《いみしん》な感じでつぶやいた。

「遊園地か」

土曜日だから、子どもがおおぜい来るだろう。

「ペドの連中、ひととおり、手持ちの写真なんかを交換してから、いざ実地で子どものハンティングに遊園地へ出かけるんじゃないかな」

「おまえ、オフ会に参加するつもりか？」

訊くと、野々山はメガネの柄を持ち上げて疋田をにらみつけた。

「え？　行ってみていいんですか？　もし、ホシが紛《まぎ》れ込んでいたらどうします？」

「大げさなことを言うなよ。そうと決まっているわけじゃないだろ」

「ひょっとしたらと思っただけです。現役の警官がこんなところに顔を出すなんて警察官職務執行法上、許されませんよ」

「そうかな」

野々山は意外そうな顔で、

「もし出るとしても、身分を隠して参加することになりますよね。それって、限りなくおとり捜査に近いんじゃありませんか？」

「偽ブランドや麻薬がネットのオークションで販売されていたら、買い受けして摘発することはあるぞ」

「それは違法性が明確になっているからOKなんでしょ。第一麻薬のおとり捜査だって、麻取《まとり》にしか認められていないじゃないですか」

麻取。厚生労働省の麻薬取締官のことだ。

「そうカリカリするな」

かりに、そのオフ会に犯人とつながる人間が顔を出して、そこから犯人摘発につながったとしよう。その場合、警官がオフ会に参加したことが露見したら、違法捜査ということで、警察はきびしい追及を受けるはずだ。犯人も釈放されるだろう。

そのとき、小宮から携帯に電話が入った。

オンボタンを押して耳に押しつけると、甲高い小宮の声が響いた。

「係長、いません」

いきなり言われて、疋田はめんくらった。

「いないって、北原美紗子か？」

「はい、自宅は鍵がかかって開きません」

「いま団地に着いたところなのか？」

「はい」

「いままで、なにしてた？」

朝、小宮がクルマで署を出て、かれこれ二時間近く経過しているではないか。

「すみません、クリニックに予約を入れてあったので」

誰も知らないが、時折り、小宮は池袋にある心療内科で診《み》てもらうことがあるのだ。それがきょうだったとは。

「おかあさんとなにか、あった？」

「いえ、それはないですけど」

「葬式が終わったばかりだし、美紗子はひとりじゃ心細いんじゃないのか？　母親のところに泊まりに出かけたのかもしれんぞ」

　母親の実家は、赤羽から京浜東北線《けいひんとうほく》で二駅めの西川口にある。

「電話してみました。来ていないそうです」

「友だちとか、近所の知り合いは？」

「同じ棟で聞き込みをしました。美紗子さんが出ていったのを見た人はいないんですよ」

「知り合いは？」

「学校の先生に電話して、思いあたる人に片《かた》っ端《ぱし》から電話してもらいました。まだ返事が来ません。ああ、どうしよう」

「マコ、落ち着け。用があって出かけているだけかもしれんぞ。子どもが亡くなったんだ」

　小宮はそれどころではないようだった。

「……係長、どうしたらいいですか？」

「そこで待機していろ。帰ってきたら、家にとどめておけ。おれもすぐ行く」

「すぐお願いします」

　疋田は不安を抱きながらオフボタンを押した。

「ちょっと行ってくる」

「どこへ？」

「美紗子の家」

小宮はかたい表情でA27棟を見つめていた。疋田が運転席側の窓を指で叩き、助手席に乗り込むなり、小宮は早口でしゃべりだした。

「秘密基地の話をした女の子、覚えてます？」

「奈月ちゃんの仲良しの子？」

「高木好子ちゃん。住まいはカステル西赤羽の2号棟。いま、訪ねてみました。お母さんに訊いたけど、さっぱりです」

「美紗子の母親は？」

「久枝さんにはもう何度も電話したんですよ。娘は来ていないって。美紗子さんの携帯はぜんぜんつながらないし。勤務先にも来ていないし。係長、野本のところは？」

「もし、そっちにいればスエさんから電話が来る。そうだ、これ」

疋田は携帯に入っている、塩原から送られてきた寄木細工の写真を見せた。

「マコが見たからくり箱はこれか？」

疋田は言った。

小宮は携帯をうけとり、じっと見入った。ようやく思い出したふうに、

「美紗子さんの箱根みやげ？」とつぶやいた。「たぶん、そうだと思いますけど、はっき

りわかりません」

　からくり箱は単なる四角い箱だ。似たような柄も多い。

「昨日、最後に美紗子を見たときの様子はどうだった？」

「家に上がれなかったんですよ。また、なめこクラブの人から、人手は足りてるって言われて」

「しかし、どこへ行ったんだ。美紗子は」

　強い口調で疋田は言った。

「見当がつかないんですよ。そうだ、ちょっと見てきましょうか？」

「なにを？」

　小宮は寄木細工の写った携帯を疋田に見せた。

「実物を見ればわかると思います」

「家には誰もいないぞ」

「鍵のある場所は知っていますから」

　疋田は答えず、小宮の目を見つめた。

「目立つといけないから、わたしひとりで」

　令状を持たず勝手に対象者の家に上がり込むのは違法だ。

　なにも言わないでいると、小宮は疋田の携帯を持ったまま、クルマを降りて、棟の階段を足早に駆け上がっていった。四〇五号室の前で腰をかがめたかと思うと、ドアが開いて、小宮はすっと中に入った。

二分ほどでドアが開き、小宮は注意深くあたりをうかがいながらクルマに戻ってきた。

「これ、間違いないです。家にある寄木細工と同じです」

小宮は携帯を返してよこした。

「美紗子はうそをついていたのか？」

「と思います」

「どうしてそんなうそをついたりしたんだ？」

「わかりません。でも、奈月ちゃんが言った秘密基地と関係しているんじゃないかしら」

「秘密基地が箱根にあるということと？」

「たぶん」

「うそをついたのはいいとして、どうして、この新しいからくり箱が美紗子の家にあるんだ？」

「わからないです。疋田係長、いやな予感がします。すぐ調べないと」

疋田も同感だった。告別式の翌日に母親がいなくなったのだ。誰にも行方《ゆくえ》を告げないで。子どもの死因についても、おかしな点が多くある。母親が手をかけたという線も捨てきれない。外見とは裏腹に、北原美紗子は内心、はげしい葛藤で苦悶《くもん》していることも考えられた。ここは最悪の事態を想定すべきところだと疋田は思った。

美紗子を捜し出すには、美紗子の自宅を徹底的に調べる以外にない。

「マコ、ここに残れ。家宅捜索令状をとってすぐ戻る」

疋田は署に戻った。

美紗子周辺の再捜査をしている正木は事情を知らされ、ほんとうに失踪なのかと念を押すように疋田に問いかけた。

「もう、行方がわからなくなって半日経過しています。母親のところにも職場にもいません」

副署長の曽我部が席を離れ、疋田の前に立ちふさがった。

「誰が美紗子の周辺を嗅《か》ぎ回れなどと命令した？」

「命令は受けていません。自分らができる範囲内で捜査した結果、浮上してきた疑惑をつぶしていくまでのことです」

「母親が子どもを殺したと決めつけてかかるのか？」

「その疑いが残るということです。美紗子は携帯の電源を切っています」

「切ってるだと」

「はい、切れています」

「どういうことだ」

「わかりません。一刻も早く見つけ出すのが先決です。小宮のたっての願いです。家宅捜索令状をとらせてください」

「おい、BB。冗談もたいがいにしろ。告別式がすんだばかりだというのに、マル害の家にガサをかけるだと？　ブンヤに嗅ぎつけられたらどうなると思ってるんだ」

「目立たないよう、細心の注意を払います。お願いします」

曽我部は不服そうに正木の顔色をうかがった。

「いいぞ」

応諾《おうだく》の返事をもらうと疋田は頭を下げ、デスク席にあるノートPCで令状請求資料の作成にとりかかった。


管理人の立ち会いのもとで、疋田は四人の捜査員とともに、北原美紗子の自宅に入った。キッチンテーブルには、コンビニで買い求めた未開封のドーナッツとコップに半分ほど注がれた牛乳があるだけだった。テーブルの下に、奈月の遺骨がおさめられた骨壺《こつつぼ》の入った桐箱《きりばこ》が置かれ、居間に布団が敷かれっぱなしになっている。起き出してすぐ、ろくに朝食もとらないで外出したような感じだ。

「携帯はあるか？」

疋田は隣室を調べている小宮に声をかけた。

「ないです。見つかりません」

どこを探しても、携帯は見つからなかった。

通話記録照会に出向いていた捜査員によると、美紗子の携帯は昨日、葬儀業者と連絡をとりあっただけで、それ以降は使っていない、という連絡が入っている。

それから三十分、すみずみまで調べた。北原美紗子の立ち回り先につながるようなものは見つけることができなかった。

五時過ぎ、疋田の携帯に奈月が通っていた小学校の中谷校長から電話がかかってきた。

「まだ、お母さんは見つかりませんか？」

校長は言った。

「まだです。そちらは心当たりでも見つかりましたか？」

「先生方に手分けしてもらって、保護者に訊いていますが、これといってはないですよ」

「なにかありましたら、すぐお電話いただけますか」

「はい、そのつもりでいます。お母さんのことじゃありませんが、先生方のひとりが、奈月ちゃんのことで話を聞きました。ご存じですか？」

「箱根の秘密基地のことですか？」

「それと似ていると思うんですけどね。仲良しの同級生が、奈月ちゃんから、何度か、『ウサギとカメさんの中に入って遊んだ』と言っているのを聞いているんです」

「ウサギとカメ？　イソップ物語ですか？」

「それがどうも違うらしくてその児童は奈月ちゃんが外で遊んでいるとき、聞いたということですから」

「わかりました。またなにかありましたら、ご連絡お願いします」

電話を切り、疋田はサイドボードや奈月の学習机のまわりを調べたが、イソップ物語の絵本や雑誌などは見つからなかった。

サイドボードの寄木細工や壁掛けの小物入れにおさまっていた消費者金融の督促状など、めぼしいものをすべて持ち帰るように命令して、疋田は先に帰署した。上層部に報告すると、曽我部がいらついた顔で疋田をにらんだ。

「美紗子は電話に出ないのか？」

「出ません。電源が切れています。前にも言ったはずです」

曽我部の顔が引きつった。

「美紗子はおまえらの受け持ちだったんだろう？　見つけるまで戻ってくるな」

疋田は反論せず、生活安全課に戻った。野々山はいなかった。自席にすわり、美紗子の立ち回り先について考えた。

調べられるかぎりのことはすませたはずだった。捜し出す手だてなど、どこにもないように感じられた。せいぜい、自宅と実家の張り込みをするくらいが関の山だ。この三月三十日に美紗子と奈月は自宅近くで男が運転するクルマに乗り込んだ。それがほんとうなら、その男が美紗子の失踪にかかわっているに違いない。いったい、どこの何者か。美紗子の失踪は、娘の奈月が誘拐され、殺された事件に関連しているはずだ。事件解決の糸口が見つからないいま、美紗子も、闇の向こう側へ消えてしまった。どうして、こんな事態に陥ってしまったのだろうか。

疋田は主《あるじ》のいなくなった野々山の机を見やった。ノートパソコンがたたまれてある。椅子の横にあるゴミかごを覗いた。いつもなら、中身を回収袋におさめて帰るはずなのに、きょうは菓子パンの包みやティッシュやらが残っていた。疋田はその中を散《あら》けて、丸めて捨てられた紙をつまみ上げた。

アリスのホームページの閲覧者から野々山宛に届いたオフ会の招待状だ。疋田は紙のしわをていねいに伸ばしてポケットに入れた。

第四章　潜　入

1

二日後。

路面電車がぎこちなくスピードを落として、小台駅で停《と》まった。スレートの雨よけがあるだけの無人駅だ。疋田は交差点をわたり、遊園地方向へ歩きだした。

曇っているが風はなく、雨の心配はなさそうだ。腕時計を見る。昼の十二時五十分。ゆっくり歩いても、オフ会がはじまる一時前には着くだろう。

北原美紗子の行方《ゆくえ》はいまだにわからないままだ。

その責任は自分にあるように思えてならなかった。美紗子の立ち回り先は、ひとつ残らずチェックした。誰も美紗子を見かけた人間はいなかった。かろうじて、残された手がかりに賭《か》けるしかないと疋田は思った。

オフ会に参加することを野々山はむろん、部下には話していない。責めを負うような事態が起きたら、疋田ひとりが責任をとるつもりでいた。そのようなことはないだろうが。

疋田はまた、携帯をとりだして着信を確認した。

慎二から電話はなかった。

会うとすれば土曜日のきょうか、明日の日曜日。そう予想していた土曜日になってしまった。

ハンバーガーショップの前で、何人か、男たちが階段を上って行くのが見えた。「酒処竹取《たけとり》」と書かれた看板が出ている。ここだ。

ハンバーガーショップのガラス窓に映る自分の姿を見た。チノパンツとくたびれたTシャツ。それに、デイパック。髪が長ければ申し分ないが、あとはそれらしい態度をとるしかない。短い髪をしごいて前髪のあたりを乱れさせる。ちょうど、そこにやってきたアポロキャップをかぶった男のあとをついて階段を上った。店の戸を押し開くと、中から白髪《しらが》の男が出てきて、すれ違った。

そこそこ広い土間で靴を脱ぎ、十畳ほどの座敷に通された。大きめのテーブルをつなげた中央にふたりの男がいた。ひとりは黒髪で銀行員ふう、もうひとりは迷彩柄のネルシャツを着た若い男だ。疋田は会釈《えしやく》して、ふたりの前に腰かけたアポロキャップの横にすわった。

ネルシャツの男が持っているビニール袋に、秋葉原にある有名な電器店の文字が入っている。新たに三人の男が入ってきた。ネルシャツの男が時折り、疋田をちらりと見ている。

背の低い、ずんぐりした男が入ってきた。年季の入ったソフト帽を頭に乗せてマスクをつけ、ハンターが穿《は》くようなカーキ色のニッカズボンを穿いている。男たちが「マチスさん」と口々にあいさつした。オフ会の呼びかけ人のようだ。マチスは疋田のなめ前に腰を落ち着かせた。

アポロキャップをかぶった男が、モバイルパソコンを目の前に置いて、ネットの閲覧をはじめた。疋田と同年配のようだ。頰《ほお》が痩《や》せこけ、帽子の左右に長い直毛を垂《た》らしている。

その男に疋田が招待状を見せると、ああ、あなたがオレオさんでしたか、と言われた。オレオは野々山のハンドル名だ。

アポロキャップの男は、着ている釣りベストからタバコをとりだして火をつけた。

「マチスさん、オレオさんが来てくれたよ」

マチスがマスクをはずして、疋田を見た。おや、と思った。

手入れの行き届いた口ひげをたくわえ、ぽってりした頰をふくらませ純朴そうな笑みを浮かべて、

「そう、あなたが。ようこそ。どちらから?」

と言った。

かなり歳《とし》がいっている。六十すぎか。

「松戸《まつど》から」

つとめて自然に言った。

会費をおさめているうちに、会員が増えて、十畳の個室は十二人ほどの男でいっぱいになった。

疋田はアポロキャップがあやつるパソコンをながめながら、それとなくまわりの会話に聞き耳を立てた。

「最近、シュタゲはどうですかぁ?」

「あまりやってないよ」

「ユズさん、あれって、ギャルゲーでしょ。恋愛とかの要素が少ないと思わない? なんか、科学的すぎるよ」

聞いたことのない固有名詞が飛び交い、疋田は不安を感じた。

ユズとか、クロさんとか、お互いをあだ名で呼び合っているようだ。アポロキャップをかぶった男は、ジュンさんと呼ばれている。もっと根暗なものを想像していたが、そうでもない。くだけた服を身につけているのは疋田くらいなものだ。

「きょう、バロンさんは？」

マチスが誰にともなく声をかけた。

「あ、さっき急用ができて帰りました」

ジュンが言った。

戸のところで入れ違いに出ていった男だろう。

「ちぇっ」

「惜しいな」

あたりで声が上がる。

それとなくジュンの顔をうかがうと、

「バロンさんはスポンサーで、会費なんか払ってくれるからさ」

と小声で教えてくれた。

お通しとピッチャーが運ばれてきて、全員で乾杯した。ジュンがレモンハイを注文すると、三人が同じものを頼んだ。

疋田は喉が渇いてからからだった。ありがたかった。ひと息に半分ほど飲んだ。冷たいものが入って、なんとか落ち着くことができた。

このあたりで、点数を稼《かせ》いでおかなければ。

コスプレのホームページを見ているジュンに、疋田は、

「コスプレしたことありますか？」

と先回りして訊《き》いた。

「やったことないです」

「いいもんですよ、やってみませんか？」

言ってみたものの、歯が浮いたように感じられた。

「興味あるんだけどね、ちょっと恥ずかしいな」

ネルシャツが紙袋から人形をとりだした。

若いビキニ姿の女のフィギュアだ。大きくふくらんだ胸元に、くっきりと乳房の谷間が浮かんでいる。ネルシャツがスカートをとりはずすと、赤いヒモのようなパンツが現れた。

「おお、レイちゃん。なかなかじゃない」

となりのジュンがぼそりと言った。

ジュンがつられたようにデイパックから四角い箱をとりだし、中身を抜き出してネルシャツの前に置いた。ハードディスクか？

「アキバで？」

ネルシャツが言った。

「うん、大台に乗った」

大台？　十万円くらい？　中身はなに？

もしかして、児童ポルノ写真が詰まっている？　ハードディスクだから、とんでもない数が入っているはずだ。なんとか、見る手立てはないか。

疋田は対抗するようにデイパックから一枚のＤＶＤをとりだして、ジュンの横に置いた。

「これ、見ます？」

「おお、拝見」

ジュンはパソコンのＤＶＤドライブを開けて、疋田から渡されたＤＶＤを入れた。読み込んだのち、画像ファイルがずらりと並んだ。どれも、水着を着た女児の写真だ。

昨晩、サイバー犯罪対策課の越智に頼み込んで、コピーしてもらったものだ。オフ会のことは言わず、ただ、サンプルを見ておきたいと言って。

児童ポルノ愛好者のオフ会は、こうした画像のやりとりをする場になると聞いていたからだ。

ジュンのまわりに、人が集まりだしたが、しばらくすると、ほとんど離れていった。あまり、刺激がないようだ。

「北原奈月の事件って、どうよ？」

ネルシャツの男がクロさんという男に語りかけるのが聞こえた。

「萌《も》え族がやらかしたに決まってるもん」

クロさんが答えた。

「箱根で？」

「たぶん、そう、箱根」

疋田は心臓の鼓動が高鳴った。

いま、たしかに、この男たちは箱根と言った。

萌え族とは、俗に言うオタクたちの俗称だろうか。

もし、この中に真犯人がいたとしたら……。

疋田は部屋の中にいる男たちの顔を、ひとりずつ見ていった。

箱根のことについて、もっと突っ込んだ話を聞きたかった。だが、それを自分から持ち出すのは気が引けた。話はそれきりだった。それでも、ここにいる男たちのだれかが、犯人につながる情報を持っているはずだと疋田は確信した。

せめて、写真だけでも撮れないか。

せっかく、顔を合わせているのだ。仲間内で写真を撮っても不思議ではないのでは。

誰ひとり、デジカメはおろか、携帯のカメラで撮ろうともしない。

疋田は席を替えて、なるべく多くの男と酒を酌《く》み交わした。フィギュアを持ってきたネルシャツと話していると、フィギュアはネットのオークションで手に入れたことがわかった。しかし、箱根のことは訊けなかった。

疋田はジュンのもとに戻り、「盛り上がってますね」と声をかけた。

「いつも、こんなもんだけどね」

「記念写真とか撮りません？」

疋田は座を見わたし、さりげない感じで口にした。

言ってから、ジュンの視線がしばらく自分の横顔にとどまっているのを感じた。

かなり酒を飲んだが、すこしも酔いがまわらなかった。

「あなた、結婚してる？」

ジュンに訊かれて、疋田は、「ええ、してますけど」とつい、口から出た。

「子どもさんは？」

「娘がひとり」

「だったらわかるよね？」

なにがわかるのか？　どう答えればいいのか？

ペドファイルは、自分の娘にどういう感情を抱くのか？

「自分の子はべつですよ」

ようやく、それだけ答えた。

ジュンはアポロキャップを脱いだ。髪を分けた根元に白いものが混じっている。

「同感だね。自分の子にだけはさわらない。でも、ときどきね、感情に流されてしまうことはない？」

「まあ、それはないとは言えないけど」

怪しまれてはいけないと思い、すぐ答えた。

「友だちの女の子が泊まりに来ない？」

「ええ、ときどき」

「それだよ。いっしょにお風呂に入って楽しめばいい。でも、さわったりしちゃだめだ。目だ。目で犯してやるんだよ。トラブルは避《さ》けることが一番大事なことだしさ」

「ジュンさんは、よその子としたことあります？」

疋田はずばり訊いてみた。

「そりゃあるよ、あんたはないの？」

「まだ、残念ですけど」

「だから、この会に来たわけだね？　その子とうちの子は同じクラスでさ。母親にないしょで学校に迎えに行ったりして遊んだよ。そんな子には、『お母さんには、ぼくらのことを話しちゃだめだよ』と言って聞かせる。それで、たいがいは大丈夫」

「それだけで？」

「子どもにもよるけどね。誘いを受ける子は好奇心が旺盛なんだよ。それを逆手《さかて》にとってやることだよ。そうすれば、なんだってできる。それをしているあいだは、ほんとうに気持ちがいい。相手を傷つけてるなんて、これっぽっちも頭に浮かんでこない」

ジュンは無邪気な表情を浮かべて言った。年相応の老《ふ》けた顔は感じがよく、話すごとに目の輝きが増している。

それがかえって、気味が悪く思えた。これ以上聞いていると、自分のなかでなにかが爆発しそうだった。年端《としは》もいかない子どもに手をかけて平気でいる人間がいること自体、信じられなかった。

二時半に差しかかったころから、人が減りはじめた。

潮時《しおどき》だろうと思った。疋田はジュンにそろそろ帰りますからと、声をかけた。

するとジュンから、

「寄っていかないの？」

と言われた。意味がわからなかった。

「わくわくランド。もう行ってる連中もいると思うよ」

遊園地か。やはり、男たちの目的はそれか。

「あ、そっちはもちろん」

「OK。ちょっと待ってて、連れてくからさ。用意してあるよね？」

「デジカメ？　もちろん」

疋田はデイパックから望遠レンズをとりだして見せた。署の備品だ。課名の書かれたラベルははがしてある。

店の外で待っていると、ショルダーバッグを抱えたジュンがやってきた。

「いつも、オフ会はこの店で？」

訊きながら、ジュンと肩を並べて歩き出す。

「むかし、一度あったかな。最近はめったに使わないけどね」

遊園地のメインゲートでジュンにすすめられて、二千円のフリーパス券を買った。

土曜日だということもあり、家族連れでにぎわっていた。乗りもの広場から絶叫が聞こえる。

「乗りましょう、あれ」

ジュンは真正面に見える観覧車を指さす。

まず上から獲物を探すのだろうか。

「いいですよ」

若い切符きりの女性にフリーパスを見せ、青と白のツートンカラーのゴンドラに乗り込んだ。席に腰掛けるとひんやりとしたものが尻に伝わってくる。

ゆらゆら揺れながら上昇して、視界がひらけてきた。町工場の屋根が並び、マッチ箱のような住宅の向こうに、広々とした隅田《すみだ》川の流れが見えてきた。

「なかなかいいですね」

と疋田は言った。

「でしょう。はじめて？」

「ええ、ここはね」

一分ほどでゴンドラは頂点に達した。

「高所恐怖症じゃないですよね？」

「ええ」

ジュンはショルダーバッグからステンレスの保温ポットをとりだし、キャップをはずして、茶色い液体を注いだ。コーヒーのようだ。まだ湯気が立っている。

「よかったら、どうぞ」

とカップをよこした。

疋田はありがとうと言って、それを口元にもっていった。

甘い。染みとおるように胃に落ちていく。飲み干すと、呼吸が楽になったように感じられた。キャップを返した。

「ずっと考え事してたみたいですけど、気になることでもありました？」

ジュンはキャップをはめながら、上目づかいで疋田を見た。

疋田ははっとした。自分の様子を気づかれていたか。

疋田はデジカメに望遠レンズをはめて、ファインダー越しに園内を見るまねをする。

あのことだけは訊いておかなくては。

「誰だったかなあ、箱根って言ってたじゃないですか」

ごく軽い調子で言ってみた。

「ああ、言ってたね」

「こないだ赤羽で起きた誘拐事件に関係してたりして？」

つい、疋田は口走った。

ジュンは目を細めた。

「どうして、そんなふうに思うんです」

「そんなふうに聞こえて」

「萌え族の仕業としたっておかしくはないな」

「やっぱり」

「だって、殺人とか窃盗《せっとう》って人の本能にはないけど、性衝動って本能でしょ。いくら法律を厳しくしたって、止められないよ」

この男は本気でそう思っているのだろうか。

箱根をこれ以上話題にするべきではないだろう。せっかく、知り合いになったのだ。そのとき、風が吹いて、ゴンドラが少しゆれた。宙に浮いている感覚を強く感じて、背もたれに張りついた。

観覧車は一回転して、乗り場が近づいてくる。

「もう一回、乗りましょう」

ジュンはドアを開けた係員にフリーパスを見せて、

「あと、五、六回乗るから」

と告げると、係員は、わかりましたと勢いよくドアを閉めた。

もう五、六回？　そんなに乗ってどうする？

「この会みたいなのは、かなりあるんでしょうね」

ゴンドラがふたたび動きだしたとき、疋田は言ってみた。

「この会って？」

勘ぐるような顔で訊かれた。

「アリスの集まり」

「星の数ほどあるかもしれない。でも、うちのようなのはね」

ジュンは眉根を寄せ、不愉快そうに言った。

おれはこの男の気にさわることを言ったか？

「うちって？」

「うちらみたいのはね、少ないと思うよ」

去年、仙台《せんだい》で検挙された児童性愛者のグループは、クルマに乗り合わせて遠出し、そこで女児を連れ去って獲物にしていた。暴行しているところを撮影した画像がネットで閲覧《えつらん》されたのだ。まさか、それに近いことをしているのだろうか。

疋田はジュンが自分を見つめていることに気づいて、カメラをまた外に向けた。

「そのカメラ、借り物?」

「いえ、どうして?」

「あまり慣れてないみたいだから」

「そんなことないですよ」

ジュンは答えず、じっと疋田の目を覗《のぞ》きこんでいる。

上昇したところから、ジュンは下を見やった。

今度は本気で上から獲物を探すつもりなのだろうか。

デイパックの中の携帯がふるえた。疋田はゆっくりとりだし、モニターを覗いた。小宮からだった。なにごとだろう。ジュンと顔を合わせなくてもいいように、半身ずらして、オンボタンを押す。急いで耳元へもっていった。

「係長、どこにいるんですか?」

「医者にな」

小声で答えたが、ジュンには聞かれただろう。

「医者？　心臓、よくないんですか？」

「いや、ひどくない」

「美紗子さん見つかったんですよ。聞いてますか？」

疋田は耳に携帯を押しつけた。

「どこで？」

「カステル西赤羽1号棟。八階から飛び降りました」

疋田は息をのんだ。

遠くに見える地平線が一瞬、ゆがんだように見えた。

「カステル西赤羽、わかります？」

「ああ」

つとめて平静をよそおった。

旧公団が建て替えて間もない団地だ。道路をはさんで、公務員宿舎の反対側にある。

疋田はオフボタンを押した。携帯がまたふるえたので、疋田は電源を切った。ここでくわしい話など聞けたものではない。

「どうかしました？」

ジュンに訊かれて、

「あ、ちょっと、急用ができて、次、降ります」

「大丈夫ですか？　真っ青じゃないですか？」

「いえ、大丈夫です」

言ったものの、呼吸が荒くなっているのがわかる。美紗子はなぜ、いまになって自殺など……。雲霞《うんか》のように疑問が湧《わ》いてくる。

曇った空を見ていると、動悸《どうき》がおさまってきた。視界に広がる空は密集した家屋へ移り変わり、乗り場がまた近づいてくる。

「あなた、ほんとに愛好者？」

ジュンの口から洩《も》れた言葉に、身体が強張《こわば》った。返事をしようとしたが、思ったように口が動かなかった。ドアが開いて、ジュンが降りるのがわかった。

腰を浮かそうと思ったが、膝から下の力が抜けて動けなかった。

なにが起きているのか、疋田には見当がつかなかった。

ひとしきり浮揚感に包まれた。ゴンドラがまた頂点を目指して上がりはじめた。

家並みがぼやけ、下方を流れる隅田川が蛇行《だこう》しているように見える。頭が重くなり、意識が閉じかけるのがわかった。あのコーヒーと疋田は思った。おれは盛られたのか？　あの男に。ひどく甘かったが、あれは薬の苦みを消すためだったのか？　やつはこっちのことを警官だと見抜いていたのか。しかし、どうして美紗子が自殺などを。いや、いまの電話こそ本物か？　自分は夢を見ているのではないか……。そこまで考えてみたが、曇天に吸い込まれるように意識は遠のくばかりだった。

*

早希が北千住会館に着いたのは、昼を回っていた。玄関ドアを開くと、大家と四十くらいの細身の男がソファに腰かけていた。

「ああ、来た来た。この子だよ、じゃ杉田さん、たのむね」

大家は言うと立ち上がり、家を出ていった。

「あ、水島早希です。よろしくお願いします」

ぺこりと頭を下げると、杉田は、まあ上がって、と手招いた。

早希は言われたとおり、杉田の前にすわった。

チャコールグレーの上下に金縁のメガネを合わせている。大企業のえらい人のような印象を受けた。カー用品を積んで営業をしているようには見えない。

「ぼくの顔になにかついてる？」

「あ、いえ」

「こう見えても製鉄会社にいたんだよ」

杉田は早希が知っている大手メーカーの名前を口にした。

「購買部っていうところで、課長をしていたんだけどさ。いきなり退職勧告にあっちゃってね。二十年も勤めたのにね」

身の上話をされても困ると思い、早希は、

「あの、ここに父がいたそうですが、いま、どこにいるかわかりますか？」

と切り出した。

「それを話そうと思ってたんじゃない。浅賀さんだろ？　二年くらい、いっしょにいたよ。同じ一階でさあ、となりあわせの部屋で」

「家具屋さんに勤めていたころですか？」

「家具屋は辞めてたよ。タクシーの運ちゃんとかしてたけど、長続きしなくてさあ。近所でコンビニのバイトとかしてた。最初来たときはカネづかいが荒くてさあ。あっという間に貯金使い果たしてサラ金なんかにも手を出していたな」

「なににおカネを使ったんですか？」

「パチンコとかさ。遊び、遊びだよ。クビ切られてすぐだったから、ストレスたまってたと思うよ。ところで、あなたのオヤジさん、きれい好き？」

「え？　知りません」

早希は小学校の低学年のときに両親が離婚して、それ以来、父とは会っていないことを伝えた。

「浅賀さんが来るまで、このハウス、汚くてねえ。ほら、そこの台所なんて、油でギトギトでさあ。いつも、洗い物が山になってたわけ。トイレだって黒ずんでたり、風呂桶《ふろおけ》だってもう、ぬめぬめのカビだらけ。誰も手をつけなかったんだけどさ、あの人が一週間かけて大掃除してくれて助かったよ」

そういえば、団地住まいのときも父はこまめに掃除をしていた記憶がある。

「食べるほうなんかは、ちょっと、だらしないところがあったね」

杉田は続ける。

「あとかたづけしない？」

「ううん。その冷蔵庫、昔から共用になってるんだけどさ。人のビールがなくなっていたり、醬油《しょうゆ》差しの中身が知らないうちに減ったりしていてさ。たいがい、浅賀さんがこっそりとね。ばれなきゃいいや、って感じで」

「すみません」

杉田は笑いかえした。

「あなたが謝ることないよ。ゲストハウスってのはさ、いろんな人がいるんだよ。他人に厳しいやつとか言い方がきついのとか。大阪出身の雨宮《あまみや》といううるさいのがいてさ。醬油が減っていると、オヤジさんに、『蒸発してるんかい』って難癖《なんくせ》つけてた。その雨宮が乾燥機に自分の服を入れてたときだ。生乾《なまがわ》きで浅賀さんが出しちゃったもんだから、とっくみあいの大喧嘩《おおげんか》になって。山崎が仲裁して、どうにかおさまったんだけどね。それからすぐ、雨宮は出ていったよ」

「山崎さん？」

「うん、山崎智也っていう若いやさ男。知ってるの？」

「あ、いえ」

内心、しどろもどろだった。智也はここで父といっしょだったということ？　だから、いまでもつながっている――。

「山崎は手先が器用でさあ。パソコン抱えて一日中、部屋にこもっちゃー、なんかしてるの。ほかの入居者はみんな外で働いてるだろ。山崎はさあ、晩ご飯を作ってくれるんだよ。六人分のさ。揚げじゃがとかサバのみそ煮とか、ミネストローネとか。美味《うま》かったなあ。あれで、浅賀さんもだいぶ、救われたと思うよ。盗まなくてよくなったから」

ふと早希はカウンターの向こうの流しで、包丁をふるう智也の姿を想像した。

「どうかした？」

「いえ、なんでもありません。山崎さんはいつごろここへ？」

「浅賀さんより半年遅れくらいだったか。やつはさ、大手の電子部品会社に勤めていた。ちょっと見栄《みえ》っ張りみたいなところがあって、独身寮を出てマンションを借りたんだよ。そんとき、カードローンでキャッシングしたのが運の尽きさ。借金がふくらんでサラ金に手を出して、会社に知られてクビ。住み込みの和食処で働いていたけど、カネにならないだろ。ホストクラブに入ってさ。悪い女に引っかかってな。その女がヤクザのスケだったから、必死で逃げ回って、ここに落ち着いたんだよ。前科持ちだぜ」

「前科？」

「カネがなくなったとき、コンビニでナイフもって、カネ出せってやったんだよ。一年くらいムショにいたって言ってたよ」

「刑務所に入っていたことを人に教えたんですか？」

「いつだったか、山崎の部屋に入ったんだよ。パソコンのこと教えてもらおうと思って。そしたら、やつ、真っ白けの塊《かたまり》に、必死こいて電気ドリルを当ててるわけよ。見てるとそれが女の子の人形の胴体ってわかってさ。手や足のパーツも転がってるし。それらに今度は茶色いパテを盛ってさ。そいつにヤスリかけてやったりして、ナイスボディな裸の女の子ができあがったわけよ」

早希のことなどまったく気にしないで、杉田は言った。

聞いていて虫酸《むしず》が走った。

「部屋のあちこちに、市販されてる女の子のキャラクターのフィギュアの空箱があってさ。それを改造してたんだよ。ネットで売ると十万近い値が付くそうだぜ」

早希は私設私書箱から持ち帰った女学生フィギュアを思い出した。

あれは改造するための元の人形だったのだろうか。

「手先が器用だからできたんでしょうね」

そう言うのがせいぜいだった。

「おれもそう言ったんだよ。そしたら、やつはムショで教わりましたって、つい洩らしてさ。黙ってりゃ、前科持ちなんてばれなかったのにな。もういなくなったやつのことだから、どうでもいいけど」

「あの、杉田さん、父のことはどうですか？　引っ越した先の住所を教えてください」

「そうだっけな。ちょっと待ってて」

自室に行って戻ってくると、杉田はメモ用紙をくれた。そこに書かれた文字に早希は見入った。

新宿区の住所だ。都営住宅の棟と部屋番号が記されていた。

2

鼻腔《びこう》に痛みと似たものを感じて、疋田は目を開いた。アンモニアの刺激臭だ。目の前に男の顔がせまっていた。動こうとすると、

「じっとしていろ」

岩井刑事課長が身を引きながら声をかけた。

八畳間ほどの和室の、しめった薄いせんべい布団《ぶとん》に寝かされている。畳の縁《へり》を目で追うと、ここが赤羽中央署の宿直室であることに気づいた。どうして横になっているのか、疋田はすぐにはわからなかった。

「いま、何時ですか？」

「もう七時だ。晩の。わかるか？」

「七時……」

思い出した。ゴンドラだ。帽子をかぶった男と乗っていて、急に意識を失ったのだ。

「疋田、もういいのか？　無理に起こすなと言われたが」

岩井の言葉に身を起こそうとすると、針で刺されたような激痛が頭の中を駆けめぐった。

いったいなんなのだ。はじめて感じる痛みだ。とてもではないが目を開けてはいられなかった。

「まだ、だめそうだな」

「いえ、大丈夫ですから」

「荒川署から電話が入ったときは、たまげたぞ。地域課長の富岡《とみおか》から」

以前の職場で上司だった男だ。

　ゴンドラで気を失い、係員が警察署に通報して、それでおれは荒川署に運び込まれたのか？　救急車は呼ばなかったのか？　そのあと、赤羽中央署に移されるあいだも、ずっと意識がなかったのか？　いったい、なにを飲まされたのだ。

　疋田はアリスのオフ会に参加したいきさつを口にした。

　足下にべつの人物がいるのに気づいた。副署長の曽我部だ。あぐらをかいている。表情からにじみ出ているのは愉悦か。

「そのアポロ帽をかぶった男が〝箱根〟と言ったんだな？」

　岩井が念を押すように訊いた。

　頭の中が濃い霧に満たされたように働かない。

「はい……いや、ほかのやつだったかもしれないです」

「ほんとうに〝箱根〟と言ったのか？」

「聞きました。たしかに」

「ホシの名前は？　箱根と口走った男が洩らしたんだな？」

「それは……思い出せなくて」

　なにか、それに近いことを聞いたような気がするのだが。

「大変なことだぞ。思い出せ。箱根の件はまだ公表していないんだ」

「はい、それはもう」

意識を失って四時間足らずだ。なのに、オフ会で見聞きしたことが、どうしても思い出せない。店の名前も。

「野々山を呼んでください」

「オフ会の店か？　野々山から聞いたぞ。酒処竹取だろ。間違いないな？」

「そこに問い合わせれば……」

「もうやった。オフ会の代表者の名前と電話番号はわかったが、かけてもつながらん。でたらめの番号だ」

そこまで用心深いのか？　会員名簿のようなものもわたされなかったが。

「疋田、参加者のことを思い出せ。年齢、身長、そのほかなんでも」

疋田は印象に残っている数人の人物の特徴を口にした。どれも漠然としたものばかりだ。

くくく、乾いた空笑《そらわら》いを発しながら、

「とうとう、やってくれたな」

と副署長の曽我部が浅黒く日に焼けた顔を疋田に向けた。

「上にも下にも、誰にも言わずに、被疑者とつながる飲み会に参加？　こんな芸当ができるのは、つくづく疋田、おまえしかいないぞ」

曽我部に反論する気は湧かなかった。

「いよいよ、進退きわまったということだ。服務規程違反で上に報告する義務がある。かばいきれないということだ。首を洗って待つしかないかもしれんぞ」

監察に報告？

もし、そうなれば、処分はまぬがれない。警察から追い出されることも覚悟しろと曽我部は言っているのだ。

「歩けそうか？」

疋田は布団をはねのけ、注意深く膝立ちの姿勢になった。深く息を吸う。気をつけていれば頭痛は襲ってこないようだ。

「もう一度訊くが、連中のことは覚えていないのか？　なんでもいいんだぞ」

岩井が訊いた。

「ハンドルネームで呼び合っていましたし」

あの場でなるたけ、全員の顔を覚えようとはした。しかし、自分の身分を隠すことにも同じくらい神経を使った。参加者の人相風体がどうあがいても浮かんでこない。

「会のボスは？　年寄りとか言ったな。どうなんだ？」

曽我部が割り込んだ。

ぼんやりしていて、像が浮かばない。

岩井が曽我部の顔を見て、話にならないという顔で首を横にふった。

「てめえ、警官なんだろ。これっぽっちも覚えていませんそんなのが通用すると思ってるのか」

曽我部が声を荒らげたので、岩井がとりなすように言った。「副署長、まだ病み上がりですから、少し待ちましょう。疋田、落ち着いたら、ラインに当たれ」

ラインとは前歴者のデータベースのことだ。警察庁に集約される犯罪手口原紙にもとづいて、前歴者の顔写真もインプットされている。

「そのつもりでいます。すぐかかりますから」

オフ会の参加者の顔を見たのは疋田だけだ。名前も素性もわからない。データベースにおさまっている性犯罪の前歴者の写真を見るくらいしかないのだ。

「範囲を広げるんだぞ。迷惑防止条例違反まで」曽我部が言った。「それでもだめなら、本部鑑識に乗り込め」

無茶だという顔つきで岩井が曽我部を見た。

被疑者が定まっていないのに、霞《かすみ》が関《せき》の本部鑑識に出向いて、なにをするというのか。

立ち上がろうとしたとき、また、こめかみから頭の内側に向かって鋭い痛みが走った。

「無理しなくていいぞ」

岩井に声をかけられたが、疋田は素足のまま三和土《たたき》におりたった。

「万一、見つけたらどうする気だ?」

曽我部に訊かれ、

「ご報告します」

と疋田は答えるしかなかった。

曽我部はあたりまえだという顔で、

「特本にもどこにも上げるなよ。ほかのやつには絶対にしゃべるな」

疋田は頭を軽く下げた。

「おまえ、挽回《ばんかい》のチャンスなんだぞ。わかってるのか?」

言われて疋田は曽我部をふりかえった。

「副署長、もし、それらしい人物がいたとして、そのあとは?」

曽我部は立ち上がり、疋田と対峙《たいじ》した。

「んなこたぁ、てめえの知ったこっちゃない。おれに上げるんだ、おれに」

ものも言わずににらみつけると、

「なんだ、その面《つら》? 見つけた暁《あかつき》には今度の一件はチャラにしてやると言ってるんだ。とっとと仕事にかかれ」

疋田は返事をしないで、宿直室を出た。

歩きだすとまた、激痛に襲われた。なにか、大事なことを聞き忘れている気がしてならなかった。しかし、あの帽子をかぶった男は、いったいなにを飲ませたのだ。四時間も意識を失っていた。強力なクスリだ。

階段は使えず、エレベーターで三階に上がった。

生活安全課の暖簾《のれん》をくぐったときも、腹の虫はおさまらなかった。少年第一係以外の係も残っている人間がいて、彼らの視線が自分に集まるのを感じた。

土曜日だというのに、どうして全員が居残っている？　上から残れと命令されたのか？

防犯係長の顔をにらみつける。

生活安全課長に戻りましたと声をかける。

「ご苦労さん」

西浦はそれだけ言うと、背広をつかんで部屋を出ていった。疋田の扱いは自分の手を離れたという感じだ。

「さあ、帰るかあ」

あてつけるように防犯係長が言って席を立つと、ほかの課員もいっせいに帰り支度《じたく》をはじめた。

「どうして言ってくれなかったんですか？」

席に着くと末松に訊かれた。

カップラーメンを食べている途中だ。

「すまない」

「いかようにも、手伝えたと思うんですよ。残念です」

「そうだな。そう思う。悪かった。この通りだ」

疋田は頭を下げたが、末松の目には厳しいものが残っていた。

疋田はノートPCを立ち上げ、指紋認証システムに人さし指をあてて、ID確認をすませた。自分に与えられたパスワードを打ち込み、捜査情報システム画面を呼び出す。疋田の横顔をうかがっている野々山と目が合った。

「言ってもらえたら、ぼくが行ったかもしれないのに」

野々山がすまなそうに言った。

「おまえに行かせるわけにはいかなかった。今回の責任は自分ひとりで負う。マコは？」

「カステル西赤羽の現場に出てます」

言われて疋田はどきりとした。思い出した。大事なことはそれなのだ。

「北原美紗子の自殺現場？」

もう四、五時間経過しているのに、まだ現場に？　曽我部も岩井も、美紗子の自殺については ふれなかった。美紗子には奈月殺害の容疑がかかっていたのだ。最悪の結末を招いたことに責任を感じていないということか。こんな馬鹿げたことがあるだろうか。

「現場検証は終わってますよ」末松が言った。「記者発表の予定はないみたいです」

先延ばししても、いずれわかることなのに。

疋田は携帯で小宮を呼び出した。

「あ、係長」少し間をおいて小宮は言った。「もう、大丈夫ですか？」

「署にいる。そっちは？」

「病院です。西川口のお母さんもいっしょです。美紗子さんの遺体を修復してます」

「ひどいのか？」

「顔とか、かなり」

「お袋さんはなにか言ってる？」

「この二日間、家には来なかったと言っています。岩井課長から司法解剖のことは出ませんか？」

小宮の声のトーンが上がった。

「司法解剖って、美紗子の？」

「現場でしたほうがいいと具申《ぐしん》しましたけど、そのあと、連絡がなくて。現場、わかりますよね？　カステル西赤羽の1号棟」

「わかるって。公務員住宅の向かいだ。道路に面して建っているやつだな？」

「そうです。そこの八階の廊下側から飛び降りたんです」

「遺書とかは？」

「ぜんぜん。それに、携帯がないんです」

小宮は興奮してきた。

「動転していて、よそへ置き忘れたんじゃないのか」

「そうかもしれないけど、腑《ふ》に落ちないんです。手荷物ひとつ持っていないし。この二日間、どこに雲隠れしていたんでしょうか？　司法解剖をするべきだと思います。もう一度、確認してもらえませんか？」

勢いに押されるように、疋田は、

「わかった」

と答えて電話を切った。末松に現場に出向いたのかと尋ねた。

「行きましたよ。野々山も」

末松は麺《めん》をすすりながら言った。

疋田は小宮の言ったことを伝えて、意見を聞いた。

「一理あると思うけどね。でも、やっぱり罪の意識が働けば……」

末松は奈月を殺したのは、美紗子だという疑いを払いきれないようだ。

「自殺しようと思ってる人間ですから。なんだってありだと思うけどな」

と野々山も意見を口にした。

そうだろうか？

「これ、どうしますか？」

末松は茶封筒から報告書を引き抜いて、疋田に見せた。

北原奈月の遺体から採取した様々な検体の検査結果だ。血液や皮膚、体毛の状態のほかに、身体に付着していた微物まで網羅《もうら》されている。血液検査の結果は、不整脈や呼吸停止を引き起こすとされる脂肪酸の蓄積はなく、白血球数などから肺炎を起こしていた可能性はないと書かれている。

「乳幼児突然死症候群がほぼ確定したということ？」

つぶやくと、末松がどうでしょうねと応じた。

「北原奈月のかかりつけの医者はわかっている？」

「赤羽駅西口にある小児科医です。辻村《つじむら》医院ですね」

その医者なら疋田も知っていた。

「これを持って一度、訪ねてみよう」

「それはいいとして、ここはどう思いますか？」

末松が指したところを見た。

髪の毛に白い粉状のものが付着していて、その成分を分析したところ、塩化ビニールと高密度ポリエチレンであると判明した。どこにでもあるプラスチックが粉状になったものと結論づけられている。疋田は北原奈月の遺体の髪に、白いものがまじっていたのを思い出した。あれのことだろうか。

呼びかける人間がいて、ふりむくと、サイバー犯罪対策課の越智だった。

「ほんとに行かれたんですね。びっくりですよ」

越智は目を輝かせて言った。

オフ会に参加したことを言っているのだ。

「疋田さんから例の写真を焼いてくれって言われたとき、ピンときたんですよ」

答えないでいると、越智は小声で、

「あ、大丈夫です。このことは誰にも話してないですから。どうせまた、上から責められているんじゃないですか？　気にする必要、ないですよ。ぼくだって、疋田さんの立場になれば、やると思うから。人ばっかり集めたって、ろくに捜査もできない」

思わぬ捜査批判が飛び出して、疋田はとまどいを隠せなかった。

サイバーポリスなどという得体《えたい》の知れないポストにいて、フラストレーションがたまっているのだろうか。一線の刑事連中からは、お茶汲《く》みくらいにしか見られていないのだ。

越智がいなくなると、末松に、

「スエさん、小宮がかなりまいっている。野々山と病院に行ってもらえるか？」

末松はカップに箸《はし》を突っ込んで、しぶしぶうなずいた。

ふたりがいなくなると疋田は画面に向き合った。まず、都内在住、さらに被害者が未成年の性犯罪者の検索をかけた。五百四十五名の名前が一覧表示された。顔写真に切り替えると、逮捕時の名刺大の写真が並んだ。見覚えがない男ばかりだ。システムにインプットされているのは、逮捕後、検察に送付された人間だけだ。容疑不十分で釈放された者は入っていないし、第一、きょうのオフ会に参加した人間で、前科を持っている人間がいるかどうか。なにしろ児童ポルノの愛好者なのだ。法をすり抜けるくらい、お手の物だろう。となれば、いくら端末と向き合っても、データそのものが存在しないのだ。

小宮の要請はどうするべきだろうか。岩井刑事課長に話せば、司法解剖にもっていけるだろうか。正木捜査一課長は北原美紗子の自殺について、どう考えているのか。

＊

葵ヶ丘団地に着いたとき、日はとっぷりと暮れていた。昼前に家を出たばかりなのに、早希は遠くまで旅行をして帰ってきたような気分だった。自宅の居間では、彩子がぼんやりとサーモンの生春巻をくわえてテレビを見ていた。智也の姿はなかった。夕ご飯を食べたあとがない。ずっと智也は留守だったのだろう。

冷蔵庫には、豆腐《とうふ》一丁と卵と冷凍物のほうれん草にミックスベジタブル、それにタマネギとジャガイモがひとつずつあるだけだ。昼食も抜いているのに、少しも食欲が湧かない。それでも、身体を動かしているほうが気がまぎれる。

早希はスクランブルエッグ入りサラダとジャガイモの味噌《みそ》汁を作り、ジャーから乾いたご飯をよそって、食卓に並べた。

「あー、一日じゅう突っ立ってて、もう足が棒じゃなくて鉄」

と言いながら、彩子が箸を持ち、ご飯をかき込む。

見ていると気分が悪くなった。

「ともちゃんは？」

「知らない。あんた、聞いてないの？」

「わたしが？　知らないよ」

「なんだよ、恐い顔して。学校でまたなにかしでかしたんだろ？」

「違うってば」

早希は箸でスクランブルエッグの白身のところをつまんで口に入れた。砂糖の甘みがべっとりと口の中に広がる。智也のことを、訊かずにはいられなかった。どこで知り合ったかなど、この際、どうでもいい。

「アヤさん、ともちゃんって、ホストやっていたの？」

「ふーん」

知っているのか、知らないふりか。

「訊いてんじゃん、ホストクラブにいた？」

「かもねえ」

腹が立った。

彩子はどこまで、智也から昔のことを聞かされているのだろう。コンビニ強盗をしでかしたことは、きっと知らない。知っていれば、そんな人間と同じ家に住めるはずがない。

智也のこと以外にも、きょうは話さなければならないことがある。

「お父さん、どこに住んでるの？」

「うるっさいねえ、知ってるわけないだろ」

「ほんとに知らない？」

「あんな男のこと、これっぽっちも知らない」

彩子は早希をにらみつけた。

「いいかげんにしなよ。どうしたんだよ」

早希は新宿の都営住宅の名前と部屋番号を口にしたが、彩子は答えなかった。

知っていたのだろうか？

音を立てて味噌汁を吸う彩子を見つめる。

北千住会館の杉田を訪ねたあと、会いたい一心で、早希は父親の住まいに駆けつけた。

誘拐とか、智也のこととかは関係なかった。

でも、行き着いたそこは、別人の住まいだったのだ。

開けっ放しの窓から中を覗きこむと、見たことがない三人がいた。表札の名前もちがった。杉田がうそをついているとは思えなかった。父はそこから、どこかよそへ引っ越してしまったのだ。

知らない土地を歩き回って調べたのに、ひどいと思った。それでも、あきらめきれないので、近くをさまよったのだ。

「どうして離婚したの？」

口をついて出てしまった。

平然としている彩子だった。

「わたし、小さかったから、どうでもよかったわけ？　わたしの意見って必要ないの？」

彩子はちらりと早希の顔をうかがい、

「どうかしたの？　こむずかしいことばかり言って」

「むずかしいことなんてないよ。訊いただけじゃん、離婚原因」

「ちぇ、いまさら、どうでもいいじゃない」

「よくなんかないよ、ぜんぜん。変だよ。どうして、お父さんと会わせてくれなかったの？　お父さんからなにか言ってきたことあるよね？」

彩子は眉をひそめたように見えたが、またすぐ元に戻った。

「あんな男から？　あるわけないだろ」

「もういいっ」

叩《たた》きつけるように箸を置き、智也の部屋に入った。

心臓がおどっていた。窓を開けて、外の空気を胸いっぱい吸い込んだ。顔がほてっている。いつまで、智也はうちにいるつもりだろう。

布団が折りたたまれ、ハンガーに服は掛かっていない。ローテーブルの上にモバイルパソコンがあるだけ。智也が使っているショルダーバッグもなかった。DVDだけがテーブルの下に積まれている。

智也のスマホもあのガラケーもなかった。早希はパソコンを立ち上げてみた。画面にいっぱい、アイコンが表示された。ふだん、パソコンを使わないので、どれを見ていいのかわからない。よくメールをしていたはずだが、どうやっていたんだろう？　とりあえずインターネットのブラウザソフトを立ち上げた。お気に入りの中を見て、そのうちのひとつにアクセスしてみた。

思った通りだ。萌えという言葉が躍るホームページだ。美少女図鑑というバナー広告が現れる。ほかにも、いくつかアクセスしてみた。どれも似たようなHPばかりだ。

智也は、自分のHPと専用アドレスを持っていて、幼い子どもたちの写真や服を買いとっているのではないか。

パソコンを閉じて、早希は居間に戻った。彩子は風呂に湯を張っている。

ちょうどそのとき、玄関ドアが開いて智也が入ってきた。

一瞬、目と目が合った。

智也の右頬のあたりが赤く腫《は》れている。首筋に火傷《やけど》の痕《あと》みたいな、ミミズ腫れが浮き上がっていた。靴を脱いで上がるとき、よろけてつまずきそうになった。ものも言わずに、ふすまを引いて部屋に入っていくのを、早希は黙って見つめた。お帰りの一言も言えなかった。これまでとはまるで別人みたいだった。

もう智也とはいっしょに暮らせない。彩子がなんと言おうと、無理だ。離ればなれになる日が来る。でも、どこであんな傷を負ったのだろう。これまで、なにをしていたのだろう。

智也は父親の居場所を知っているはずなのだ。訊いてもたぶん、答えてくれない。父親のことを口にしたその瞬間、智也はこの家を飛び出すに決まっている。そうなったら、父とは永久に会えなくなるかもしれない。そう、永久に。

3

対象者を迷惑防止条例違反まで広げてラインに当たった。痴漢や盗撮といった犯罪だ。

周辺の埼玉や千葉、神奈川まで範囲を広げて見たが、オフ会で見た人間はいなかった。こめかみが痛み出し、画面上の写真がかすんできた。小宮から電話が入り、仕事や病院にいる母親のことをひとしきり話した。明日の打ち合わせをすませて電話を切った。

疋田は誰もいなくなった課を出て、家路についた。雨が降り出していた。

傘《かさ》を取りに帰るのが面倒で、濡《ぬ》れるのを我慢して駅まで歩いた。

池袋駅で乗り換えて上板橋駅に着いた。午後十一時を回っていた。

北口の階段を下りた。ちょうど、ロータリーにタクシーが滑り込んできた。ふだん使うことはないが、少しでもアパートに近づけたらと思い、タクシーに乗り込んだ。下着まで雨がしみこんで、身体が冷え切っていた。そこに、クーラーの冷気が吹きかかった。

「小学校の方へ」と口にした。

「中台《なかだい》の方でいいですか？」

「うん、そっちで」

そのとき、ふと目の端でその姿をとらえた。

慌てて、タクシーを降りた。階段めがけて走り込む。

急な階段の一番上に白っぽい制服が見えた。

「慎二」

呼びかけたが、それを着た人物は改札方向へ行って見えなくなった。

階段を二段ずつ駆け上がった。息もつがなかった。

どうして、こんな時間にやってきたのだろう？　下で待っていたのだろうか？　それとも、アパートまで来た？

改札口のある通廊《つうろう》に着いた。数えるほどの人しかいない。奥の方を歩く白いシャツが見えた。それはすぐ見えなくなった。

年格好は慎二とぴったりだと思った。まる五年会っていないから、どれくらい大きくなったか、わからない。でも、あの背丈なら、中学生に違いない。

上り方面に電車が着いて、構内放送が流れ出した。

『池袋駅行き、まもなく発車となります』

その声にはじかれるように、階段を下った。ホームに着いたときには、電車の扉が閉まりかけていた。二両先の扉に、白シャツの男が乗り込むのが見えた。

タッチの差で乗り遅れた。目の前で扉が閉まり、音をたてて電車が走り出す。

電車がいなくなると雨がホームに吹き込んできた。思いついて、携帯をとりだした。着信はなかった。

それでも、と疋田は思った。あれは慎二に間違いなかった。こんな時間になっても、待っていてくれたのだ。

ウイスキーを飲んで布団に横になった。するとまた頭が痛み出した。寝付けなかった。ここ数年で酒ばかり強くなった。家族水入らずで住んでいたころは、缶ビール一本がせいぜいだったのに。

五年前に別れたときの慎二の後ろ姿を思い出そうとした。なかなか、それはできなかった。幼い慎二に、両親の離婚など、とうてい理解できなかった。誤認逮捕騒動が広がるにつれて、ささいなことで恭子と口喧嘩ばかりするようになった。そして、ある日突然、恭子は慎二を連れて官舎を出ていった。

住んでいる場所が変わり、父親が消えてしまった家庭生活は、どれほど心細かったろう。離婚してすぐ、恭子は外で働き出したと聞く。社会福祉士の資格を持っているから、介護施設のようなところだろう。母の実家暮らしだったとしても、慎二はひどくさみしい思いをしたに違いない。父親だけでなく、それまで家にいた母親も昼間はいなくなってしまったのだ。一度に二親がいなくなる生活——。

いまになって、ようやくそのことに気づいた自分を、どうしようもない人間だと思った。慎二は怒っているだろうか。それとも、無気力になり不登校になっていないだろうか。

明け方になり、ようやく慎二の姿が見えたと思ったとき、眠りに落ちていった。

4

カステル西赤羽には、小宮真子が先に来ていた。北原美紗子が投身自殺した場所だ。ガラスパネルでおおわれた外観は、団地というより高級マンションに近い。北側にある都営の葵ヶ丘団地がみすぼらしいものに映る。

「署に寄らなくていいんですか?」

小宮は訊いた。

「こっちが先だと言ったじゃないか」

「捜査会議は?」

「スエさんと野々山ふたりで充分。ホットヨガも空振りのようだし」

「どうだったんですか?　オフ会で会った人たち」

「見た感じはふつうの、どこにでもいる人間だった」

「外見ではそうでしょうけど」

児童性愛者は怪物ではない。むしろ、自分たちと共通しているところが多いのだ。

「箱根のことを知っていた人はいましたか?」

「いた。ネットでも流れていたくらいだし。それより、マコ、大丈夫か?」

「わたし？　はい、なんとか」

虚勢を張っているように感じられる。

「医者はなんと言ってる？」

「いい先生なんです。不安障害の疑いがあるけど、抗うつ剤を飲むほどじゃないって。〝頑張る〟って言葉、頭からはずしましょうって言われて、少し楽になったけど……」

小宮にとって面倒見をしてきた北原美紗子の自殺はショックだったはずだ。思いつめても不思議ではない。

カステル西赤羽は、ゆったりした共有スペースを囲む形で、四つの住棟が建っている。コーナー部にあるエントランスホールから入った。

エレベーターで上がる。中は監視カメラがついていた。

八階で降りた。幅一メートルほどの開放型の廊下だ。風が吹けば雨が降り込んでくるのだろう。胸あたりまであるアルミ製の手すりがついているが、どこか頼りない。取り壊し中のスターハウスがはるか下に見える。廊下の中間のあたりで小宮が止まった。

「ここか？」

疋田が訊くと小宮は雨樋《あまどい》に手をかけ、下を覗いた。疋田もそれにならった。

建物に囲まれた中庭には、立体型駐車場やウッドデッキが整備されている。モダンな公園のようだ。

「あそこに、うつぶせになって倒れていたんです」

小宮は建物の真下を指した。芝生と低木が植えられた園庭だ。

「発見者は？」

「この棟の二階の住民です。司法解剖はどうなりましたか？」

「まず現場を見てからと思ってな。まだ、訊いてない」

「えっ、まだ？　したほうがいいと思いませんか？」

「防犯カメラの映像は見たのか？」

「見ました。自殺する直前、ひとりでエレベーターに乗り込んでいる北原美紗子の姿が残っています。この場所は死角になっていて、映っていないですけど」

「自殺とみていいんじゃないか？」

小宮は顔をゆがませて疋田を見た。

「係長は美紗子さんが、単独で子どもを殺したと思っていませんか？」

「そんなことはないって」

「だったら、どうして美紗子さんは自殺なんかしたんでしょうか？　そんな兆候、まったくありませんでした。絶対に自殺するような人じゃない」

疋田は答えなかったが、小宮の考えは間違っていないように思えた。

「第一、記者発表しないなんておかしいです」

「捜査に支障をきたすと考えているんだ。マコ、司法解剖は必要か？」

「もちろんです。上に言ってください。それと、ここをもう一度徹底的に調べるようにって」

小宮は一歩も引く様子がなかった。疋田がオフ会に参加しているあいだに、また母親となにかあったのだろうか。しかし、そのことをいま訊いているひまはなかった。

「そうしよう」

「お願いです。わたしは葵ヶ丘団地のC2棟へ行きますから」

「C2棟？」

「吉沢貴子の世帯が住んでる棟じゃないですか。なめこクラブのことです。聞いていないんですか？」

「だから、なにを？」

「吉沢貴子もなめこクラブの会員だったんですよ。ほら、布絵本を作る団地のサークル。係長が留守にしているあいだに、わかったんですよ」

疋田はまじまじと小宮の顔を見た。

「北原美紗子も入っていたあれか？」

「ふたりとも、いまはもう活動していないけど、子どもが小さいころは熱心に布絵本を作っていたんだそうです」

疋田はそのことを思い出した。奈月の葬式のときも、なめこクラブの会員たちは、北原家に出入りしていたはずだ。サークル活動を通じて知り合っただけなのに、会員同士の葬儀に入り込んでくるのが不自然に思えたのだ。小宮は煙たがられたと言っている。

「いまはもう、美紗子も吉沢貴子も会の活動はしていないんだな？」

「ええ。たいがいの人は、子どもが三、四歳くらいまでで、小学校に入ったら、やめるみたいです。でも、ＯＢとしてのつながりは、まだ続いているんです」

「布絵本って、そんなにいいものなのか？」

「けっこう、手間がかかりますよ。フェルトの上にアップリケなんかを縫い込んだりしていくんですから」

「それって、どこから聞いた？　吉沢貴子から？」

「まさか、あの人が言うもんですか。西図書館の育成室にいた母親からです」

「学校帰りに、北原奈月が通っていたところ？」

「はい」

「妙だな。吉沢貴子の娘の……」

「亜美ちゃん？」

「その子の写真が団地のべつの家に投げ込まれていた。そのことをはじめのうち、吉沢貴子は認めなかったんだろ？」

「そうです。でも、昨日の聞き込みで、ほかの世帯にも、投げ込まれていたのがわかりました」

「ほかにも？　亜美の写真が？」

「ええ。わたしたちが見たのと同じものが。これって偶然だと思いますか？」

「違うな。なにかある」

「特本には上げますか」

「上げてもいいが、どうしたい？」

「まだ、わたしたちだけで。できれば……」

疋田は深々とうなずいた。

「よし、吉沢貴子の家を訪ねよう」

5

「またお越しください」

早希は釣り銭を客にわたしながら、軽く頭を下げた。客が使ったクーポン券をレジの所定の位置におさめて、テーブル席にある食器の後片づけをはじめる。「ビリー」はカウンター席が五つとテーブルが三つのこぢんまりした店だ。

日曜日のきょうは、日替わりサービスメニューはない。一番人気のカレー煮込みハンバーグも定価通りの九〇〇円。

雨のせいか、昼近くになっても客は少なかった。カウンター席にひとりいるだけだ。

早希はカウンターの中に入って、シンクに食器をつけた。

洗い上げをしながら、家にいる智也のことを思った。彩子も仕事だからひとりきりだ。またどこかへ出かけただろうか。昨日の様子からして、家にはいないように思われた。

昨夜、思い切って父親とのことを尋ねてみようと思ったが、結局、できなかった。

智也があまり感情を面《おもて》に出さないのは、人がいいからではないのだと思う。なにかに耐えて、そうしているうちに、感情が薄くなってしまったのかもしれない。それとも、もともと、感情のない人？

コンビニ強盗をやるくらいだから、悪人に決まっている。もっと、悪いことをしてきたかもしれない。現に、いまだって小さな女の子のアイテムを売っているのだ。それに、北原奈月という女の子の誘拐と殺人。あれも、ひょっとしたら智也が犯人かもしれなかった。

彩子にコンビニ強盗や児童ポルノのことを話せば、きっと、いっしょに住めなくなる。自分がそうしたければ、いつでも智也を追い出せる。

でも、まだその時機ではない。父親を探し出すまでは、いてもらわないと。

ふと、智也に昨夜かかってきた電話のことを思い出した。ふすまごしに、「だめ、もう終わり」とか言うのが聞こえて、聞き耳を立てた。さんざん言い合った末に智也は、「水曜の夜……それで最後にするから」と言って電話を切った。いったい、なんのことだろう。

水曜日の夜、また外に出るのだろうか。行く場所は、父親のところではないかしら……。

「いらっしゃい」

店長が声を張り上げたので、早希はすぐカウンターを出た。ふたりだ。盆に水と紙ナプキンを置いて、客がついた席に向かった。

壁際の席にすわった女と目が合い、早希は盆を落としそうになった。

あのベリーショートの女ではないか。その前に、顎《あご》ひげの男。たしか松永とか言ったはず。

……智也を脅していたやつらだ。

女はじっと視線を早希に向けている。五十歳くらいか。グレーの三つボタンジャケットを着ている。こちらへ来いという感じで、女が小さくうなずいた。早希は、見えない糸で引かれるように女のいるテーブルに近づいた。

「こんにちは」

女は愛想よさげに言った。

黒真珠だろうか。首元のパールネックレスと対になったイヤリングが、鉄球のように鈍い輝きを放っている。気味が悪かった。どうして、バイト先を知っているのだろう。自宅に行ったのだろうか？　智也がここのことを教えたのだろうか？　でも、いったい何の用があるの？

「あなた、ここ長いの？」

女が言った。

「あ、はい、四月からですけど」

顎ひげの男は無関心を装っている。四十ぎりぎりくらいか。ラメ生地のブラックストライプスーツを着て、肩のあたりが筋肉でぱんぱんに張っている。

「山崎くんから聞いたの。ここで働いているって」

ほんとうだろうか？

昨日、智也は顔を腫らして帰ってきた。このふたりにやられたのかもしれない。

早希は答えないで、そっとメニューを差しだした。

「あの、なにになさいますか？」

早希の声に、顎ひげの男は用はないというふうに、その上へ肘《ひじ》を立てた。

「ほかでもないんだけど、あなた、山崎くんの仕事手伝ってるわね？」

早希は女の言っている意味がわからなかった。

「仕事って……」

「高田馬場にあるんだってね。私設私書箱。学校の帰りに荷物をとりに行くんでしょ」

早希はどう答えていいのか判断できなかった。

そのことを智也はこの女に言ったのだ。でも、いったい、それがどうしたの？　智也がしていることは、悪いことだけど、バイト程度にやっているだけのはずだ。

「変わったもの置いてあるらしいじゃない。そこに」

「私書箱にですか？」

「ほかにない」

顎ひげの男が前を見たまま、低い声で言った。

いやな響きだった。

この人たちがやってきた理由が少しずつわかってきた。智也が昨日、怪我《けが》をして帰ってきたのは、そのせい？　智也はなにも言わなかった？　でも、どうして？

「それをわたしに預けてもらえないかな、と思ってきょうは来てみたの。どう？」

「はい……」

「いいわね」

女は人なつこそうに早希の手の甲《こう》に骨張った手を当てた。

つい、早希は条件反射のようにうなずいてしまった。

「決まったわね」

女はそう言うと、席を立った。

顎ひげの男が、いつのまにか、箸入れの袋にボールペンで携帯の電話番号を書き込んでいた。それを早希にわたすと、女のあとをついて、店を出ていった。早希はふたりを見送るしかなかった。

変わったもの……。

思い当たるのはひとつしかない。あのテディベアのことを言っているのだと思った。

6

鉄扉《てつぴ》が内側から開くと、硬い表情をした女が顔を出した。きつくよせた眉根に、警戒している様子がありありと浮かんでいる。あいさつもそこそこに、小宮真子が玄関に身を滑り込ませる。疋田もそれに続いた。団地特有のせまい三和土《たたき》で、疋田は小宮の背中に密着するように立った。

吉沢貴子は、これ以上、一歩も中に踏み込ませないという感じで立ちふさがった。来訪した意味をわかっているのだ。

「ご主人はいらっしゃいますか?」

小宮が訊いた。

「仕事ですけど」

貴子は関節が目立つ細い腕で黒髪をかきあげながら、小宮と疋田を交互に見やった。華奢《きゃしゃ》な身体に、ゆったりしたチュニックが不釣り合いだ。

夫は運送会社の契約社員のはずだ。日曜出勤はあたりまえなのか。

ぱたぱたと音がして、奥の間から三角巾を被《かぶ》った女の子がやってきた。貴子の太ももにからみつく。愛らしい顔だ。唇から前歯が二本覗いている。吉沢亜美だ。水色のTシャツとエプロンに、ベージュの短パンを穿《は》いている。長い髪をカールさせ、おまけにライトブラウンに染めている。

貴子は慌てて亜美の背中を押して、居間に連れ込んだ。

DVDを見せたらしく、よく聞くアニメソングが流れてきた。

小宮は靴を脱いで、「上がらせてもらいます」と声をかけ、ダイニングキッチンへ上がった。疋田もそれにならった。

部屋を観察した。北原美紗子の家と同じ造りだ。

戻ってきた貴子は、憮然《ぶぜん》とした様子でキッチンテーブルにすわる疋田と小宮を見やった。

「貴子さん、こちらへ」

小宮に言われて、貴子はしぶしぶ正面の椅子に浅くこしかけた。

「亜美ちゃん、いつ髪を染めました？」

小宮が低い声で訊いた。

「昨日」

吉沢亜美は幼稚園の年長組だ。髪を染めて良い時期ではない。

「もう一度、この写真を見ていただけませんか？」

小宮は吉沢亜美が写っている写真をテーブルの上で滑らした。今年の二月、団地内のべつの家に投げ込まれた写真だ。

貴子は一瞥《いちべつ》しただけで、ふきげんそうに顔を逸《そ》らした。

「これ、二月頃に撮った写真ですよね」

「わかりません」

「貴子さん、何度も言ったはずですよ。二月のことです。Cの5棟の三一二号の大矢さんというお宅の郵便受けに投げ込まれていたものです。大矢さんはご存じないということでしたね？」

「知りません」

「もう一度訊きますけど、投げ入れた人の心当たりもない？」

「ないです。どうして、こんなことをするのか、わかりません。うちだって迷惑してるんですよ」

「大矢さん宅以外にも、投げ込まれた家があるのはご存じですか？」

貴子はまた横を向いた。知っているとも知らないともつかない顔だ。

「このCの2棟では、二〇五号の菅原《すがわら》さん。Cの1棟の一〇一号室、望月《もちづき》さんのお宅の郵便受けにも、同じ写真が投げ込まれていたんですよ」

小宮がたたみかけた。

「知らないです。そんなもの」

「貴子さん、北原美紗子さんはご存じですね？」

「知らないです」

「ニュースをご覧になりませんでしたか？　亜美ちゃんくらいの子が誘拐されて、亡くなったでしょ？」

「それなら聞いてます」

「おかしいですね。なめこクラブの人はあなたと美紗子さんは仲が良かったと言っていますけどね」

貴子が動揺したのが見てとれた。

小宮は席を立ち、壁に吊《つる》された布絵本を手でさわった。黄色いフェルトの下地に、花びらと飛行機のアップリケが縫い込まれている。

「この布絵本は、貴子さんが作ったんですか？」

貴子は不承不承うなずいた。

「なめこクラブに入っていたときに作ったんですね？」

「ずいぶん昔です」

「美紗子さんを知っていますね？」

「……はい」

「どうして、知らないと言ったんですか？」

「小宮、まあいいじゃないか」

疋田は横から声をかけた。

「ここははっきりさせないと。貴子さん、あなたは美紗子さんのお子さんが誘拐された理由をご存じなんじゃありませんか？」

貴子は驚いた様子で、小宮の顔を見つめた。

「どうして、わたしが？」

「その写真です」小宮が机の写真をさした。「あなたがその写真のことを認めないからです。どうして、認めたくないのか、理由をお聞かせください。協力いただかないと、ご主人からお伺いすることになります」

貴子の顔に翳《かげ》りがさした。

「場合によっては署に同行していただきます。貴子さん、写真を投げ込んだ人をご存じですね？」

貴子は口を引き結び、覚悟を決めた感じでうなずいた。

「どちらの方ですか？」

「取引相手だと思います」

疋田は小宮と顔を見合わせた。

取引とはなんのことだろう。

席に戻った小宮は貴子の顔を覗きこんだ。

「なんの取引です？」

「オークションの」

「オークション？　ネットのですか？」

貴子は幅広く知れ渡っている大手検索サイトを口にした。売る側も買う側も、相手に口座の情報を知らせないですむシステムを謳《うた》い文句にしている。

「なにかを売ったわけですか？」

小宮の質問に疋田も身を乗り出す。

「古着とかそういうものを」

「あなたが着古したものですか？」

「それもありましたけど、ほとんど……」

「亜美ちゃんの古着をオークションで売ったわけですね？」

「はい」

「何度くらい売ったんですか？」

「三回か四回。靴とかも」

「下着も？」

貴子は小さくうなずいた。

「いくらで落札されたんですか？」

「五千円くらいで」

「売ったのはそれだけですか？」

小宮は写真を貴子の前に押し出した。

「これも売りましたね？」

貴子は根負けしたように息を吐いた。

「古着を出品していたときに、『子どもさんがいるなら、写真を売りませんか』っていう書き込みがあって。それに応じて」

「この写真を直接、落札した人のところへ送ったんですね？」

小宮は机の写真をさした。

「ええ」

今度は素直に認めた。

「貴子さん、これからが肝心なことです。どうか正直に答えてください。あなたが罪に問われることはありませんから。いいですね？」

小宮は言うと、次は係長の番ですという感じで、疋田の顔を覗きこんだ。

疋田は心配そうにうつむく貴子に向かって、

「この写真を送ってから、要求がエスカレートしていったんじゃないですか？」

貴子は目をしばたたき、見抜かれたという感じで首を縦にふった。

「子どもさんの裸の写真とかに？」

貴子は身を縮こませるように、うなずいた。

「顔はいらない、下半身だけでいいからって。ふだん使っている口座を教えてくれたら、先にカネを振り込むとも。それならと口座を知らせると、すぐ二万円入金されてきて」

「それで写真を送ったのね？　何枚くらい？」

小宮が口を出した。

「携帯の一番大きく撮れるので二十枚」

「でも、裸で部屋の中を走ってるのとか、横になって寝ているのとか。その程度だけど」

悪びれることもなく、貴子は続ける。「そのあと、少ししたらデジカメで撮ってくれないかって言われて。デジカメ持っていないと答えると、デジカメを送るからって。携帯で撮ったのを何回か送っても大丈夫だったし。だから、自宅の住所を知らせたんです。そのあと、突然、メールが来なくなって。わたし、心配になって何度もメールして。どうして返事、くれないのって。しばらくしたら、カネをよこせっていうメールが来て」

悔しさで、貴子の顔が紅潮していく。

「ただおカネをよこせって？　いくら？」

「五万」

「応じたの？」

「いいえ。無視したら、娘が二十になるころ、裸の写真を娘宛に送りつけるぞって脅されたんです。だから、送りました。でも、次は十万の要求があって」

「断ったのね？」

「もちろん。そしたら、『娘の裸の写真を売りに出す鬼畜です』と書いた写真を近所にばらまくぞって……」

悪寒《おかん》が湧いてくるような感じで、貴子は身をふるわせた。

相手は小手調べに、服を着た亜美の写真を近所の郵便受けに投げ込んだのだ。

「わかりました。貴子さん、ありがとう」小宮は貴子の手を握った。「あと、もう少し辛《しん》抱《ぼう》してくれる？」

貴子は唇を嚙《か》みしめてうなずいた。

「貴子さん、驚かないでね。カステル西赤羽、知ってる？」

「建て替えした棟？」

「昨日、美紗子さん、そこから飛び降り自殺したの」

貴子は目を見開き、信じられないという顔で小宮の顔を見つめた。

「どうして、そんなことになったのか調べないといけないの。なめこクラブのことを訊きたいけどいい？　ほかの会員の人に尋ねても、話したがらないの」

貴子は青ざめた顔で、はいと答えた。

「美紗子さんも子どもの写真をオークションに出していたかしら？」

「そうしていたと思います」

「彼女がそう言った？」

疋田は横から口をはさんだ。

「わたしのほうがすすめられたんです。美紗子さんから」

「オークションで売るのを？」

「ええ」

「ひょっとして、同じ人に売ったの？」

「そう思います」

疋田は小宮と顔を見合わせた。重大なことだ。

「えっと、貴子さん、いいかしら。あなたの協力をお願いしたいんだけど」小宮が言った。「その売った相手の人の名前と住所はわかる？」

貴子は立ちあがり、サイドボードの引き出しから紙のようなものをとりだして、机に置いた。

宅配便の送付状だ。送り先氏名は松本伸也《まつもとしんや》、送り先住所は、新宿区高田馬場三丁目にあるグラシア高田馬場四〇二号となっている。

「いつも、ここに送っていたんですか？」

疋田が訊いた。

「ぜんぶそこに」

「脅された五万円はどうやって送ったんですか？　相手の口座に？」

「口座は知りません。封筒におカネを入れて、松本伸也の住所宛に送りました」

ふすまが開いて、亜美が母親に駆けよってくる。

「亜美、もうちょっとお部屋にいて」

言う間《ま》もなく、亜美が貴子の脚に身体をあずけた。

「やー、ここにいるー」

「お願い、ね、いい子だから」

だだをこねる娘を貴子が抱きかかえる。

疋田は亜美の長く伸ばした髪が気になった。

「お子さん、髪は美容院で染めました？」

疋田は訊いた。

「家で染めましたが」

「疋田さん、それはまた次の機会に」

牽制《けんせい》するように小宮が言った。

「オーディション、出るもん」

唐突に亜美がしゃべった。

なんのオーディションだろうか。どちらにしても、人が見るはずだ。そのため、娘の髪をカールさせ、ライトブラウンに染めたのか。

「へえ、亜美ちゃんが出るんだ。どんなの？」

疋田はご機嫌をとりながら、亜美に語りかけた。

「えっと、子役さんのねえ、いつ？」

亜美は言いながら母親の顔を見上げた。

「さあ、亜美、行ってて、ね」

貴子は亜美を抱いたまま居間に連れていって、ふすまを閉めた。

「よけいなことでした」

疋田が謝ると、貴子はさばさばした感じで、どうせ落ちるからいいんですと言った。オーディションに受かれば、子どもがカネを稼げる道が開けるのだろう。経済的に厳しい家庭なら、参加しようという気になるかもしれない。

すまないという顔で小宮に視線を向けると、小宮は宅配便の送り状について、あれこれ訊きはじめた。

しかし、この貴子という女はどうだろう。娘の写真を売りつけたことを告白してから、なにか吹っ切れたようにしゃべりだした。子どもに対して自らが加害者になっているという意識は働かないのだろうか。

どちらにせよ、自殺した北原美紗子の取引相手は吉沢貴子が取引していた相手と同じ人物である可能性が高い。その人物は、手に入れた子どもの写真や服をネットなどで売っていたかもしれない。たとえば、疋田が参加したアリスの会員たちのような連中に。

しかし、そのことを美紗子は一言も洩らさなかった。どうしてだろう。うしろめたい取引だったからか。それだけではなく、美紗子がその人物と深いつながりがあったとしたらどうだろう。送り状にある松本伸也という男だ。メールだけではなく、直接会って取引するというような。いや、もっと。たとえば、クルマでいっしょに箱根にドライブするような間柄だとしたら。

「貴子さん、いまでもこの松本と連絡はとれますか？」

小宮が訊いた。

「メルアドは知っていますけど」

疋田は期待と不安でぞくぞくしてきた。今度こそ、真犯人につながる線を見つけ出したのだと思った。たとえ、松本が偽名だとしても、その人物をたぐり寄せるチャンスがめぐってきたのだ。

＊

夕方になると店は混みだした。八時過ぎまで、早希は休む暇もなく注文を取り食器を洗い、レジに立った。客足が少なくなり、空席が目立つようになって、店長から帰宅の許可が下りた。八時半に店をあとにした。

ビリーは赤羽一番街のメインストリートの北外れにある。きょうは日曜日だし、あいにくの雨。カップルが通りかかるだけで家族連れも少ない。

空腹を感じた。忙しくて、食事どころではなかったのだ。でも、食べたいとは思わなかった。ここ何日か、ずっとこんな調子だ。父親の名前を聞いてからだと思う。

赤羽台トンネルのわきにある階段を上った。昼間、店に来た中年女と男のことが頭をもたげてきた。

あのふたりは、山崎智也を脅しつけて、私書箱のことを聞きだしたのだ。でも、そこまで。それから先、智也は頑《がん》として応じなかった。あのテディベアを持ち出し、ふたりに渡すことを。

でも、どうしてあんなぬいぐるみをほしがるのだろう。

智也はもう家にいるだろうか。

自宅の玄関は鍵《かぎ》がかかっていた。戸を叩くと扉が開いて智也が顔を見せた。

一呼吸入れて、「アヤさんは？」と訊いた。

「まだ、帰ってない」

早希は濡れた服の着替えをすませ、ダイニングキッチンに入った。

智也はハムの入ったパスタを食べながら、スマートフォンをタップしている。一人分しかない。夕食を作る気がないようだ。早希は食べたくなかったが、彩子の分が気になった。早希はジャーの中を覗きこみながら、「ともちゃん、きょう、忙しかった？」と訊いてみた。

「いや、べつに」

夕食時は、いつも炊いたご飯が入っているのに今晩は空だ。

「アヤさんに夕ご飯を買ってくるようにメールしようかな」

問いかけるともなく口にしてみる。智也は耳に入らないのか、答えがない。

早希はテレビをつけ、携帯で彩子にメールしながらテーブルに腰かけた。

「私書箱の、また注文とってるの？」

早希は声をかけた。

「関係ないだろ」

智也は面倒くさそうに答えた。

「しばらく行ってないから、荷物がたまっているかも」

「ほっとけ」

「え、でも……明日かあさって、行ってみるからね」

「いいって」

「どうして？」

智也はスマートフォンのモニターから顔を上げて、早希をにらみつけた。

ヒゲのないのっぺりした顔に、神経質そうなものが浮かんでいた。

「聞こえなかった？　行くなと言っただろ」

これまで、聞いたことのないトゲのある声だった。

「あ、うん、ごめん。行かないから」

「どうせ、解約するんだ」

ひとりごちるように言い、智也はまたスマートフォンに目を落とした。

あのテディベアはどうする気だろう。

ひょっとしたら、あのぬいぐるみに父親のことがわかるものが仕込まれていないだろうか？

「ともちゃん、訊いてもいい？」

智也は反応しない。

「ともちゃんとアヤさんってさあ、どこで知り合ったの？」

「いちいち、うるせえな、てめえは」

智也は堪忍袋《かんにんぶくろ》の緒《お》が切れたように、スマートフォンをテーブルに叩きつけた。早希は声も出せなかった。

智也はマールボロをくわえて一口吸うと、早希の爪先《つまさき》に目をあてた。視線は少しずつ這《は》い上がってきて、胸のあたりで止まった。早希は刺激しないように脚を閉じた。

「あ、ごめんね」

なにか言いたりなそうな智也だったが、早希が謝ったので、肩から力が抜けたように視線をはずした。そのとき、智也の部屋で携帯が鳴るのが聞こえた。

智也の顔が一瞬、醜《みにく》くゆがんで引きつった。立ち上がり、部屋に入っていく後ろ姿を見送る。

早希は忍び足で、智也の部屋のふすまに耳を張りつけた。

「……えっ明日……だめだって……水曜って言ったじゃないですか……しょうがないなあ、え、なに……困るなあ……」

立ち上がる気配を感じて、早希は慌ててテーブルに戻った。

7

翌日。

グラシア高田馬場は、アンバランスな形の雑居ビルだ。高田馬場駅から早稲田通りを西に向かって三〇〇メートルほど行った坂の途中にある。間口は一〇メートルあるかないか。一階の左右に百円ショップと餃子《ぎょうざ》専門店が軒《のき》を張り出す形でかまえている。二階から上は賃貸式のマンションがそれぞれの階に三戸ずつ五階まで。入り口は一階にある頑丈そうな鉄扉しかない。

道路をはさんで小さなオフィスビルがあり、その二階を借りて、疋田らは張り込みをはじめていた。大家の好意で賃貸料はむこう三日間無料。それを過ぎたら、半額ほどの貸し賃をおさめてもらうという条件で入れてもらったのだ。

疋田は窓際から離れて、小宮と交代した。机ひとつない、がらんとした部屋だ。

携帯がふるえた。グラシア高田馬場のオーナーの聞き込みに出向いている末松からだ。

「四〇二号室の借り主はクラークっていう法人名義です。大家ははっきり言いませんけど、私設私書箱のようですね」

「やっぱり」

私設私書箱は、郵便物や荷物の受け取りを代行するサービス業だ。送り手からすると、そこに送り先の住人が住んでいるかのように見える。しかし、実際はべつの場所に住んでいるのだ。その匿名《とくめい》性をいいことに、悪事に使われることもある。児童ポルノ関連の品々を受けとるには格好の拠点だ。クラークの運営者は、『松本』名で届いたものを、松本本人が指定しているボックスにおさめるか転送するはずだ。

「クラークのオーナーも調べますか？」

「いや、それはまた必要に応じて。戻るときに昼飯をお願いします」

「リクエストは？」

「いつもの」

「了解」

小宮に内容を伝えると、さっそく、スマートフォンで検索をかけた。

「その私書箱はネットには出てないですね。ちょっと、いかがわしいところかもしれない」

小宮は言うと、また外を見やった。

「ここの張り込み、よく、副署長が了解してくれましたね」

小宮は続けた。

「おれがラインと首っ引きになっても、むだというのがわかったから」

「でも、わたしたちだけでいいんでしょうか？」

小宮はグラシア高田馬場にある私設私書箱が、誘拐犯とつながっていると信じて疑っていない。だが、特本はおろか刑事課長の岩井にしても、吉沢貴子と北原美紗子の関係を重く見ていなかった。同じ団地内の布絵本サークルに所属しているだけのことで不思議ではないし、投げ込まれた写真にしても、団地に住む変質者のいたずらにすぎない。ピンクチラシごときの事件と今回の誘拐事件を無理に結びつけるなと。

だから、張り込みの許可を頼み込むのがせいぜいだったのだ。

たしかに、団地に住む主婦がネットで自分の子どもの服や写真を売っていただけのことだ。たとえ取引相手から脅され、我が子の写真を赤の他人の家に投げ込まれたとしても、そのことを誘拐事件と結びつけて考えるのは早計だ、というのが特本の見解なのだ。

「では、予定通りに？」

小宮が言った。

「頼む」

疋田は小宮がバッグから携帯をとりだし、電話をかけるのを見守った。

「あ、野々山くん？　……うん、そう、そこでいい。明日の午前必着でね……うん、わかった」

電話を切ると、小宮は外を向いたまま、「念のために、団地の近くのコンビニから送るそうです」と言った。

「そうだな、そのほうが怪しまれないですむ」

「うまくいくといいですね」

「ああ」

「万が一張り込みが不発だったら？」

「木曜日の朝イチ、任意で踏み込む」

「オーナーが松本と懇意《こんい》だったら、チクられてしまうかもしれません。それでも？」

「そうそう、署を留守にはできないぞ」

結果を出すとしたら、この三日間が勝負だろう。

「松本って、どんな男でしょうね？」

「男とは限らないんじゃないか」

「たいていは男だと思いますよ」

「趣味と実益をかねて、児童ポルノの品々を集める？」

「そう見るのが自然な気がします」

「マコの言うのが当たってるとしたら、どんなやつだろうな？　少女を若い女性の延長として見るタイプ？」

「いいえ、少女の持つ純真さそのものに惹《ひ》かれるタイプ」

「ロリコン？」

「そっちだと思います」

「ストレスが引き金になることだってある。去年、赤羽公園で捕まえた男子高校生」

「いましたね。母親に受験勉強しろしろってがんがん言われて、小三の男の子をトイレに連れ込んで、自分のパンツを引き降ろして陰部を見せた」

「それそれ」

「せっぱつまった末にという感じでしたね。でも、やってみたら案外簡単にできたっていう軽いノリのもいますから。それが人から人へ連鎖していって、性犯罪が起きる。わたしが通ってる心療内科の先生の意見ですけど」

「児童ポルノに走るのは、アルコール中毒や薬物中毒と似てると聞いたことがある」

「依存症のことですよね？　彼女にふられたり、上役から叱られたりして、自分が否定されると、つい、そのはけ口をそっちに持っていく」

「はけ口と言えばそうだな」

疋田自身もアルコールが無性にほしくなるときがある。これって依存症なのか。

「小児性愛者のなかには自分の性癖に気づいて、女の子に近づかないようにしている男の人も多いようですよ。それに、加害者になるのは見知らぬ人じゃなくて、自分の親とか学校の先生とか近所の人とかが多いらしいし」

「こればかりは、なかなか治しようがないからやっかいだ」

「小児性愛者は、そっちの嗜好《しこう》を否定されると、かえってよくないようですよ。萎縮して、内側にどんどん悪いものをためていって、最後は爆発しちゃう」

「今度のケースもそれだと思うか？」

「決めつけないほうがいいと思いますけど」小宮は不安げな感じで続けた。「クラークって、何時までやるんだろう？」

「この手の私設私書箱はオールナイト営業はない。やるとしても、せいぜい夜の十時かそれくらいで閉めるんじゃないか」

「係長、わたし、明日の晩は用事があるので、抜けさせてもらいます」

用事？　と疋田は訊き返しそうになった。

先週の水曜日、渋谷の駅地下に出向いたときのことだ。あのとき、小宮は婚活サイトから届いたパーティの招待状をバッグから落とした。パーティの日付は明日だったはずだ。

訊かなくてよかったと安堵《あんど》した。どうして、そんなふうに思ったのか、疋田にはわからなかった。

「わかった、大丈夫」

疋田は言った。

抜ける理由を訊いてこないので、小宮はおや、という表情を見せた。

「土曜日、係長が見えなくなったとき、てっきり慎二くんに会いに行ったと思いました」

「そうか……」

「会えたらいいですね。あ、それから、昨日、吉沢さんのお宅でオーディションのこと話しましたよね？」

「娘の亜美が参加するんだろ？」

「署に帰って、北原美紗子の家から押収した品を調べてみたんです。美紗子さんの家にも、同じオーディションの通知が届いていました」

「同じものが？　どうしてわかった？」

「吉沢さんに電話で確認したんです」

「どっちかが誘ったんだろう」

「そう思いますけど。アリスのホームページにも、オーディションの通知を送ってきた会社のロゴと似たバナー広告が出ていたような覚えがあって」

子役のオーディションをやるような会社だから、規模は小さくないかもしれない。アリスのホームページに広告を載せていたとしても、不思議ではない。

ドアが開いて、ジップアップジャンパーを着込んだ末松が入ってきた。両手に提げた食料の置き場所が見つからないので、中身を渡してよこした。

「あとで長机、借りてきますよ」

言いながら、末松は窓にとりついて、グラシア高田馬場を見やった。

「郵便屋は？」

「一度、入っていきました。宅配業者も別々のが二回」

疋田が答えた。

「見分けがつくといいですね」

「そうですね」

ちょっとした仕掛けをするのだ。それがうまくいくことを祈るしかない。

手にした五穀米弁当がほんのりと温かかった。末松が電子レンジにかけてくれたのだろう。冷めないうちにと思い、ふたを開けてチキンにかぶりついた。

「小宮、先に食べろ」

末松に言われて、小宮は床に置かれたレジ袋からクリームドリアをとりだした。

「わー、温かい。助かるー」

末松は外に目をやっている。足下のレジ袋には、末松の好物の真あじの一夜干し御飯がのぞいていた。

「係長、野本のことです」

末松が言った。

北原美紗子の別れた元の夫だ。

「三月三十日は、ほんとうに風邪を引いてました。目撃者が言った夕方の時間帯には、近くの内科医で点滴を打ってもらってます。白のマーチは別人ですよ」

末松は言うと、ペットボトルのお茶をとりだして口をつけた。

8

その晩。

白のマーチは環七通りを南に向かって走っていた。左右を防音壁で囲われたアーチ橋をあっという間に越える。千川通りの交差点をまっすぐ突き抜けた。

「けっこう、飛ばすなあ」

林亮太はミニバンを一台はさんで、その前を走る白いマーチの尾灯に目をこらしていた。

「気をつけてよ」

助手席から早希は注意をうながした。

「しかし、どこ行く気なんだ？」

「わからない。気づかれないようにしてよ」

「ほんとにストーカーなのかよ」

「間違いないって。いつも、うちの前の道に立って、こっちを見ているんだから」

と早希はとぼけた。

山崎智也が自宅を出たのは、夕方の六時半。あとをつけてみると、思った通りマーチに乗り込んだ。同じ駐車場で待機してもらっていた亮太のクルマに乗って、尾行するように頼んだのだ。うちを狙っているストーカーがいて、その自宅をつきとめたいと。

「警察に届けたのかよ？」

「できるなら、とっくにしてるよ」

早希の剣幕に押されて亮太は口をつぐんだ。

「頼んでおいたものは？　どこ？」

早希が口にすると、亮太はうしろのシートを指した。

紙袋があった。中身をあらためると、ブリキでできた筆箱のようなものが出てきた。ふたを開けてみる。湾曲した柄が目に入った。ずっしりした重さだ。柄を握り、中身を引き出した。切っ先のとがったナイフの刃が黒く光った。

刃をしまい、箱に入れてトートバッグの底におさめた。

「そんなもの持って、どうする気なんだよ」

「だから、護身用だってば」

「けっ」

マーチは中央線の陸橋をくぐり、高円寺《こうえんじ》に入った。大久保通りの交差点を右折して、住宅街をしばらく走った。気づかれてはいないようだ。路地に入り、鮮魚店を過ぎたところでマーチは停まった。

「そっち入って」

早希は右手にある駐車場をさした。

亮太はゆっくりハンドルを切って、駐車場に入った。

マーチは古いアパートのわきに停まっている。その二階の階段から、子どもを抱きかかえた女が降りてきてマーチに乗り込んだ。女の子だ。まだ小さい。幼稚園児くらいだろうか。

「いま乗ったのは女房と子ども?」

「違うんじゃないかしら」

智也に妻子などいないはずだ。

マーチはすぐ発進した。

「出して、早く」

マーチは大久保通りに戻った。山手通りの宮下《みやした》交差点を突っ切った。中央線の高架をくぐり、都心に向かって進む。

疑問がふくらんでくる。あの親子連れはなんなのだろう。

「さっきの、ストーカー野郎の家じゃないのか？」

「わからない」

「早希、おまえの学校の方だぞ」

「近いけど、一本南」

早希はカーナビの画面を見て言った。

あそこが近づいてくると早希は思った。父親が住んでいたはずの新宿の都営住宅が。智也と親子連れは、そこに向かっているのだろうか。そうだとしたら、そこでなにをするつもりなのか。テレビに映った北原奈月の顔写真がよぎった。あの子も、こうして智也に連れられて……。それから先を考えるのが恐ろしくなった。

「やだぜ、おれ」

亮太が洩らした。

「なにが？」

「面倒に巻きこまれるの」

新大久保のコリアン街を走り抜けた。明治《めいじ》通りの交差点をまっすぐ通過する。ゆるい上り坂になった。こんもりした林が左手に広がっている。広い敷地だ。都心とは思えない。暗い夜空に高層棟の横腹がぼうっと浮かんできた。戸山東《とやまひがし》ハイツ。都営団地だ。坂を上りきったあたりで林が途切れた。ふいにマーチは側道に曲がった。

「入って。そこそこ。団地、団地に」

早希は強い口調で呼びかけた。亮太が慌ててハンドルを左に切る。

一〇〇メートル先に、マーチの尾灯が見え、それがすっと左に流れた。突き当たりを曲がったようだ。そのまま走って、道なりに左折する。両側に五階建ての低層団地が並んだ道を進む。正面に十五階建ての高層棟が行く手をふさぐように建っている。その手前の道にマーチが停まっていた。

亮太にクルマを停止させた。ヘッドライトをオフにさせる。

マーチのドアが開いて、親子連れが降りたようだ。早希は目をこらした。

すぐにマーチは発進して、カーブを左方向に曲がった。あの先は大久保通りだ。団地の中に駐車場はない。マーチはふたりを落とすために、団地の一方通行をぐるっと回って、元の幹線道路に戻ったのだ。

早希はそこでクルマから降りた。

「かんべんな」

亮太は、たまらないという感じで言うと、マーチのあとを追うように大久保通り方向へ走り去っていった。呼び止めるひまはなかった。早希は親子連れが消えたあたりまで走った。階段がある。高層棟の前は低い窪地《くぼち》だ。女が子どもの手を引いて、そこにある広場を横切っている。

早希はスマートフォンをとりだし、一連の電話番号を表示させた。Tの頭文字がつく名前のだ。T3は北原美紗子だから除外する。非通知モードでT1にかけた。二度のコール音のあと、相手が出た。

「……もしもし」

すぐ下を歩く女は電話を受けていない。

違う。あの女ではない。

早希は通話を切り、階段を下って窪地にある広場に着いた。

ブランコがあるところまで駆けた。そのかげから、前を見た。

親子連れは、建物に張りつくように大久保通り方向へ歩いていく。一階は集会場だろうか。明かりがついていない。二階から上も、明かりのついていない部屋が多くて、静まりかえっている。

日よけのついたベンチのところまで進んだ。ふたりは、建物の端にある通路に入った。

早希は、手前の壁から首を出して通路を見やった。

ふたりがいた。エレベーターを待っているようだ。

地味な柄シャツを着た女が、幼女の手をにぎりしめている。ぽってりした体型だ。娘らしい幼女はボーダーワンピースと白のソックスに革の靴。着古したジーパンを穿いている母親と似合っていない。

「ママも来る？」

幼女の呼びかけに、女はかがみ込んで、ささやきかけている。

あの女はここでなにをしようとしているのか？　どこに行こうとしているのか？　行き着いた先にいるのは、もしかしたら……お父さん……。同じ団地の中で引っ越した？

早希はスマートフォンにＴ４の番号を表示させた。オンボタンを押す。

そのとき、Ｋポップの派手な着信音が通路に鳴り響いた。

女がポーチから携帯をとりだし、モニターも見ないで通話ボタンを押すと耳にあてた。

「タメナガです」

呼びかけていないのに、女はいきなり名乗った。

早希はあわてて、オフボタンを押した。

女は気にとめることもなく、携帯を切ってポーチにしまった。

Ｔ４はあの女だ。

　ふいに、その考えが浮かんだ。先々週の金曜日。北原奈月が誘拐された日。あの日、奈月は誘拐されたのではなく、母親とふたりしてここに、やってきたのではないか？　あの親子連れと同じように。

　非通知モードでかけたのに、あの女はまったく警戒しなかった。それどころか、訊きもしないのに自分の名前を口にした。あれはたぶん、いまの時間帯に電話がかかってくることを予期していたからだ。かけてくる相手もわかっていたから名乗ったに違いない。その相手というのは、昨夜、智也にかけてきた人かもしれない。

　エレベーターが下りてきた。ふたりが乗り込むと扉が閉まった。

　エレベーターは二基ある。早希はふたりが乗ったのとはべつのエレベーターのボタンを押した。四階からゆっくり降下してくる。ふたりが乗ったエレベーターは三階から四階に上昇していった。

　静かだ。まるで、入居者がいないみたいだ。一昨日《おととい》、この団地にやってきたときも、あまり人は見かけなかった。

　エレベーターが下りてきて扉が開いた。上行きのボタンを押しながら、となりのエレベーターを見守った。それは八階で止まった。

　早希はエレベーターに乗り込み、八階のボタンを押した。ゆっくりエレベーターが上昇する。いらいらしてきた。間に合うだろうか。八階に着いた。

廊下に面して玄関が並ぶ片廊下だ。覗こうとしたとき、ぱたんと乾いた音がした。五〇メートルほど行った先の戸が閉まるのが見えた。

あそこに入ったのだ。早希は蛍光灯のともった廊下に踏み込んだ。

各戸のあいだが極端にせまい。開けっ放しの廊下の窓のはるか下に、小学校らしい建物が見える。

戸が閉まった部屋の前に来た。八〇三号室。

ここにお父さんが住んでいる？　昨日の晩、智也に電話してきた人もいるかもしれない。

いったい、この部屋ってなに？　智也が父親になりすまして、この部屋を借りている？

もし、そうならお父さんはここにはいない？

……ひょっとしたら、この中には北原奈月を殺した犯人が息を潜《ひそ》ませている？

冷たいものが背筋をはい上ってきた。

先々週の金曜日、ここでなにが行われたのか。

あの小さな女の子は、ここでなにをされようとしているのか。

チャイムを押そうとしていた手を早希は途中で止めた。

窓がなくて中の様子は見えない。新聞受けに頭を近づけてみる。物音は聞こえない。

もし、わたしの勘が当たっているとしたら……あの母親は北原奈月がここに連れ込まれたことなど知らないのかもしれない。だから、平気で部屋に入ったのだ。

心臓が波打っていた。

あの親子連れは大丈夫だろうか。

早希はゆっくりあとずさった。きびすを返して、長い廊下を戻った。

なにか、できることはないだろうか。もう一度、あの母親を呼び出す？

早希はスマートフォンをとりだして、Ｔ４の番号を表示させた。でも、どうやって説明すればいい？　子どもがひどいことをされるから逃げてと言えばいいのか。気づかれて、中にいる人が出てきたらどうなる？

山崎智也に電話することを思いついた。すぐ近くにいるはずだ。五分もしないうちに駆けつけてくるだろう。電話して、ここのことを話すのだ。いま親子連れが入ったけど、いいのかと。

いや、だめだ。智也はきっと向こうサイドの人間のはず。どうしてそこがわかったのかと逆に訊かれるはずだ。

クルマを尾行したなどと口にできない。どちらにせよ、ここへ来たことを話したら終わりだと思った。ここのことを知った自分は、智也にとって危険この上ない存在になる。警察に通報されてしまえば、智也は警察に捕まってしまうからだ。いくら言い訳したところで、聞き入れてはくれない。すべて後の祭りになる。

でも、今晩はどう？　智也は自宅に帰ってくるはずだ。智也の顔など見たくなかった。もう一晩たりとも、同じ住まいで夜を明かしたくなかった。とにかく、彩子に訳を話さなくては。でも、どうやって言えば信用してくれるのか。

私書箱にあるテディベアのことを思った。あれは特別なものに違いない。智也は殴られても、あの男女ふたり組に渡すのを拒んだのだ。

もう、智也はとりに行っただろうか。いや、まだ行っていないはずだ。あそこに置いておけば、とりあえず、あのふたり組の手に渡ることはないと思って。

まず、あれを手に入れようと早希は思った。ふたり組には、渡すと約束してしまったけど、そんなものは守る必要はない。あれさえ持っていれば、いざというとき、役に立つかもしれない。明日の朝、とりに行かなくては。それで、もう一度、ここに戻ってくるのだ。

エレベーターはまだ同じ階で止まっていた。乗り降りする人はいない。

それにしても、静かだ。人が住んでいる気配が感じられない。

いま部屋に入ったあの女の子は大丈夫だろうか。早希は後ろ髪を引かれる思いで、エレベーターに乗り込んだ。母親の彩子に、どう説明すればいいのだろう。そのことで早希の頭はいっぱいになった。

9

二日目の張り込みは、少年第一係が全員顔をそろえた。薄日がさすどんよりした天気だ。

「今朝の会見は見ていられませんでした」

野々山がグラシア高田馬場に目をあてたまま言う。

北原美紗子の投身自殺が一部マスコミに洩れ、急遽《きゆうきよ》、曽我部副署長が記者会見を開いた。我が子を殺されたことに悲嘆して、投身自殺したと。

「野々山くん、あなた、会見を開くことにはまんざらでもなかったじゃない」

小宮が言った。

「もっと早く、白黒はっきり言うべきだったと思ったんですよ」

「美紗子の自殺を？　おまえはどう思ってるんだ？」

末松が長机にもたれかかりながら、訊いた。

「誘拐犯に殺されたとされる奈月の死に、ほんとうは自分自身が関わっていた。それに耐えきれず身を投げた……んじゃありませんか？　ね、係長」

「だから、どう関わっているんだ？」

疋田は訊き返した。

「美紗子が直接手を下したわけじゃなくて、間接的にということですよ」

「ほんとうに自殺だったんでしょうか？」

小宮がまたぶりかえすような口調で言った。

飛び降りた八階の窓枠からは美紗子以外の指紋も多数検出された。だからといって、他殺であるとは言い切れない。

「お、出てきた」

野々山が言ったので、疋田は窓にとりついた。

グラシア高田馬場の一階出入り口から、トートバッグを持った女の子が出てきた。色白で小顔。五分前にビルに入っていったばかりの子だ。白シャツにチェックのプリーツスカート。女子高生だろうか。大きめのトートバッグを提げ、わきに銀色の大きな包みを抱えている。

「あれに間違いないな？」

疋田は野々山に確認した。

「あれです。昨日、送ったやつです」

グラシア高田馬場四〇二号の松本伸也宛に、吉沢貴子名で荷物を送らせたのだ。中身は新品の女児用の下着だ。私書箱に届いた品を受け取りに来た人間が一目でわかるよう、バッグにおさめきれない大きなパッケージにさせたのだ。

それにしても、こんなに早くやってくるとは。疋田は腕時計を見た。午前九時十五分。

小宮はすでに部屋をあとにしていた。

「スエさん、張り込みを続けてくれ。野々山、クルマだ」

慌ただしく命令して、通りに降りたった。携帯無線機のスイッチを入れ、耳にイヤフォンを差し込む。高田馬場駅の方角だ。通りの向こうを歩く小宮の姿をみとめた。

その五〇メートル先。銀色の包みを抱えたマル対がいる。クルマが途切れるのを待って、通りをわたった。イヤフォンから小宮の声が入感した。

〈係長、います？〉

〈うしろ、四〇メートルについてる〉

〈了解〉

小宮の格好はUネックのカットソーと紺のストレッチパンツ。買い物袋を肘にかけている。買い物中の主婦の按配《あんばい》だが、背が高い分だけ目立つ。疋田も通りすぎる店のガラス窓に映った自分の姿を横目で見た。チノパンツに青のボタンダウンシャツだ。

〈こちら野々山、係長を視認〉

すぐわきの路地から野々山が運転する2ボックスタイプのクルマが現れた。

尾行用に用意させたのだ。

マル対は坂を下り、高架をくぐって高田馬場駅前を通りすぎた。

〈あっ、バスに乗るようです〉

小宮が言った。疋田は早足で高架下から出た。

ロータリー前のバス停に都営バスが走り込んできた。小宮とマル対はバスの陰に入って見えない。

〈九段下《くだんした》行きです〉

〈乗れ〉

〈了解〉

いったん停止したバスが発車した。空《あ》いたスペースに野々山のクルマが滑り込んでくる。疋田は助手席に飛び乗った。

「女の子が来るなんて」

野々山は思いもよらないようだった。

「ホシが来ると思ったか？」

「まさか。でも、あの子、なんなんです？　ホシの女にしては、ちょっと幼すぎるし」

バスは山手線に並行して走り、左に折れた。諏訪《すわ》町の交差点で右折し明治通りを南下する。バス停をふたつ通過した。四つ目の停留所で、マル対はバスを降りた。

〈マコ、次の停留所で降りろ〉

疋田は命令して、クルマから降りた。小宮に代わってマル対の後方につく。

大型ガソリンスタンドの斜め方向にある脇道に入った。見通しはいい。すぐ先に団地らしい高層棟が建っている。通りの向こうから、小宮が戻ってくる。

マル対は高層棟のある角を右方向に曲がった。距離を保って、斜め方向の脇道を歩く。

マル対の曲がった角まで来た。高層棟の際に沿って、まっすぐ延びる道の先。銀色の包みを抱いたマル対が歩いている。うしろを気にかける様子はない。

〈追いつきました〉

小宮の声が入感した。まだ五〇メートル後方にいる。

マル対がふいに左方向へ消えた。疋田は小走りにそこに向かった。

団地の中だ。高層棟のあいだにできた谷間のような空間を、マル対が歩いている。

小宮が来るのを待って、団地の中に踏み込んだ。

「あの子、見た覚えがあります。バスの中で近くから見て」

小宮が言った。

「どこで見た？」

「それが思い出せなくて」

立て看板に書かれた文字を横目で見る。戸山東ハイツ。

新宿副都心から北東へ二キロほどのところにある巨大な都営団地だ。戸山公園を囲むように高層棟が建ち並んでいるはずだ。

小宮はバスの中でマル対の視界に入っていたかもしれない。無理な尾行は禁物だ。駐輪場の手前で「離れよう。少し遅れて、ついてきてくれ」と声をかけた。

緑の濃い小道に入った。住民の手による畑に雑草が生い茂り、うっそうとしている。土の道をジグザグに歩いて、高層棟に囲まれた広場に出た。ゆったりした敷地だ。いたるところに緑化樹が植えられて、密度の濃い枝葉が広場をおおっている。人気《ひとけ》がない。

マル対は広場を通り抜け、中層棟の前を歩いていた。行く手は袋小路だ。階段の手すりが見え、その先に深い谷間があるようだ。

そのときだった。広場の反対側に、アポロキャップをかぶった男が姿を現した。突然のことだった。帽子の左右から長い髪が垂れている。まじまじと見た。……ジュン？

男と目が合い、しばらく互いを見つめ合った。次の瞬間、男はその場できびすを返した。高層棟の方角に走り込んでいくのを見て、疋田は反射的に身体が動いた。

間違いないと思った。痩せこけた顔。やつがどうして、ここに？

たまたまか？　それとも、マル対と落ち合うつもりか？

小宮が広場に入ってきた。

「マコ、マル対だ。頼む」

小宮は首を伸ばすように先を見やった。

「えっ、どこですか」

「先、この先だ」

袋小路の方角を指して声を上げた。

小宮が走り出すのを確認して、疋田は男をふりかえった。いない。どこへ消えた？　はやる気持ちをおさえて、高層棟の一階正面へ駆け込んだ。

集会場の看板が掛かっている。扉はロックされていた。ガラス越しに中を覗きこむ。人はいない。たっ、たっと足音が聞こえた。

左手だ。高層棟の通路の中で響いている。蛍光灯がぽつんとともった暗い空間に入った。建物の向こう側へと遠ざかる足音を頼りに、疋田はトンネルのように暗い中を急いだ。突き当たりを曲がり、エレベーターホールをすぎた。郵便受けが並んだ通路を抜けると、ようやく高層棟の外に出た。

駐輪場の後方の茂みで動くものがあった。やつだ。茂みの中に踏み込むと、スピードがそがれた。畑が広がっている。

男はすでに道路に出て、明治通りにつながる路地に入ろうとしていた。その背中をにらみつけ、藪《やぶ》こぎしながらそこを脱した。

男の消えた路地に入った。明治通りはすぐそこなのに、通りを走るクルマが見えない。不安を抱きながら、路地を走り抜ける。

明治通りに行き着いた。左右をふりかえった。小高い雑居ビルが軒を連ねている。それらしい人影はない。目の前に信号機のついた横断歩道がある。ちょうど赤になった。片側二車線の通りで、いっせいにクルマが動き出した。

横断歩道の向こう側。自動車メーカーのディーラーがあり、その側道を駆けているうしろ姿があった。みるみる小さくなっていくジュンの背中を疋田は歯ぎしりしながら見守った。

どうしてあいつが現れたのだ？　マル対と会うためか？　だとしたら、どこで落ち合うつもりだったのか。

さっきのマル対の知り合いなら、これからすぐ連絡を取るだろう。一刻も早くマル対を確保しなければならない。

ジュンは自分のことを覚えていた。

疋田はジュンと出会った広場に戻った。どこにも人はいなかった。五階建ての中層棟の前の道を歩き、袋小路の手前にある車止めから下を見た。うっそうとした木々のあいだに、つづら折りになった階段が続いている。青葉の下に見える青いものは、駐輪場の屋根だろうか。

飛ぶように階段を下った。木深くて視界がさえぎられ、見通しがきかない。

樹木のあいだを抜けると、中層棟が建ち並ぶ通りに出た。一瞬、ここは団地なのかと目を疑った。ゆったりした森のような広がりのある空間に道があり、住棟が連なっている。

通りの先で手をふっている人影があった。小宮だ。そこまで駆けた。

「どこにもいません」

激しい息づかいで、小宮が言った。

しまったと思った。ジュンと思われる男に気をとられていた隙に、マル対まで見失って
しまったのか？

「係長のほうは？」

「だめだ。逃げられた」

「誰なんですか？」

「ジュン。土曜のオフ会で出会った男だ」

「睡眠薬を盛ったやつ？」

「そうだ、間違いない」

「でも、どうしてここに？　マル対と落ち合うため？」

「わからん。でも、なにかある。ここには」

「かもしれないです。新宿御苑も近いし」

そのとおりだ。新宿御苑は北原奈月の死体が見つかったところだ。疋田は無線で、野々
山を呼び出した。なんとかして、あの女の子を見つけなければならない。きっとなにかを

知っているはずだ。

＊

つづら折りの階段を下っているとき、早希は上手《かみて》から、この先と言う男の声と、それに応えるような女の声を聞いた。地面を蹴る足音が迫ってきて、早希は階段を早足に下った。いったん道に出て建物の陰から森の中に入った。こんもりした地面を息つぎもせず走った。ときどき、うしろをふりかえった。人影はなかった。それでも、立ち止まらず駆け続けた。さっきの声は自分を追いかけてきた声に違いないと思った。

でもどうして？　いったいどこの誰が？　ひょっとしたら私書箱からつけてきた？　店に来たあの女と松永が私書箱を見張っていたのだろうか。

智也に先んじて、わたしがテディベアのぬいぐるみをとりに行くと予想したのだろうか。違う。見張っていれば、私書箱を出たところですぐ捕まえられたはずだ。

だとしたら、誰？　どこの何者？

早希は抱えていた銀色の包みがなくなっているのに気づいた。森の中に落としてしまったのだ。どうせ、ろくなものは入っていないはずだ。

ふいにそのことに思い至った。あの不必要に大きな銀色の包み。あんなものを持ち歩いていたら、いやでも目につく。そのために、わざとあんなものを送ってきたとしたら？　見えない糸が自分の背中に張りついているように感じた。糸の先につながるものの正体をぼんやりと感じた。……もしかしたら警察？　でもいつの間に。

北原奈月が殺された事件とは関係がないと早希は思った。警察は児童ポルノの捜査をしていて、智也が借りている私書箱を発見したのではないか。それで私書箱は監視され、自分はまんまと出向いてしまったのだ。

遅かれ早かれ智也はテディベアを取りに私書箱に行く。そのとき、警察に捕まってしまえばいいと早希は思った。あの私書箱はもう空だ。テディベアはもうない。自分が持っているトートバッグの中にあるのだ。

昨夜、智也は帰ってこなかった。あの男女ふたり組を避けるためだったのかもしれない。

八〇三号室に入った親子連れは、どうなったのだろう。あの部屋で誰を待っていたのだろう。ちゃんと帰れたのか。

秘密めいた山崎智也の行いを、どう説明すればいいのか考えあぐねていたとき、テレビのニュース番組を見ていた彩子が、「北原奈月ちゃんのお母さんが飛び降り自殺したって」と呑気《のんき》そうに言った。

テレビには、子どもの死を悲しむあまり、後追い自殺を遂《と》げたというコメンテーターの話が流れた。

奈月の通夜のときに見た美紗子という母親の顔を思い起こした。うそだと早希は思った。

カステル西赤羽は入居者がおおぜいいる。あそこから飛び降り自殺なんてするはずがない。

智也なら事情を知っている。誘拐事件のあった日から、智也は北原美紗子と連絡をとりあっていた。

美紗子は変調をきたしたのではないか。我が子の死について、黙っていられなくなった事情があったのではないか。そのため、口封じが必要になったとしたら……。

考えるだけで恐ろしくなった。

父親のことはおくびにも出せなかった。一睡もできないで夜を過ごした。彩子が美容院に出かけたのを見届けて、早希も早々に家をあとにしてきたのだ。

彩子に話す前に、すませなくてはいけないことがある。八〇三号室を訪ねること。ドアをノックすること。住んでいる人に会うこと。

森を突っ切り、丘を上った。昨夜やってきた高層棟に着いた。5号棟だ。

昨日とはべつの入り口から入った。ずらりと並んだ郵便受けを調べた。八〇三号室はすぐ見つかった。ダイヤル式の鍵がかかっていて、名前のラベルが貼られていない。

エレベーターで八階に上がった。長い廊下を歩き、八〇三号室の前に立つ。ここまで住んでいる人とは、ひとりも出会わなかった。まるで廃墟《はいきょ》みたいだ。

早希はトートバッグの底にある箱を開けて、ナイフをとりだし、スカートのポケットに入れた。

深呼吸してから、呼び鈴に指を当てる。中で小さくブザーが鳴る音が聞こえた。それきりだった。反応がない。もう一度呼び鈴を押した。同じだった。ドアノブをひねった。ロックされている。留守だろうか。

一目でいいから部屋の中を見てみたかった。狭いはずだ。１ＤＫかもしれない。そのとなりの部屋のチャイムを押した。無反応だ。表札が出ていない。そのとなりの部屋も表札がなかった。早希はエレベーターで一階に降りた。人気がない。

広場を見ると、日よけのあるベンチに老女がぽつんとすわっていた。早足で歩いて老女に声をかけた。老女はしわだらけで表情のない顔で早希を見た。

「ここにお父さんが住んでいるんですけど、ドアが開かないんです。管理人さんを教えてください」

老女は、きょとんとしている。

「おばあちゃん、管理人さん知らない？」

「管理人……ねえな、そんなの」

早希は棟をふりかえった。

二階だ。窓が開いている部屋がある。早希はその部屋の位置を頭に入れて、二階に上がり、その部屋まで急いだ。呼び鈴を鳴らすと、中から返事が聞こえた。ドアノブを回すと、あっけなく開いた。奥の居間のほうで、半袖姿の痩《や》せた老人男性がこちらをふりかえった。玄関から、

「あ、すみません。この棟にお父さんが住んでいるんですけど、部屋の鍵がかかっていて中に入れないんです。管理人さんと会って話をしたいんです」

と声をかけたが、老人はダイニングキッチンの向こうにあるベッドの上で洗濯物を折りたたみだした。狭い部屋だ。

もう一度同じことを口にすると、ようやく、「何号室？」と訊かれた。

「八〇三です」

「世話人ならいるけどね」

なんのことを言っているのだろう。だめだ、話にならない。

ぐずぐずしていられなかった。警察がいるかもしれない。

トートバッグにポケットのナイフをしまった。建物を出て大久保通りに出た。まわりに気を配りながら、明治通りの交差点を渡り高田馬場駅行きのバスに乗った。四つ目のバス停で降りて、学校のあるビルに入る。三階の自習室の窓から通りを見下ろした。誰も追い

かけて来ない。

トートバッグから赤い服を着たテディベアをとりだした。一〇センチほどのサイズだ。手と足の先が白い。机におくと、ちょこんとすわった形になった。どうして智也はこんなものを私書箱に隠していたのだろう。あの女と松永はなぜこんなものを欲しがるのか。

背中やお尻を調べてみた。何もない。お腹のところに縫い目があるが、ぴったり閉じている。手も足もしっかり縫いつけられている。首にさわってみたが、ピクリとも動かなかった。思いきり引っぱってみるとすぽんと首ごと抜けて、胴体から長方形の金具が出てきた。見覚えのある形だ。金具を受ける形になっている頭の部分も。

早希はデスクトップ型ＰＣのある席に移動した。

電源を入れ、ウインドウズが立ち上がるのを待ってから、テディベアの首から突き出た金具をＵＳＢメモリの差込口に押し込んだ。ぴったりはまった。

自動的に動画がはじまった。日付表示が出る。
6.7 fri　19：17
畳敷きのがらんとした狭い部屋だ。高いところから撮られている。右端に窓があり、その反対側に男が立っていた。五十歳ぐらいだろうか。見たことがない顔だ。

画面は固定されていて動かない。もしかしたら隠しカメラ？

四畳半ほどだろうか。窓際に小さな女の子がうつぶせに寝転んで、お絵描きをしている

いか。

らしい。紫色の水玉模様の服を着て、髪をきつく編み込んでいる。

この部屋はと思った。いましがた、自分が五号棟の二階で見た部屋の造りと同じではないか。

これって、八〇三号室？

男が声を発した。はっきり聞き取れる。まさかと思った。一〇秒ほど巻き戻して同じところを再生した。

「ナツキちゃん」

と男は言った。

呼ばれた女の子は顔を上げた。半開きになった口に見覚えがある。何度もテレビに映った顔だ。北原奈月に間違いなかった。

表示されている日付のことを思った。六月七日金曜日。

北原奈月が誘拐された日ではないか。

男がゆっくりと北原奈月に近づくのを、早希は固唾《かたず》を呑《の》んで見つめた。

携帯が鳴り、男は着信を見た。すばやく素通しの一面ガラス窓にとりつき、ブラインドを下ろした。

携帯が鳴りやまない。虫の知らせか。悪い予感を抱きながら、オンボタンを押す。

「だ、だめだ。本条《ほんじょう》さん、見つかっちゃった」

大友が言った。

男は唇を嚙んだ。本名では呼ぶなと言ってあるのに。

「どういうことだ？」

「行ってみたんだよ。警官だらけだ」

「部屋に行ったのか？」

「部屋になんか、行けるわけないじゃないか」

「だったら、わからんだろう」

「だめだって、あいつに見つかったんだから」

「あいつ？」

「オフ会に来た男」

やはり、やつは警官だったのか。

それにしては、単独だし無防備だったように聞いているが。

「どうする？　もう一回、戻る？」

「いや、いい、そこを離れろ」

「いいの？」

「いいもくそもない。一刻も早く立ち去れ。二度と戻るな」

本条は言うと、オフボタンを押した。

頭をめぐらした。部屋のことを思い返した。万が一、見つかったとしても恐れることはなにもないと思った。

ただひとつ、気がかりなのは山崎智也だ。あの男さえ押さえることができれば、それですむ。

何事もなかったのだ。男はまた自分に言い聞かせた。そう、何事もなかった……。

10

しんとしている。これを団地と呼んでいいものか。狭い土地にびっしりと三百棟の住棟が張りついた赤羽の団地のことを思った。それにひきかえここはどうだ。緑豊かな丘陵に、細長い住棟が数えるほどしか建っていない。イヤフォンに入感があった。

〈こちら野々山、銀パックを見つけました〉

〈どこだ？〉

〈中層棟裏手の森です〉

〈了解。すぐ行く〉

住棟を迂回《うかい》して舗装路から森に入った。太いケヤキの幹が伸びて、枝葉におおわれている。日の光がさえぎられて薄暗かった。斜面の手前で銀色のパッケージを抱える野々山を見つけた。小宮も駆けつけていた。

「この根元に落ちていました」

野々山が赤い花を咲かせたザクロの木の下を指した。

ザクロの細かな枝が張りだしている。これに引っかかって、パッケージを落としたのだろうか。

「中身は入ってます。邪魔になって捨てたのかもしれません」

「捨てたんじゃないと思うな」小宮が言った。「道からそれて、こんなところに入ったんだもの。たぶん、追われているのに気づいて慌ててたのよ」

ジュンから連絡が入ったのだろうか？　追われているから逃げろと。

「ここってほんとうに都営団地？」

小宮がいぶかしげな口調で言った。

「戸山公園の中にある団地だ。戸山東ハイツの看板があっただろ」

疋田が言った。

「聞いたことありますけど、新宿ですよね？　この自然の豊かさって、ちょっと信じられない」

「マル対はここに住んでるのかな」野々山が言った。「マコさん、マル対を知っているんですか？」

「見た覚えがあるの」

「いつ見たんですか？」

「この一週間くらいのうち」

「じゃあ、赤羽で？」

「かもしれない。でも、マル対はここに用事があって来たに違いないと思います」

「けっこう広いぞ」

疋田が言うと、小宮がスマートフォンで場所の確認をはじめた。

「ほんとだ。思ったよりありますね」

疋田も小宮のスマートフォンを覗いた。

戸山公園は明治通りを境に東西に分かれている。いま疋田らがいるのは、東側だ。七〇メートル四方の公園の中に、十六棟の住棟が建っている。正式名称で戸山東ハイツと表示されていた。

「手分けして捜すぞ」

ふたりに告げ、森から出て中層棟が続く道に戻った。

向こうからベビーカーを押した主婦がやってきた。マル対の風体を話してみるが見かけなかったという。散歩にやってきただけで、ここの住民ではないようだ。

道の突き当たりまで来た。木々におおわれた小高い山がひかえていた。緑がひときわ濃い。右手の上に丘がひかえていて、そこにも中層棟が建っている。

モミジやエノキが植えられた山道に足を踏み入れた。足下にツツジやサザンカが生えている。窪地《くぼち》になった広場に砂場やブランコがある。

カラスの鳴き声が響き渡った。なにげなく左方向を見やったとき、疋田の足が止まった。

うっそうとした谷の向こうを見やる。ケヤキの木におおわれた斜面のその中ほどだ。木々のあいだから、赤っぽいものが目にとまったのだ。

この光景……。

疋田は携帯をとりだし、その写真をモニターに表示させた。誘拐犯から送りつけられてきた北原奈月の写真だ。

雑草の中にしゃがみ込んでいる奈月の背景と目の当たりにしている光景を見較《みくら》べた。どちらも、うっそうと茂る葉のあいだから赤いものが覗いている。

斜面の右手にあるケヤキの幹に注目した。太さも同じで、一カ所で三つ叉《また》に分かれている。これも写真と同じだ。

元来た道を引き返して谷を下った。下りきったところから、今度は赤いものがある場所を目指して坂道を上りはじめた。整備された公園の道だ。見上げると、山の頂上あたりに手すりが見える。

頂上の手前にある小高い丘に着いた。汗が噴き出てきた。

お椀《わん》をさかさにしたような小山が一段高いところにあり、その上が頂上だ。そこに向かって延びる短い登山道のわきに石碑が建っている。

〝箱根山〟とあるではないか。

誘拐された北原奈月が連れていかれたと疑われたのも箱根……。

近くにある案内板を見た。戸山公園の全体が描かれ、現在地として示されたところに箱根山がある。釈然としないまま、小山の登山道を駆け上がった。

頂上部分に着いた。きれいに石が敷きつめられている。まわりは高木で囲まれて眺望がきかなかった。松の枝のあいだから、かろうじて新宿の高層ビルが見える。左手の下。五〇メートルほどのところにある建物を見て、疋田は小さく声を上げた。

白い壁と長四角の窓。屋根の上から、赤い尖塔《せんとう》が突き出ていた。塔の横に十字架が張りつけられている。教会？

ここなのか……。

神奈川県の箱根ではなく、北原奈月はここに連れてこられたのか？

だとしたら、いったい、ここのどこへ……。

この藪のどこかで殺されて、新宿御苑に運び込まれたのか？　たったいま追いかけていたマル対は事件とは無関係なのか？　ジュンは？　ふたりが事件とつながっているとしたらどうだ？

自分がいまいる場所が事件現場だとしたら、大変なことだと疋田は思った。これまでの捜査はすべてむだになるではないか。捜査は一から出直さなくてはならない。

どうやってこのことを捜査本部に伝えたらいいのか。副署長の曽我部の顔が浮かんだ。頭が痛くなった。とにかく、小宮と野々山をすぐ呼ばなくては。まずは、あの教会から聞き込みをはじめるしかなさそうだ。そのあいだに、捜査本部へ報告するのだ。

「箱根と教会ですか。たしかに、それは一致しますけど。でも、ここって箱根じゃなくて、箱根山ですよね」

小宮は疑い深い口調で言った。

「マコ、北原美紗子が〝箱根山〟と言ったことはなかったか？」

「ないと思います。第一、最初のころは箱根のことなんて、ひと言も洩らさなかったし」

「それがお通夜の日から、美紗子は急に箱根に行ったとか言い出した」

野々山がスマートフォンを見ながら言った。

「ここのことを知られたくなかったとしたら？」

小宮が言った。

「どういうことです?」

「事件はここで起きていたけれど、ここのことは伏せておきたい事情があった。カモフラージュに、箱根細工を使って、神奈川県の箱根のことを持ち出せば、捜査の目はそっちに向けられるから」

「伏せたい事情って?」

「わからないけど、団地つながりはどうかしら? ここも団地があるし、事件現場の赤羽は団地だらけ」

「さっき追いかけたマル対とジュンも、アリスのホームページを介してつながりがありますよ」

殺された北原奈月の母親は、同じサークルに所属する吉沢貴子の知り合いだった。ふたりが取引している相手を追い求めて、ここにたどり着いたのだ。一方のアリスには事件関係者と思われる人間により、北原奈月の写真がアップロードされた。ここに現れたジュンは、そのアリスの会員であったのだ。

「ここって江戸時代の尾張徳川《おわりとくがわ》藩の下屋敷だったところみたいですね」野々山はスマートフォンを見ながら言った。「当時は戸山荘《とやまそう》って呼ばれていて、でかい池や小田原宿をそっくり再現した町並みもあったそうですよ」

「広さは?」

疋田は訊いた。

「この山を中心に、東京ドーム九つ分も。商店もあって、ここでしか使えない通貨もあったとか。将軍様も庶民も遊びに来たそうです」

「江戸時代のディズニーランドじゃない」

小宮が言った。

「明治になって、ここを陸軍が使うようになったようです。教会の下に黒っぽい擁壁《ようへき》がありますよね。あれは、日本陸軍の将校集会所だったそうです」

「それはいい。牧師と会えたか？」

疋田は訊いた。

「話をしてきました。ふつうのキリスト教の教会ですね。ウィークデイは幼稚園として使われています」

「北原奈月のことは？　なにかわかったか？」

「幼稚園は午前九時から午後の二時まで、子どもをあずかるそうです。保護者が迎えにきて、三時過ぎには、ひとりも残っていないようです。先々週の金曜日も同じだったと。北原奈月の写真を見せましたが、憶《おぼ》えがないそうです」

疋田は腕時計を見た。ちょうど正午だった。

「保護者が来たら、話を聞こう」

「奈月ちゃんが写真に写っていたあたりで遊んでいた子もいたかもしれませんからね」

「でも、どうなんだろう」小宮は言った。「奈月ちゃんがここに来たとして、そのあと、どこかに連れ込まれたんでしょうか？　やっぱり団地かしら？」

「聞き込みするしかないぞ」

「二千四百戸あるみたいですよ。それにしては、さっぱり、住民の姿が見えませんけど」

「洗濯物や布団を干してるところはある。いるには違いない」

野々山がスマートフォンを見ながら言う。「この団地、住民の五割以上が六十五歳以上の高齢者だそうですよ。しかも、その半分以上は一人世帯だそうです。恐れ入ったな」

「それって限界集落って言うんじゃなかったかしら？」

集落が野々山が言った人口比率になった場合だ。家を継ぐ若者がいなくなり、共同体を維持する機能が衰《おとろ》えて、やがて消滅してしまうことを限界集落と呼ぶはずだ。だが、山間部などの過疎地に限ったものではないのか。

「応援が要ります」

小宮がきっぱりと言った。

「要請した。午後イチで塩原警部補が十名連れてやってくる」

「一課ですか？　またいいとこ取りされますよ」

野々山が言った。

それは仕方がないと疋田は思ったが、口にはしなかった。それより十名で足りるかどうか。そっちのほうが心配だった。

「末松さんは？」

「クラークの張り込みを続けてもらう」

どんな人間が来るかわからないのだ。

「一課が来るまで、調べるだけ調べてみよう」

「えっ、昼飯抜きで？」

「食べたかったら、野々山くん、ひとりで行ってらっしゃい」小宮が言った。「係長、もう一度分かれて調べましょう」

「そうしよう」

第五章　衝　突

1

人がいない。まれに出会うのはお年寄りばかりだ。警察官の身分を告げて尋ねると孤独死が出たのかと訊《き》き返された。困ったものだと疋田は思った。赤羽の団地なら、これだけ歩けば、若い人間と出会うのだが。

二時を過ぎた。ジュンが現れた高層棟前の広場に戻った。いつになっても、携帯は鳴らなかった。ほんとうに応援は来るのだろうか。自分の説明が悪かったのだろうか。動きづめだったので、ひどい空腹感に襲われた。

高層棟の一階が店舗になっているところがあり、そこの喫茶店に入った。

それなりの年月を経た店のようだ。席の半分がお年寄りに占領されている。疋田はカウンターの端《はし》に腰を落ち着け、銀髪のマスターに、ミートソーススパゲッティを頼んだ。

お年寄りたちから、腰が痛いとか、いい整体はないかという話が洩《も》れてくる。団地の住民だろう。

手際よくミートソースを作るマスターに、年季が入ってますねと声をかけた。

マスターは愛想がよさそうだ。六十五、六だろうか。

この店はいつごろオープンしたのか訊いてみた。

「団地の建て替えがはじまったときだから、二十年前になりますかね」

「団地にお住まい？」

「ええ、建て替えでこの高層棟ができたんですよ。一階に店のスペースができるって聞いて、会社を辞めたんです」

「建て替え前の団地はどんなところだったんですか？」

「終戦直後にできました。四十八棟。でも、さすがに古くなるでしょ。バブルが終わったころから建て替えだして、いまは十六棟に。でも、戸数は千五百から二千四百に増えちゃってね。新しい棟は１ＤＫだらけ」

「建て替えがすむと同じ団地内で引っ越すんですよね？　希望の棟に入るには抽選とかして？」

「ええ、抽選ですよ。でも、それまでは五階建ての古い団地でしょ。風呂もなくて銭湯だったし。とにかく開けっぴろげで人づきあいが濃くてね。それが抽選でばらばらになっちやったんです。新しくできた棟はバリアフリーで風呂もあるけど、建物そのものが密室でしょ。住民同士の交流はなくなるし、絶海の孤島と言ったらいいのかなあ。まあ、静かになったこと」

マスターは慣れた手つきでネギを炒《いた》めながら言った。

「単身世帯は1DKに？」

「そうですね。最初は2DKに入っていた夫婦だって、子どもは成人して出ていくし、そのうちつれあいがなくなると、1DKに引っ越さないといけなくなるんですよ。たったの三三平米ですよ」

「若い夫婦は入ってこない？」

「二十万円の所得制限があるのご存じ？　だれがこんな狭い間取りの部屋に入ります？若いのはみんな敬遠ですよ。おまけに、ここだけじゃなくて、都内のほかの団地に住んでいるお年寄りの単身世帯をこっちに引っ越させちゃうんだから。家賃が二万で安いしね。姥捨《うばす》て山だよ」

「自治会も大変じゃないですか？」

「自治会なんて、とっくになくなりましたよ。お年寄りはみんな八十、九十でしょ。自治会の役員の引き受け手なんていませんよ」

「管理人とかは？」

「まあ、各棟に形だけ、世話人を置いてるだけですよ。二千四百戸もあるけど、空き室がいくつあるか知ってます？」

「さあ」

「五百戸」

疋田は団地の静けさに合点がいった。高齢者が多く住むうえに空き室が多いのだ。

「お年寄りが多いと……いろいろ問題があるでしょうね？」

炒め物をすませ、マスターは汚れたエプロンで手をふいて疋田と向き合った。

「お宅、マスコミの人？」

「え、まあ」

「また孤独死の取材？」

マスターは小声で言った。

「というわけではないんですけどね」

「はっきり言って多いよ。火事が一番怖いから、お年寄りはなるべく火を使わないようにって指導されたりして。ちょっと前にも、このとなりの棟であったんですよ。１ＤＫの孤独死。鍵《かぎ》がかかっているけど夜昼かまわず明かりがついてるし。電気メーターは回ってるから、あの家あぶないよっていう住民がいたんだけどね。魚の腐った臭いだって言い張る住民がいたもんだから、発見が遅れちゃってさ。見つかったときは、そりゃひどいもんだったですよ」

「脳梗塞とかで倒れてそれきり？」

「その人はね、肝硬変《かんこうへん》。アルコール中毒で。肝硬変はひどいよ。発作が起きると意識がなくなるからね。救急車も呼べなくなる」

「鍵を壊して入れなかったんですか？」

「だめだめ、もし生きてたら、だれが弁償するんですか？」

そのレベルの問題か。

「介護保険サービスは受けていなかった？」

「その人、何歳だったと思います？」

「八十歳くらい？」

マスターは女性アイドルの名前と日本海軍の戦艦が宇宙を旅するマンガを口にした。どちらも一九七〇年代から八〇年代にかけて一世を風靡《ふうび》したものだ。

「その人の部屋の壁、その歌手とアニメのポスターだらけだったらしいよ。オタクのはしりの年代さ」

「六十代？」

「五十八歳。三人兄弟の末っ子。離婚してひとり暮らし。子どもがいるけど音信不通でさ」

「そんなに若くして……珍しいですね」

「そう思うでしょ。でも、違うんだな。孤独死の統計をとるとね、五十代から六十代の男が多いんですよ」

長寿社会のいま、五十代なら働き盛りだが。

「自殺とか?」

「それもあるだろうけど、ひとり暮らしは不摂生でしょ。コンビニ弁当ですませて、さみしさをまぎらわすために酒浸りになるし。肝硬変や糖尿病になって当たり前でしょ。最期はひとりで旅立つことになっちゃうんです」

しばらく、団地のことを聞きながら、スパゲッティを腹におさめた。

食べ終わるころになって、ようやく岩井刑事課長から電話が入った。

待ち合わせ場所にしていた生協前に出向くと、塩原警部補をはじめとして、何人かの幹部がいた。その中から、副署長の曽我部が出てきた。

「マル対を見失っただと?　素人《しろうと》か、おまえらは」

「人数が足りていません。不可抗力です」

曽我部の顔が赤く染まった。

「なんとかいう張り込み先はどうなんだ?」

「クラークという私設私書箱と判明してます」

岩井があいだに入った。

「疋田、それはいいから、北原奈月が写っていた写真の場所に案内してくれ」

「わかりました。行きましょう」

そのとき、携帯がふるえた。小宮だ。

疋田は一行から距離をおいて、携帯を耳に押しつけた。

「来てください」

うわずった声だ。

「なにかあったか?」

「とにかく、早く。お願いです」

「応援部隊が来た。これから、例の写真が写っていた場所まで案内する。それからだ」

「その近くですから。とにかく、来てください」

「わかった」

なにごとだろう。胸騒ぎがする。場所を聞いて、電話を切った。

そこは北原奈月の写真が撮られた坂のすぐ上だった。箱根山から小さな谷をへだてた丘。一方通行の道の両側に、中層棟が建ち並ぶ一画だ。坂を上りきったところにある柵《さく》の前に小宮が立っていた。

「遅くなった」疋田は言った。「幹部連中、なかなか納得しなくて。で?」

小宮は無言で歩き、すぐ先にある地面を指した。

直径三メートルほどのストーンサークルがある。石の代わりに、コンクリートでできた二〇センチほどの円柱がぐるりと円を描いているのだ。いくつかの円柱の上に、甲羅《こうら》模様の丸いものが形作られている。手足と首もあり、甲羅は実際のものより高くデフォルメされているが、一目でカメとわかる。それが飛び石のように置かれて、数えると七つ。そのあいだに、長い耳を持つウサギが二体ある。ウサギを追いかけるカメの図式だ。

小宮に呼ばれた意味がわかった。北原奈月が通っていた小学校の中谷校長が言ったのだ。死んだ奈月は、『ウサギとカメさんの中に入って遊んだ』と。

あれはここのことを言ったのか？　奈月はこの住棟に連れ込まれたのか？

あらためて道の両側に建ち並んだ五階建ての中層棟を見た。窓側が道路に面していて、玄関は通りの反対側になる。住棟の前は住民の手による野菜畑だ。洗濯物のかかっているベランダがあり、衛星放送のパラボラアンテナが取り付けられているところもある。

疋田は小宮の顔を見た。

「あのサークルはここだけ？」

「この界隈《かいわい》は、ぜんぶ歩きました。ここだけです」

道をはさんで向かい側にある住棟に目をやった。一〇〇メートルほどもある長い五階建てだ。鉄格子のついた両開きのサッシ窓のほとんどにカーテンが引かれている。見る限り空き室のようなところはないようだ。

「北原奈月はこのあたりに連れ込まれたと思うか？」

「のはずです」

疋田は住棟の入り口を見やった。郵便箱が縦四つ、横五つ並んでいる。三分の一は名前が入っていない。段差を上がったところに、竹ぼうきとちりとりがフックにかかっていた。

疋田はそこから玄関が並ぶ廊下を覗きこんだ。ドアノブのついた玄関ドアが五つ。鉄板の手すりがついた開放型の片廊下だ。左下に疋田が上がってきた坂道があり、藪《やぶ》が広がっている。ここなら奈月の写真を撮った場所から一分とかからないで来られるだろう。

しかし、ほんとうにここなのだろうか？　いくら人目が少ないにしても、建物は開放型になっていて、出入りする際は人目にさらされる。

通りに出て一方通行の先を見やった。突き当たりに十五階建ての高層棟が建っている。ベランダがコンクリート壁の内側にあり、のっぺりした印象を受ける造りだ。ベランダの奥に見える窓は小さい。ベランダの横のつながりがないので、各戸は完全に密室状態だろう。

喫茶店のマスターから聞いた話を思い出した。団地の高層棟は１ＤＫの部屋ばかりで、そこは絶海の孤島になっていると。あそこに連れ込まれてしまえば、人目につかないのではないか。

小宮に話したが、ウサギとカメのサークルのほうが気になるようだ。

「マコ」疋田は呼びかけた。「このすぐ向こうに、交番があったな。このあたりの棟の巡回連絡簿と住宅地図を借りてきてくれ」

「そうですね。まず、それをしないと」

「おれは上に報告して、重点的に聞き込みをかけるように言ってみる。いいな」

「了解。すぐ行きます」

疋田はそこで小宮と別れて、応援部隊のもとへ戻った。

2

早希は午前中、自習室にとどまった。動画が頭から離れなかった。

あれは奈月が誘拐された日に隠しカメラで撮られた映像に間違いない。

隠しカメラをセットしたのは智也だ。児童ポルノの映像として、売りに出す腹づもりでもあったのか。それとも、あの部屋を使った人間を強請《ゆす》るつもりで撮ったものなのか。どちらにしても同じだ。結果として、それが〝証拠〟として残ってしまった。

事件直後、カメラに映っていた男は、智也から〝証拠〟を握っているぞと伝えられたとしたらどうするだろう？　男は映像をとりかえそうとして、あの男女ふたり組を送り込み、智也と交渉させたのではないか。

智也はのらりくらりとそれをかわした。動画の男は智也の態度にしびれをきらし、力ずくで脅しをかけた。それでも、智也は動じなかった。それでふたり組は、このわたしにまで声をかけてきたのではないか。

気分が悪くてなにも食べたくなかった。このことを一刻も早く彩子に知らせなくてはいけないのに。携帯に電話を入れたが出ない。もう智也のいる家には帰れない。

ドアが開いて、クラスメートの里奈が入ってきた。

早希はあわてて、テディベアのぬいぐるみをトートバッグにしまった。

「どうしたの、サボりまくりー」

「やだぁ、もう」

早希は精一杯の空元気《からげんき》を出して言った。

「メシメシ、なに食う？」

「食べたくないもん」

「またー、ちょー顔色悪いよ」

「早退かな。里奈、きょう行くから、よろしくお願いします！」

「泊まり？　オッケー、カモン」

スマホが鳴った。着信を見る。智也からだ。もう三度目になる。着信を拒否した。

昼すぎ、早希は早退届を出して学校を出た。まわりに気を配りながら高田馬場駅に向かった。午前中、団地で自分を追いかけてきたのは誰だろう。気のせいではないはずだ。

赤羽駅に着いたのは一時半ちょうど。改札の手前で、あたりをうかがった。見知った顔はいない。東口に出て、彩子が勤める美容院に向かった。

彩子は上得意客らしい女のヘアメイクに余念がなかった。外で話がしたいと声をかけたがだめだった。ヘアメイクがすむのを待つしかなかった。二時すぎ、ようやく終わって客が出ていった。

次の客を呼ぼうとする彩子に食い下がると、どうにか彩子は折れた。男性店長の許可をもらい、ふたりして裏口から外に出る。まわりを見た。大丈夫のようだ。

「なに、びくびくしてるの？」

彩子が言った。

ここが一番危険な場所なのだ。だから、裏口を使ったのだ。

「智也は来ていないよね？」

早希が智也と呼んだので、彩子は少し驚いた顔になった。

早希は彩子の腕を引いて、先を急がせた。

駅前のマックの中に引きずり込むと、コーヒーをふたつ注文して、窓際の席に並んですわった。

「あんた、何様のつもり？　店長、ああ見えても根に持つからね。すぐ帰るよ」

彩子が言った。

「ねえ、アヤさん、早朝、智也から電話がかかってきた？」

「ないと思うよ」

「見てみて。いいから早く」

言われてしぶしぶ彩子は制服のポケットから携帯をとりだして、チェックした。

「来てない、ほら」

とモニターの着信履歴を見せる。

「メールもないよね？」

「ないない」

「アヤさん、智也のことで話さないといけないことがあるの。聞いて」

彩子が当惑した顔で早希の顔をふりかえった。

早希は、智也が児童ポルノの物品をネットで売買していることから切り出した。あんたに言われなくても知ってると彩子は言った。それなら、智也は自分宛に来る荷物を高田馬場にある私設私書箱で受けとっていることを知っているかと訊《き》いてみると、あんたが取りに行ってやってるのだろ、とこちらも気づいている様子だった。しかし、そのほかのことは知らないはずだ。あの戸山東ハイツの5号棟のことは。

「このごろ、あいつ変だよね」

早希は言った。

「どうかな」

彩子ははんぶん認めるような感じで言った。彩子も気づいているのだ。北原奈月の誘拐事件が起きてから、山崎智也の様子がおかしくなったことを。

「昨日、あいつ夕方出ていったんだよ。林さんのクルマで追いかけてもらったの」

彩子は意外そうな顔で早希を見つめた。

林亮太とは一度会っているから、知っているのだ。

「あいつ、どこへ行ったと思う?」

「知るわけないだろ」

早希は智也がクルマでタメナガという若い母親とその娘を高円寺まで迎えにゆき、その足で新宿の戸山東ハイツに行ったことを話した。

「その親子連れ、戸山東ハイツの5号棟の八〇三号室に入ったのよ」

彩子は顔をそむけ、不機嫌そうにうなずいた。親子連れのことはともかく、5号棟のことを話しても、訊き返してこない。ひょっとしたら、彩子は八〇三号室のことを知っているのだろうか。もしかしたら、親子連れのことも?　そんなことはないはずだ。

「八〇三号室。お父さんが住んでいるかもしれない。知ってる？」

早希は偶然、智也が持っている二台目の携帯の着信履歴を見たことからはじまり、その携帯が父親の浅賀光芳の持ち物であることを知った経緯を話した。その携帯には殺された北原奈月の母親の電話番号が登録されていて、母親本人と連絡をとりあっていることも。さらに昨夜の親子連れのことも。彩子はいぶかしげな目で早希を見つめた。

「戸山東ハイツって……12号棟の三一〇号だろ？」

「それはお父さんが昔住んでいた部屋。いまは違うの」

「うそ言って、行ったことあるんだよ、一度」

彩子が洩らした言葉に早希は面食らった。

「行ったって、いつ？」

彩子はばつの悪そうな顔をして窓の外を向いた。

「お父さんと会ったの？」

早希が言うと、彩子はコーヒーをすすりながらうなずいた。

ひどいと思った。この自分にないしょでお父さんと会ったなんて。

「いつ？」

「二年前。十月だったかな」

「そのとき、お父さんは12号棟に住んでいたの？」

「だから行ったんじゃないか」

「ほんとう？　あそこは２ＤＫで家族連れしか入れないよ」

「だから、三人の名前であの人が引っ越す手続きをしたんだってば」

彩子の言った言葉が頭の中で飛び跳ねた。

また元通り三人で暮らす？　よりを戻すっていうこと？　でも、そうならなかったのはなぜ？

「あの人のほうから言ってきた話だし」彩子は言った。「気が乗らなかった。それで、またちょっともめて」

それで話は流れた？　父はいっとき、その12号棟に入居して、わたしと母を待っていた。そのあと、八〇三号室に移ったということ？　では、智也は？　あの男はどうからんでいるの？

ひょっとして、彩子が気が乗らなかったのは、山崎智也と知り合ったせいではないのか？

「智也と出会ったのはいつ？」

「同じころ」

「ジャンヌに来たのね？」

彩子はその頃、熟女専門のピンクサロンで働いていた。

山崎智也は父から母のことを聞かされて、店を訪れたのではないか。それで、智也は彩子と恋愛関係になった。いや、智也は安全な住まいを求めて転がり込んできたというのが近いかもしれない。半年前に知り合ったなんてうそだろう。

父とちょっともめた、というのはどういうことだろうか。

彩子のことが信じられなくなった。まだ、なにか隠していることがあるように思えた。父のことについて、もっと知っているはずだ。もしかしたら。

彩子は今度の誘拐事件も山崎智也とぐるになっているのではないか。八〇三号室に出入りする親子連れのことも知っていて、それを見て見ぬふりをしているのではないか。

不安とともに、早希は腹の底で怒りと似たものがうずくのを感じた。幼女を連れて八〇三号に入ったタメナガという女の顔が彩子の顔にダブって見えた。

山崎智也は父になりすまして八〇三号を借りている？　父はいま、どこにいる？

これ以上、父のことを訊いてもだめだ。彩子にあの動画を見せてはいけない。

でも、どうすればいいのだろう。このままでは、なにもかもわからないままだ。

そのとき、携帯が鳴った。見ると智也の番号が表示されていた。

彩子が覗きこんできたので、トートバッグを手に店を出た。

呼び出し音がしつこく鳴っている。真実を知っているのはこの男しかいない。父のことを知るには、この男と話すしかないのだ。覚悟を決めて、通話ボタンを押した。

耳にそっと押し付ける。反応がなかった。しばらくそのままでいると、早希かとつぶやくような声が聞こえた。

「わたしだけど」

「行ったな？」

智也もクラークに出かけたのだ。テディベアを取りに。

「行ったって？　どこ？」

「しらばっくれるな。よこせ」

「だからなにを？」

しばらくして、ため息交じりの声が聞こえた。

「おまえ、自分がなにしてるのか、わかってるのか？　つべこべ言わずによこせって。でないと、ひどい目に……」

これ以上、智也の声を聞いていると、頭が変になりそうだった。

早希はオフボタンを押した。

この男では話にならない。そのとき、べつの考えが浮かんだ。

タメナガだ。あの女なら八〇三号室のことを知っている。

そう思うと、いても立ってもいられなくなった。あの子どもは無事に部屋を出られたのだろうか。あの部屋でどんなやつと会ったのだろう。なにをされたのだ。おおかたの想像はついた。北原奈月が殺されたのと同じようなことをされたのだ。

自分の娘に、そんなことを平気でさせるタメナガという女が腹にすえかねた。ひどい母親だと思った。母親でもなんでもない。ただの犯罪者だ。なんとかしなければいけない。思い知らせてやる。もう二度と八〇三号室のようなところに行かなくなるように。

自分でも気づかないうちに、早希はトートバッグの底にあるナイフに手をかけていた。

3

「そっちはどうだ?」

捜査一課の塩原が訊いた。

「いえ、なにも。そちらは?」

疋田は言った。

「ふたり出た」

奈月を見かけた住民がふたりもいる?

塩原はウサギとカメのサークルのあたりを指した。

「ひとりは三週間前の夕方。サークルの中でひとりで泥をこねて遊んでいたらしい。もうひとりは、二カ月くらい前の同じく夕方。サークルにしゃがんでいるのを見たと言ってる。そのときは大人の女もいたようだ」

「美紗子かもしれません」

「背を向けていたので、顔は見ていないそうだ」

「でも、目撃例が出たということは、やっぱりここに」

疋田はあらためて中層棟の建ち並ぶ一画に視線を送った。

交番の巡回連絡簿によれば、中層棟は六棟あり、ぜんぶで百八十戸。そのうち百二十四戸は名前もふくめて把握されているが、それ以外は空き室なのか、留守にしがちなのかわからないという。

「まだ、聞き込みをはじめたばかりだ」塩原が言った。「全戸に当たれば、もっと出てくるかもしれん」

そのとき、塩原の携帯が鳴った。仲間だと言いながら、耳に押し当てるのを見守る。

「……わかった。そっちに行く」

短く答えて塩原は電話を切った。

「疋田さん、あっちだ」

塩原は突き当たりにある高層棟を顎《あご》でしゃくった。

「5号棟？」

「あそこの二階の住民が妙なことを言っている。今朝の十時ごろ、父親を捜すとか言って女の子が訪ねてきたらしい」

「女の子？」

「高校生くらいの子だったそうだ。父親は八〇三号にいると言っていたみたいだ」

ひょっとしてマル対だろうか？　時間的に見れば、ぴったりだが。

「うちの部下が八〇三号室の前にいる。行ってみるか？」

塩原に言われて、疋田はすぐ承知した。

「八〇三号室は鍵がかかっていて開かない。人がいる気配がないそうだ。表札もないし住民の名前がわからない。管理人に鍵を開けさせるか？」

「管理人はいません。自治会代わりに、世話人というのがいますが、合い鍵を持っていません。鍵は都が指定した巡回連絡員というのが持っていると思います」

「巡回連絡員？」

「ここに常駐していないはずです。都内の都営団地を回っているみたいですが」

「そいつを呼ぼう。わかるか？」

「担当の電話を聞いてあります。電話します」

電話すると、折り返し巡回連絡員の杉浦《すぎうら》という男から返事が入った。

いま、たまたま同じ団地に来ているので、すぐそちらへ向かいますと言って電話は切れた。

疋田は、携帯で小宮と野々山に事情を話して、来るように言った。

一方通行の道路から階段を下り、5号棟前の広場に降りたった。ブランコや子ども用の遊具があるが人はいない。ここも一階は集会所だ。鍵がかかっており、中に人はいない。エレベーターホールにも人はいなかった。ウインチの巻き上がる音が不気味に静まり返った建物に響いた。塩原とふたりでエレベーターに乗り込んだ。八階に着いた。長い開放型の外廊下だ。プライバシーを重んじているのだろうか。各戸は少し引っ込んでいて、玄関は見えない。ずっと先に、ふたりの捜査員と交番の警官が立っている。歩きながら戸数を数えた。十四戸ある。音がしない。

八〇三号室前に着くと塩原が交番の警官に、八階の住民について尋ねた。

「半分は空き室だと思いますが、正確には把握できておりません」

かしこまって答える若い巡査のわきで、疋田はドアまわりを見た。

鍵穴のついたごくふつうのシリンダー錠《じょう》だ。インターフォンがあるだけで、中の様子がわからない。電気メーターの目盛りは112キロワット。極端に少ない。

小宮と野々山がやってきた。

「マル対がここに？」

小宮が口を開いた。

「わからないが、時間的には一致している」

続けて緑色の制服を着た男がやって来た。巡回連絡員の杉浦ですと名乗った。背の低い五十がらみの男だ。孤独死の問題もあり、入居者の様子がおかしいと判断した場合、鍵を開けて立ち入ることができる権限が与えられているという。

「この部屋の住人の名前は？」

疋田が訊くと杉浦はバッグからファイルをとりだし、名簿を確認した。

「えっと、アサガミツヨシさんですね」

疋田は杉浦が指をあてたところを見た。浅賀光芳と書くようだ。

「歳《とし》は？」

塩原が訊いた。

「この七月でちょうど五十歳です」

「以前、この部屋にきたことある？」

「いえ、ないです」

塩原が開けてもらおうかと声をかけた。

警官立ち会いのもとで鍵を開けることもあるらしく、杉浦が慣れた手つきで鍵を差し込んだ。

ドアが開いた。予想したとおり、人はいなかった。

狭い廊下の先に部屋がある。玄関に靴はなく下足入れも空だ。

塩原が疋田の顔を見て軽くうなずき、まずふたりだけでと言った。

手袋をはめる。

玄関を上がった左手はユニット型の洗面台と便座があり、玄関側に壁で仕切られた風呂場がある。風呂場との段差はなく、引き戸に手すりがついている。洗面台に歯ブラシのたぐいはない。

便座は洗面台の右手にある。ここを訪れた客は、どうやって用足しをするのだろう。

疋田は塩原が見上げているところに目をやった。天井にカーテンレールがついている。

「トイレの仕切りじゃないかな」

塩原が言った。

廊下から便座が素通しなので、天井からカーテンを垂《た》らしていたのだ。

何カ所かに留め具がついているが、カーテンはない。

いやな予感が増した。新宿御苑で見つかった北原奈月の遺体は、カーテンにくるまれていたのだ。

廊下の先は三畳ほどの板敷きのリビングだ。テーブルと椅子が二脚。流しにキッチン用品はなかった。ふすまを引くと、畳敷きのがらんとした四畳半が現れた。

年季が入った畳だが、さほどすり減ってはいない。サッシ窓の上にクーラーがとりつけられている。左手にローテーブルがあり、その横に三段重ねのリビングチェストが置かれていた。押し入れの上の壁に丸い壁掛け時計がかかっているだけで、ほかに家具と呼べるものはない。

アルミサッシの引き戸を開けて、ベランダを見た。隣室との仕切りは、コンクリートの戸境壁なので行き来はできない。まるで、コンクリートで固められた檻《おり》だ。外部と完全に遮断されている。

サボテンの鉢《はち》があり、可憐《かれん》な赤い花を咲かせている。エアコンの室外機から伸びるパイプを蜘蛛《くも》の巣がおおっていた。物干し竿もなければ雑巾《ぞうきん》ひとつない。あらためて屋内をふりかえった。

冷蔵庫もなかった。生活臭がない。

塩原が右手にある押し入れの戸を開けて中を見ている。

疋田はこの部屋にいる北原奈月と母親の美紗子の姿を想像した。そこにひとりの男を加えてみた。浅賀光芳という顔のない男だ。

美紗子はリビングにいる。部屋を出て団地の中をぶらつくかもしれない。奈月と男は畳の部屋だ。奈月は畳にすわるか、布団をしいて、その上で寝転ぶ。男は奈月に話しかけたり、お菓子やおもちゃを与える。そのあと、機嫌をとりながら、風呂に入ろうかとささやいて、着ている服を脱がしにかかる……。

リビングチェストの一番上の引き出しを開けてみた。たたんだタオルが入っているだけだ。その下のふたつの引き出しは空だ。となりにある白いローテーブルの上には、金属でひっかいたような傷が無数についていた。

リビングに戻っていった塩原に代わって、疋田は押し入れを覗きこんだ。

マットレス型の布団が一組置かれていた。新しい。その横に古新聞や雑誌類が積まれている。封筒や手紙はない。ふだん、人が住んでいなかったのだろうか。

男がここで奈月を殺したと仮定すれば、どこでどのような形をとるだろう。

疋田は古新聞の束に手をつけた。日付は今年と去年のものがまじっている。一番上にある新聞の表面に、赤っぽいものがついているのに気づいた。先月の二十日付、大手新聞社の朝刊だ。

それをとりだし、窓のそばで光を当ててながめた。三日月をふたつ重ねたような形をしている。じっと見入った。唇だ。しわのようなものが見えるではないか。

だとしたら……キスマークか？

殺された北原奈月の唇には口紅らしきものがついていた。口紅のついた唇をここに押し当てたのだろうか。

疋田は胸がざわついた。あらためて新聞紙を調べた。キスマークがついているところ以外、汚れていない。唇の形はくっきりしていて、唇の端に縦じわがあるが、中心部に横向きのしわが寄っているのだ。裏返すと右端のところに、うっすらと縦に長く二本の折れ目のようなものがついている。なにかに押しつけたのだろうか。

あたりを見た。それらしい痕《あと》がつくようなところはない。

疋田は北原奈月の身長を思い起こした。一一六センチだ。

リビングに戻り、そのあたりの高さの壁から見ていくことにした。茶色い壁紙なので、目をこらして見なければならなかった。

畳部屋に入って一畳分すぎたところだ。油のシミのようなものが浮かんでいるのをかろうじて判別した。畳から一メートルほどの高さだ。かすかに赤い。窓のほうに少し行くと、同じような斑点を見つけた。似たような斑点がリビングチェストのある方角へ二カ所ついている。

疋田はリビングチェストをあらためて見た。半透明のプラスチック製だ。上の面に四センチほどの縁取りがある。疋田は新聞紙の折れ目を縁取りに沿ってあててみた。はまるようにそこにおさまった。リビングチェストの高さは七〇センチほど。そのまま、上から押してみた。新聞紙と密着したまま、わずかに面はたわんだ。

疋田は悪寒《おかん》がした。北原奈月の顔をリビングチェストのふたに押さえつける人間の姿が見えたからだ。そこに置かれた新聞紙に、口紅を塗った奈月の唇が張りつくのを。奈月の息が止まるほどの力で、その人間は押さえた。奈月の後頭部をつかんで、適度な弾力のある面に吸いつくように。

シズ――ＳＩＤＳ。乳幼児突然死症候群。

それと似た死因を引き起こすなどとは夢にも考えずに。

奈月はその人物とこの部屋で遊んでいるうちに、危機的な状況に陥《おちい》ってしまった。遊びであちこちに口紅がつくはずがない。壁についた口紅の痕は、逃げまどう奈月の位置を正確にトレースしているように思える。犯人はこの部屋にいた。自分はいま、その姿をはっきりとらえたのだ。

やった人物は、ここに住む浅賀という男なのか？

怪物だと思った。自分たちが必死になって探している相手は、平気でこんなことをするのだ。

リビングにいる塩原に呼ばれた。

塩原は洗面所と風呂場を仕切る壁に顔を接するほど近づけている。

「これ、人血じゃないか？」

洗面台の横手だ。線で伝ったような灰色の跡が見えた。感嘆符の形をした跡もいくつかある。

「飛んでます？」

「のように見えるが」

飛沫《ひまつ》血痕だとしたら、遅いスピードで飛び散ったものだ。たとえば、壁際にいた人間が動脈を切断された場合などの。血が付着した凶器をふったときに飛び散ったとも考えられる。完全には拭《ふ》ききれず、残ってしまったようだ。ここで、なにが起きたのか？

「そっちはなにかあった？」

塩原に訊かれて、疋田は壁についた口紅の痕を教え、キスマークのついた新聞紙を見せた。


浅黒い塩原の顔に驚きの色が走り、疋田をふりかえった。

「ここの家宅捜索令状を取らないと」

疋田は黙ってうなずいた。

「奈月の口唇紋はとってあった？」

「本部にあります。これと合わせれば、本人かどうかわかるはずです」

「唇紋が読める鑑識員がいるな。本部鑑識から呼ぼう」

「ほかのモンも徹底的に取らないと」

その中で北原奈月と一致するものが出たら、ここが殺害現場として特定できる。奈月の司法解剖をした監察医を呼べば、死因がわかるかもしれない。

「疋田さん、私設私書箱はどうする？」

「張り込みは中止して、すぐ家宅捜索に」

「のほうがいいな」

警察がこの部屋に踏み込んだことを犯人側は察知したかもしれない。松本伸也名で保管されているものを持ち出されてしまう可能性がある。なにより、松本伸也に関する情報を一刻も早く手に入れる必要がある。

幹部たちが到着したらしく、表から岩井刑事課長の声がかかった。一足先に出ていった塩原に続いて疋田も部屋から出た。曽我部副署長は帰署したらしく姿はなかった。

塩原が岩井に報告するのを待って、疋田は小宮と野々山に向かい合った。

「係長、ここで北原奈月が殺されたとみていいんですか？」

小宮がいぶかしげな顔で訊いた。

「断言できないが、ひどく胡散臭《うさんくさ》い」

「血飛沫《しぶき》が飛んだ痕ってなんですか？　奈月ちゃんの身体に外傷はなかったはずだし」

野々山が言った。

「奈月の血とは確定していないぞ」

「さっきのマル対の女の子、この部屋に住んでる浅賀光芳とかいう人の娘でしょうか？」

と小宮が訊いた。

「わからない」

「小宮さん、問題はここでなにが行われていたかですよ。アリスのオフ会で小児性愛者の連中が言ってたんですよね。『箱根はすごい』とかって」

「オフ会じゃなくて、越智さんがネットで見た話だ」

疋田が言った。

「でも、その噂《うわさ》がここで行われていることに関係あるとしたら、想像を絶しますね。けだものだな、やつら」

「やだ、それから先、聞きたくない」

小宮が吐き捨てた。

この部屋は女児が小児性愛者と引き合わされる場として使われていたかもしれない。しかも、母親が自分の娘を連れ込んだ可能性があるのだ。ここで北原奈月が殺されたとしたら、母親の美紗子はその現場に居合わせたかもしれない。もしそうなら、誘拐云々《うんぬん》という最初の通報は、それらを隠蔽《いんぺい》するために行われたということになる。

一連の事件を背後で操《あやつ》っていたのが、この部屋の持ち主である浅賀という男だろうか？

浅賀は松本伸也の偽名で私設私書箱を開き、児童ポルノ写真の売買をしていた。売買の過程で我が子の写真を平気で売るような母親を知り、彼女らを脅しつけて、写真では飽き足らない顧客の要望に応じた。写真よりはるかに稼《かせ》げる本物の女児とのアバンチュールだ。

七日の金曜日、浅賀は赤羽の団地から北原母子を白のマーチで連れ出し、この部屋にいた小児性愛者と引き合わせた。だが、北原奈月はその人物に殺されてしまい、浅賀は遺体を新宿御苑に遺棄した。

事件が発覚するのを恐れた浅賀は、母親の美紗子を脅し、誘拐されたことにするから協力しろと抱き込んだ。浅賀は奈月を誘拐したという脅迫電話をかけ、ネットで川又良和を雇って身代金と人質の交換を演じさせた。それだけでは終わらず、良心の呵責《かしやく》に耐えきれなくなった北原美紗子を投身自殺をよそおって殺した……。しかし、浅賀は五十歳。

誘拐犯からかかってきた電話の声は、若い男の声だったような気がするが。

「折り紙のメモ、ここで奈月ちゃんが書いたんでしょうか？」

小宮が訊いた。

「奈月が殺されたときに着ていた服に残っていたあれ？」

奈月本人の手で、意味のわからない言葉が書き込まれていた。たしか、〝ふるみらい〟とあったはずだ。

「部屋にテレビやラジオはないんですよね？」

「ない」

「自分であんな呪文のような言葉を思いつくはずがないし……もしかしたら、犯人が言った言葉かしら」

「それを書いて、こっそりポケットにしまったということ？」

「犯人はメモに気づかなかったんじゃないかな。いつ、書いたんだろう？」

「犯人が見たとしても、意味がないから気にもとめなかったという線もある」

「どっちにしても、メモを見たとしたら、とりあえず捨てるような気がしますけど」

「それはまた今度にしよう。それより、吉沢亜美もここに来たと思うか？」

「来ていないと思います」小宮が答えた。「母親の貴子の態度です。ここのことを知っていたら、あそこまで素直に応じなかったと思いませんか？」

「だと思うけど、確かめないと。この部屋のことを当ててみろ」

「裏を取らずに？　いいんですか？」

「かまわん。ぶちかませ」

「やってみます。それから、なめこクラブのほかの会員から話を聞かないと」

「そっちも、すぐにかかってくれ。野々山もいっしょに行け。ここは一課にまかせよう」

野々山が悔《くや》しそうな顔をしたが、疋田はそれに答えなかった。

現場検証でなにか出てくるかもしれないが、一課の優秀な刑事たちが人海戦術でかかれば、浅賀光芳の身柄は早晩、確保できるはずだ。そうなれば、事件は解決に向かう。

「マル対の女の子の確保は？　そっちが優先するはずです」

小宮が言った。

「もちろんそうだ」

「私設私書箱は？」

と野々山。

「令状が取れ次第、おれとスエさんで家宅捜索に入る」

そこから、マル対の情報が得られるかもしれない。この部屋が〝現場〟と確定したら、すぐ、とりかからなければならない。

4

小宮真子が特捜本部に入ったとき、副署長の曽我部が窓とデスク席のあいだを行ったり来たりしていた。デスク席には担当の警部補がいるだけだ。曽我部は、なにをしに来たという顔で歩み寄ってきた。小宮は訊かれるより先に、戸山東ハイツ5号棟八〇三号室で見聞きしてきたことを伝えた。

「報告は来ている。捜査員は全員そっちに飛んで聞き込みにかかっているぞ。どうして加わらないんだ」

「八〇三号室に関して、なめこクラブの会員たちに当たれという命令で戻ってきました」

「誰の命令だ？」

「疋田務係長です」

曽我部の顔が一瞬ゆがんだ。意味がつかめていないかもしれない。

「だったら、どうして署に帰ってきた？　さっさと行け」

「行きますが、その前に片づけないといけないことがあります」

「副署長、お電話です」

デスク席から声がかかり、曽我部は慌てて幹部席の電話をとりあげた。

小宮は講堂の隅《すみ》に積まれた証拠物件の段ボール箱を見た。あの中に目当てのものがあるはずだ。箱のシールに、『ビデオほか』と書かれた段ボール箱を見つけた。デスク席の警部補に、調べますので持ち出しますとことわりを入れ、特捜本部を出た。

生活安全課の暖簾《のれん》をくぐって中に入った。保安係の窓口でベテランの館野《たての》巡査部長が、申請者相手に店の平面図を広げて、ちくりちくりとやっている。風俗営業の許可申請だ。新店舗の客室床面積の計り方を指導しているのだろう。

小宮は自席でノートパソコンを立ち上げた。段ボール箱の中から一枚のＤＶＤを抜きだした。

疋田係長が誘拐の身代金の受け渡し場所に指定されたサンシャイン広場の防犯カメラの映像をもらいうけてきたものだ。サンシャインシティ四階にある広場にとりつけられた防犯カメラで、六月八日土曜日の午後五時から午後八時までの三時間分が録画されているはずだ。一度、早送りで小宮も見ていたが、そのときは不審点はなかった。

マル対の顔をバスの中で目の当たりにしたとき、この子はどこかで見たことがあると思ったのだ。それも、この一週間のあいだに。誘拐事件が起きてからのことだ。

実物なのか、映像の中で見たのか、判然としなかった。もう一度映像をチェックするために、吉沢貴子への聞き込みは後回しにして署に戻ってきたのだ。

そのとき、弟の浩之から携帯に電話がかかってきた。

オンボタンを押して耳にあてた。

「あ、ねえさん、いまいい？」

「いいよ」

「退院のこと聞いた？」

「いつ？」

「あさって」

「わかった」

「あ、あさって、おれ、だいじな講義があるんだ。どうしても出ないと。ねえさん、病院に行ってくれるよね？」

「そんな、急に言われたって無理よ」

「いいじゃないか、退院のときぐらい面倒見てくれたって」

少しむっときたが、浩之の言うのももっともだった。

「仕方ないなあ」

「じゃ、たのむ」

小宮はため息をひとつついて、画面に目をやった。

再生ボタンを押すと、八分割された画面が映し出された。コンサートの準備作業をしているスタッフや誰もいない広場が異なった八つのアングルから撮られている。時折り、カメラの前を横切るスタッフの顔が大写しになる。

やはり、自分の思い違いだろうか。早送りすると、バックダンサーたちが現れてステージのうしろに立った。続いて司会者とともにウイングのメンバーが現れた。バックダンサーの所属先を司会者が告げたとき、おやと思い、その部分を巻き戻して再生した。

『……レインボー所属の』

と司会者は言った。

北原奈月と吉沢亜美あてに子役オーディション開催を知らせる通知が来た。オーディションの目的は、新人タレント研究生募集。複数の芸能プロダクションによる共同開催で、そのうちの一社にレインボーという会社が名を連ねていたはずだが。

少しずつ記憶がはっきりしてくるのを感じた。

作業を中断して、段ボール箱からほかのDVDをまとめてとりだした。ラベルに〝北原奈月通夜〟と書かれたものをパソコンに挿入《そうにゅう》して再生させた。通夜当日、祭壇の隠しカメラから撮った映像がはじまった。

最前列に北原美紗子とその母親の久枝がすわり、その後列に学校関係者とまじって小宮自身がいる。通路から焼香する人が現れては去っていく。焼香客の多くは美紗子にお辞儀をする。美紗子もそれに応じて頭を下げるの繰り返しだ。同級生の子どもたちとその母親がほとんどのようだ。途中から早送りにした。

やはり気のせいだろうかと小宮は思った。この場には自分もいて、焼香する人をつぶさにながめたのだ。ほかのＤＶＤを見るしかなさそうだ。そう思って停止ボタンに手がかかったとき、通路の奥からカーキ色のジャケットと黒タイツという、通夜の場にふさわしいとは言えない服装の女の子が現れた。色が白くて身体のわりに顔が小さめだ。祭壇に近づいて正面を向いたとき、小宮は一時停止ボタンを押した。

……マル対。

この子だ。

高校生だろうか。まだ制服を着ていてもおかしくないこの時間帯なのに私服だ。どうして、通夜に来たのだろう。小学一年生の奈月が高校生の友だちを持っていたとは考えにくい。親戚だろうか。

マル対は焼香の前後、北原美紗子がいるあたりに顔も向けないで会場から出ていった。焼香だけすませて、早々に立ち去ったという感じだ。美紗子もマル対に対して、注意をはらうそぶりはなかった。ふたりは知り合いではないかもしれない。でも、この子はなにかを知っている。事件の裏側を。

ここに映っているマル対の姿を関係者に見せれば、どこの誰かはすぐにわかるはず。小宮はネットでカラープリンターにつなげ、マル対の映像のカラー印刷ボタンを押した。

＊

せまい廊下を移動式ライトの明かりが煌々《こうこう》と照らしていた。その中で口唇紋《こうしんもん》が読める熊《くま》谷《がや》という鑑識員がルーペを目にあてて作業をはじめた。新聞紙に付着した口唇紋と北原奈月の遺体から採取した口唇紋の比較照合だ。大きさは両方ともほぼ同じ。

本物の口唇紋を見たとき、疋田は新聞紙についた口唇紋とくらべて、しわの形が食い違っているのに気づいた。他人のものかもしれないと思ったのだ。もし、そうならここが現場である可能性は低くなる。息をつめて見ていると、熊谷の口から、

「このふたつ、同一と見ていいです」

という言葉が洩れた。疋田はひとまず安堵《あんど》した。

「唇全体の寸法がほぼ一致しています。唇の四隅の紋理《もんり》も一致しているし。たとえば、このあたりですね」

熊谷が新聞紙にあるキスマークの上端右側をピンセットで指した。

「口唇溝がふたつに枝分かれしているのがわかりますか?」

上から覗きこんだ。たしかに、そうなっている。

「下側の口唇溝はどちらも五本あって、ほぼ直線です」

「しわの形が違うが、いいのか?」

熊谷に張りついている正木捜査一課長が、疋田の感じている疑問を口にした。

「これはしわではなくて、歯列弓《しれつきゅう》です。歯ぐきのところですね」

「歯ぐきがどうして?」

「唇を閉じた状態で上から強い力が加わると、内側の歯列弓が押されて唇に浮き出てきます。典型的な例ですよ」

熊谷は疋田を見上げて、

「疋田さんがおっしゃったとおり、誰かがこの新聞紙の置かれていたところに、マル害の顔を押し当てて、上から強く圧迫したと考えていいと思います」

正木が現場鑑識を続行中の八〇三号室を覗きこんだ。鑑識員たちは写真撮影と指紋と足痕の採取に余念がない。このあと、微物もふくめて部屋にある残留物はすべて持ち出される。

「あとはマル害のモンが出てきたら、確定だ。浅賀光芳はわかったか?」

正木が訊いた。

「総合照会かけました。前科なしです。まだ、生年月日以外、わかりません」捜査一課殺人犯捜査第五係の捜査員が答えた。「管理人もいませんので、区役所で戸籍を調べさせています。都の担当課にも捜査員を送って、当たっている最中です」

「早くしてくれよ。捜査はここに集中するぞ」

「了解。係員がこの棟のほか、近隣の聞き込みをはじめています」

正木は疋田をふりかえった。

「高田馬場の私設私書箱はどうだ？　令状は下りたか？」

「下りました。部下が現地に向かっています」疋田は答えた。「わたしもそちらに行きます」

「なにかあれば、すぐ報告しろ」

「了解しました」

疋田はそう答えると、現場をあとにした。

5号棟を出て、大久保通りでタクシーを捕まえた。午後四時になっていた。行き先を告げたとき携帯がふるえた。小宮からだ。オンボタンを押して耳に押し当てた。

「マル対、わかりました」

小宮は興奮した口調で言った。

「北原奈月の通夜に来ていました。ビデオにしっかり映っています。水島早希という女子高生。水に島。早い遅いの早に、希望の希です。住まいは葵ヶ丘団地のB17号棟、二〇三号です。通夜で受付をしていた主婦に尋ねたら、すぐでした」

「え、もう？」

マル対は赤羽住まいなのか？

「北原美紗子と同じ葵ヶ丘団地です。いま、B17号棟の近くまで来ました」

「そこは北原の棟と近い？」

「美紗子の住まいは団地の北はずれ。B17号棟は、そこから南西方向に四〇〇メートル」

「知り合いだったのか？」

「どうでしょうか。通夜であいさつはしていませんけど」

通夜に参列したのは奈月が通う小学校の友人と保護者が大半だった。女子高生の姿は見かけなかった。

「水島早希は離婚した母親とふたり住まいのようです。旧姓は浅賀です。遠浅の浅に謹賀の賀」

「なに？　浅賀？」

「はい。浅賀光芳という男と離婚しているようです。交番の巡回連絡簿に記載がありました。どうしますか？」

八〇三号室の男ではないか。

「誘拐事件の聞き込みだと言って、しらばっくれて訪ねてみろ」

「いいんですか?」

「かまわない。責任はおれが持つ」

「先に吉沢貴子に当たってみますか?」

「それはあとで。当たってから、野々山と手分けして、水島早希の家族状況を調べてくれ」

「人手が要ります。なめこクラブの聞き込みもあるし」

「捜査一課長に応援を要請する」

戸山東ハイツの聞き込みから、十名ほど削ってもらうしかないだろう。

「すぐ行け。飛ばれたらまずい」

「わかりました。早希の写真をメールしますから」

一課長にも報告しろと命令して、疋田は携帯を切った。

疋田は興奮した。自分たちが追いかけたマル対が北原家の間近に住んでいたとは。

5号棟八〇三号室がますます怪しい存在に思えた。あの部屋で、北原奈月が殺害されたという思いが確信に近づいた。そして、水島早希という女子高生は、父親と会うために八〇三号室を訪れたという。浅賀光芳は離婚して、水島早希と別々に暮らしていた。

早希という娘は父親を捜し歩いていた。そして、きょうになってとうとう、居所を見つけたのではないか。

メールの着信音がした。小宮から写真が送られてきた。開くと、ショートボブで色白の女の子の顔が写っていた。グラシア高田馬場にやってきた子だ。

彼女は北原家と同じ団地に住んでいる。どこかで、つながりがあるに違いない。水島早希という女子高生を調べれば、もっとなにか出てくるはずだ。疋田は携帯のモニターに見入った。

べつのメールが届いている。ショートメールだ。一時間前、八〇三号室を調べていたときに届いたらしい。見知らぬ携帯の番号が表示されている。誰だろうと思いながら、選択ボタンを押した。


〈お父さん？〉


たったそれだけの文面。

疋田はまじまじと見入った。

お父さん？……

胸が高鳴るのを感じた。

……慎二？

きっと、そうだ。そうに違いない。

ただちに返事を入力した。

〈そうだよ、お父さんだよ〉

送信ボタンを押す。

温かいものが胸にあふれた。

土曜日の晩、やっぱり、慎二は駅に迎えに来てくれていたのだ。

その番号を慎二の名前で新しく登録した。

何度も読み返しているうちに、グラシア高田馬場の前に着いた。末松があたりをうかがっている。疋田はタクシーを乗り捨てた。

「フダは下りたか？」

疋田は訊いた。

「北原奈月の名前を出したら、あっさりね。行きますか」

末松が合図すると、ジュラルミンの鑑識セットをさげた赤羽署の鑑識員がふたり現れた。

疋田は末松に携帯に送られてきた水島早希の写真を見せ、説明した。

それがすむと、グラシア高田馬場の一階にある鉄扉《てっぴ》を押し開き、四〇二号室のインターフォンを押した。男の声ですぐ返事があり、疋田は警察の家宅捜索ですと告げた。男は上ずった声で、「あ、どうぞ」と答えた。

四〇二号室は表札が出ていなかった。ロックが解除されていて、押すとすぐ開いた。ボックスが三通り並んでいて、奥にあるカウンターから四十がらみの背の高い男が出てきた。令状を見せて名前を訊くと、男は店長の米村《よねむら》ですと答えた。

大家から警察が調べていることを聞かされていないようだ。

〝松本伸也〟で登録されているボックスを教えてほしいと告げると、米村はカウンターに戻った。末松がそのあとをついて、米村とともに割り振り表を見た。窓際の通路に入った。場所がわかると末松が一足先にカウンターから出てきて、窓際の通路に入った。

「ここ？」

末松が鉄製のボックスをさして訊いた。松本伸也の名札が貼られている。

「あ、はい、そこです」

末松は手袋をはめ、米村から渡されたマスターキーを使って、ボックスの戸を開けた。中は空だった。鑑識員に指紋採取をするように命じて、疋田は米村をカウンターに連れ戻した。

「米村さん、ここって私設私書箱だよね？　事業者番号は持ってる？」

私設私書箱は犯罪収益移転防止法の適用業種だ。警察が把握している事業者には事業者番号を与えているが、そうでなければ事業者番号は持っていない。もぐりと同じことになる。

「いただいてないですね、はい」

米村は身体をちぢこまらせて答えた。

「そう硬くならなくてもいいよ。きょうはそっちの摘発じゃないから」

末松に言われて、米村は安堵したような表情を浮かべた。

疋田は末松にまかせてやりとりを見守った。

「えっと、それでね。この松本伸也なんだけど、どんな人？　登録したときの書類あるかな？」

「あ、そこはライフサイクルさんのボックスになりますけど」

「なに、それ？　法人？」

「はい、ライフサイクルさん名義のボックスということになります」

「開設したのはいつ？」

米村はカウンターにある引き出しの中から、一枚の契約書をとりだして、末松の前に置いた。

契約者名は有限会社ライフサイクル。個人名の記載はない。住所は新宿区下落合《しもおちあい》一丁目となっている。この近くだ。開設日は二年前の三月二日。固定電話の番号が記入されているが、携帯の番号はない。個人名を伏せたくて、法人登録した意図がありありだ。

「届出人の名前はありますか？」

「書類はそれだけになりますけど」

「ここの費用は？　口座引き落としじゃないの？」

「山崎さんから年払いの現金でいただいていますが」

「山崎さんって、このボックスを使ってる人？」

「はい」

「その人の写真とかは？」

「ありません。プライバシーの保護が優先という立場なものですから」

末松は困惑した顔で、

「この固定電話にあなた、かけたことある？」

「いえ、ないです」

「ここに届いた品物の転送サービスとかしてないの？」

「お客さんによっては、サービスしますが、山崎さんは転送サービスをしたことがありません」

「いつも取りに来ていたということだね？」

「はい。きょうの午前中も見えられましたし」

「午前中に来た？」

末松は疋田の顔を見やった。

「何時ごろ？」

「十時ちょっと過ぎだったと思います。妹さんが帰られたすぐあとに」

妹と聞いて、また末松が疋田をふりかえった。たぶん、マル対の水島早希だ。

「妹さんてこの方？」

疋田が携帯を開いて水島早希の写真を見せると、米村はそうですと答え、彼女は松本伸也あての荷物をよく取りに来ると付け足した。

「きょうもなにか持っていったの？」

末松がとぼけて訊いた。

「大きな銀色の包みを持っていったと思います」

「ほかには？」

「わからないですけど、たぶんぜんぶ持っていったと思います。そのあと山崎さんが来て、テディベアはなかったか、と訊かれました」

「テディベア？　あの熊のやつ？　一足早く、それを妹さんが持っていったんだ？」

「かもしれません。山崎さんはなにかこう、とり乱した様子で。あのガキとか、言ってましたから」

「妹さんのことを？」

「そう聞こえたんですけどね」

末松がバックパックからビデオカメラをとりだして電源を入れた。グラシア高田馬場の人の出入りを記録するため、録画していたものだ。

モニターを見ながら再生して、十時前後のところまで巻き戻した。中肉中背の男が一階にある百円ショップの前を通り、グラシア高田馬場に入っていく映像が流れた。末松は巻き戻して、男の横顔が映っているところで画面を停止させ、米村の前に持っていった。

「あ、そうです、この方。山崎さんです」

「間違いない？」

「山崎さんですよ。間違いないです」

疋田は末松の肩に手をあてた。

これ以上、ねばっても得られるものはない。水島早希を調べれば、山崎という男についてなにか出てくるはずだ。山崎が映っているこの画像を、小宮たちに送らなければ。

5

リビングとダイニングキッチンの戸をはずし、ワンルーム使いにした居間は、気持ちいいくらい広々としていた。銀行員をしている里奈の父親はいつも不在だが、きょうは出窓の前の籐椅子《とういす》に腰かけて夕刊に目を通している。

丸みを帯びた木のテーブルには、里奈の母親のお手製の中華料理がところ狭しと並んでいた。二週間に一度くらい泊まりに来るのだが、今晩は特別豪華なような気がする。

「ねね、早希ったらさぁ、彼氏にふられたんだよお」

里奈が知ったかぶりの口調で言う。

早希は反論しなかった。

「そう、じゃ体力つけないとね」

上品な顔立ちをしている母親が、トマトと鶏のサラダが盛られた大皿から早希の取り皿に分けてくれた。

「がっつり行ってよ」

早希は礼を言うと、マヨネーズを酢でのばしたタレをかけた。

洋風とも中国風ともつかない変わった味わいが、口の中に広がった。ひとくち噛《か》むと、食欲が湧《わ》いてきた。父親が食卓に加わって、賑《にぎ》やかになった。

早希は白菜の甘酢炒めに手をつけた。ゴマ味が効いていて美味《うま》かった。鶏のササミのあんかけが辛くて、箸《はし》がすすむ。どうしてだろう、と早希は思った。きょうの昼までは食欲がなかったのに。

あのタメナガという女のせいかもしれない。なにか仕返しをしないといけないと思ったとたん、急に元気が出てきたのだ。なんとしても、タメナガから父の情報を引き出してやる。あの女はきっと知っている。

早希は箸を休めないで、彩子や父親のことを考えた。そこに山崎智也の顔が割り込んでくる。

二年前、彩子が父親と再会したとき、ちょっともめたというのが気になった。そのもめごとがなければ、自分たちも、この家と同じように三人でいっしょに住んでいたのだろうか。

ポケットのスマホがまたふるえた。智也からだ。すぐ拒否する。

テディベアが欲しくて仕方がないのだ。いい気味だと思った。あれさえ持っていればどうにかなる。またスマホがふるえた。

「ねえ、早希ったら、鳴ってるよ」

里奈に気づかれて、早希は廊下に出た。スマホのオンボタンを押す。

「チクってないだろうな」

智也の押し殺した声が洩れた。

「なにを？」

智也は舌打ちした。

「……見たくせに」

智也はわたしが、テディベアを横取りしたことを見抜いている。たぶん、その中に仕組まれた映像を見たことも。

「なんのこと？」

「サツカンにバラしたら、どうなるかわかってるな？」

「言ってる意味わかんない」

「おやじと会いたいんだろう？」

どうしてそのことを智也が知っているのだろう。彩子が教えたのだろうか。ふたりはいま、いっしょにいるの？

「聞いてるのか？」

なにもかも、智也はわかっている。こっちだって抵抗するしかない。

「奈月だけじゃなくて、母親も殺したんだよね？」

早希は言った。

「…………」

「ねえ、聞いてる？」

「だったらどうする」

やっぱりそうだ。

「八〇三号のこと、知ってるからね」

「……行ったのか？」

「北千住会館も行ったわよ。あんたが人形を改造してることも知ってるんだからね」

市販の女の子の人形に手を加えて、ワイセツな形に仕上げているのだ。

相手がひるんでいるのが感じられた。

「アヤさんが赤羽のジャンヌにいること、お父さんから聞いたんだよね？　それで、こっそり会いに行ったんだ。それで、アヤさんにうまいこと言って、うちに転がり込んできて。あんた、お父さんの部屋でなにしてんの？　お父さんはどこ？」

ぷつんと通話が切れて、つながらなくなった。

＊

小宮と野々山が乗るセダンは、B17号棟の北にある特養ホームの駐車場に停《と》まっていた。疋田は末松とともに、後部座席に乗り込んだ。

「城攻めでもするのかよ」

末松が山のように置かれたレジ袋の中を見た。

おにぎりや菓子パン、缶コーヒーやバナナなどどっさりつまっている。

「もちろんですよ。この手で挙げさせてもらいますから」

運転席の野々山が水島家が入居している棟をさした。二棟先の中層棟だ。

四人が乗ると、狭い車内は人いきれで暑くなった。疋田は窓を全開にした。

「まだ、ホシとは決まってないぞ。ほかの配置は？」

疋田が訊いた。

「17号棟を囲む形で、一課が二台、本部車が三台。それとここ。うちが一番近い位置取りです」

「一本もらうぞ」

末松が缶コーヒーに手を伸ばした。

「女子高生は帰ってきたか？」

疋田が身を乗り出して訊くと助手席の小宮が前を見たまま、「誰もいません」と答えた。

ふと、ラベンダーの香水の匂いが鼻先に漂《ただよ》った。月曜の香水と違うなと疋田は思った。

今晩、小宮は婚活パーティに出かけるのだろうか。

「いつからここに？」

「一時間ほど前から」

小宮と野々山が水島家を訪ねたのは午後四時半。人はおらず、それから三時間がすぎている。念のため、ライフサイクル社について調べたが、やはり実体のないものだった。

「そのあと、誰も帰ってこない？」

「来ません」

「水島早希について、なにかわかったか？」

「高田馬場にあるフリースクールに通っているということだけです。母親は水島彩子三十八歳。赤羽駅東口のフローラっていう美容院に勤めてます」

野々山が答えた。

「そっちは行ってみたか？」

「もちろん。店長に訊いたら、昼すぎに娘が来て、そのあと午後は休むといって、そそくさと帰ったそうなんですよ。店長、むっとしてましたけど」

「娘？　早希か？　いっしょに出かけたんだな？」

「一度店に帰ってきて、また出ていったらしくて。そのあと、戻って来ないようです」

「母親の彩子ってどんな女だ？」

「仕事の腕はまあそこそこで、愛想がいいらしくて。得意客をけっこう持っているということです」

「その店に長いこといる？」

「二年前から。そのまえは、熟女専門のピンクサロンにいたそうです。そっちも行ってみましたが、もう潰《つぶ》れていて、いまはセーラー服専門のイメージクラブ店になってます。係長、八〇三号室からなにか出ましたか？」

野々山が興味津々の顔で訊いてくる。

「北原奈月の指紋が出た。たったいま、連絡が入った」

疋田が言った。

「出たんですか？」

小宮が驚いて、うしろをふりかえった。

きょう一日、動きづめだったので、疲れた顔をしていた。自分もそうだろうかと疋田は思った。

「監察医が臨場して調べた。正式な死因は、『鼻口部閉塞による窒息』に確定した。あの部屋が殺害現場だ」

疋田は答えた。

「ほかの残留指紋はありましたか？」

ふたたび野々山が訊いた。

「採取している途中だが、ぼつぼつ見つかっている。順次、鑑識が本部に持ち帰って指紋照合システムにかけている」

「奈月の頭髪に付着していた白い粉、覚えてるか？」末松が言った。「あれと似たのが見つかったそうだぞ。畳のあいだや部屋の隅から」

「塩ビのプラスチックの粉？」

「粉といっしょに、なにかを削ったような細かいものも見つかった。科捜研で大至急、分析をさせている」

「八〇三号室の持ち主は浅賀光芳？」

小宮がバックミラー越しに疋田を見つめた。

「そうだ。水島早希の実の父親に間違いない。十年前に早希の母親と離婚した。それから、ずっとチョンガーらしい」

「じゃ、娘は父親の家を訪ねたということですね？　でも鍵がかかっていて入れないからって、管理人なんか呼ぶでしょうか？」

「そのあたりはわからん。二年前まで、浅賀光芳は同じ団地の12号棟にある家族向きの2DKに住んでいて、そこからいまの部屋に移ってきたらしいんだ」

「離婚した家族といっしょに？」

「いや、ずっとひとり。八〇三号のこと、吉沢貴子に当てたか？」

疋田はまた身を乗り出した。

「行きました。知らないって言い張られて」

やはりそうかと疋田は思った。八〇三号室のことを知っていれば、素直に尋問《じんもん》には応じなかっただろう。我が子の写真を売ったにしても、実際に行為に及ばせるような母親はそうそういないだろう。

「それと、一課が近所で聞き込みをしたんですけど、水島家には男性の同居人がいるようなんです」

「同居人？」

野々山は疋田が送った山崎の顔写真を、携帯のモニターに映した。

「こいつです」

「愛人のようだとか。この山崎のこと、吉沢貴子が知ってましたよ」

疋田は小宮が放った言葉に驚いた。

「山崎を知ってるって、どういうことだ？」

「なめこクラブで一度見かけたことがあるって」

「布絵本のサークルに？」

「貴子さん自身、子どもが大きくなって参加する回数が減ったし、その人と直接、話をしたこともないから、くわしいことは知らないということですけど」

「なめこクラブって、男も参加するのか？」

末松が訊いた。

「少ないけど、いるみたいです」

「名前は山崎で間違いないな？」

「そう呼んでいたそうです。下の名前は知らないということですけど」

「この山崎、八〇三号室を知っている可能性がありますね」

　末松は疋田に言った。疋田も同感だった。

「スエさん、白いマーチあったな？」

「ええ。あれに乗っていたのが山崎だったという線もあるんじゃないですか？」

「なめこクラブを通じて、北原美紗子と知り合いになったかもしれない」疋田はしばらく頭を整理してから、切り出した。「ひょっとして、山崎は八〇三号室のコーディネート役か？」

「児童ポルノのブツを売り買いするようなやつですからね。売るほうも買うほうもごっそり情報を持っているだろうし。娘を売ってもいいっていう母親を抱き込んで、あの部屋に連れ込んだとしてもおかしくないじゃないですか」

　吉沢貴子がネットで我が子の写真などの取引をした相手も、この山崎ではないか？

　小宮が疋田をふりかえった。

「山崎が本ボシでしょうか？」

「山崎がコーディネーターだとしたら？　商品に手を出すかな？」

「じゃ、やっぱり客……」

　つぶやきながら小宮は、身体を前に向けた。

　山崎という男は、何者なのか。水島早希の母親と愛人関係にあるという。しかし、母親の連れ子にあたる水島早希は多感な年代だ。うまくいっていないかもしれない。山崎が早希のことを罵《ののし》るような言葉を吐いたからだ。両者は私設私書箱に届いた荷物の取り合いをしているようにも見受けられる。どちらにしても、水島早希は山崎の汚い仕事の中身を知っているだろう。

「スエさん、例の薬局に行ってみる？」

疋田は言った。

葵ヶ丘中央商店街にある薬局だ。男が運転するマーチに乗り込んだ北原美紗子と奈月を目撃した主婦がいる。車体を叩《たた》く音がしてふりかえると、銀縁メガネをかけた中年の男が覗きこんでいた。捜査一課の捜査員だ。

「おたくさんら、無線切ってるだろ。帰署してくれ」

疋田は目をむいた。

「いや、まだ、仕事が残ってますから」

「おれの命令じゃないよ。副署長からだ。伝えたよ」

捜査員は窓枠をぽんと手で叩くと、自分のクルマのほうに去っていった。

6

疋田は帰署すると、部下とともに特捜本部へ上がった。午後八時をすぎていた。戸山東ハイツで聞き込みをしていた捜査員のほとんどが帰っていた。異様な緊張感と熱気があふれている。捜査員に向かって捜査一課長が矢継ぎ早に指示を出し、デスク席の主任も甲高い声で電話で話している。取り巻いている捜査員たちは、興奮した顔付きでそれぞれの作業にかかっていた。

疋田は岩井刑事課長に山崎某のことを話した。私設私書箱の借り主だったこと、誘拐事件発生当日、山崎が北原美紗子と奈月をクルマに乗せたこと。そして、水島早希の自宅に同居していることを。山崎の写真を見せると、岩井は一瞥《いちべつ》をくれただけで、べつの捜査員に割り込まれた。

どうしたのだと疋田は思った。あらためて講堂の中を見やった。重要な報告のはずだが、関心を寄せる捜査員はひとりもいなかった。幹部席にいる曽我部副署長に同じ報告をすると、曽我部は、「もう、わかってるって」と言った。

耳を疑った。

「山崎智也三十六歳、強盗傷害の前持ちだ。住所不定。北原奈月誘拐殺人事件の重要参考人として、指名手配をかけた」

曽我部はわきにあるホワイトボードをさした。ヒゲの薄い三十代半ばの男の写真が貼られている。

「八〇三号から、けっこうな数の遺留指紋が出た。片っ端から指掌紋自動識別システムにかけていったら、そいつのモンと一致した。誘拐犯が映っている防犯カメラの映像を解析したら、どんぴしゃだ」

指掌紋自動識別システム、略してエイフィスには過去に検挙された犯罪者の指紋と掌紋がインプットされている。照合すれば一致する指紋が簡単に検出されるのだ。

「浅賀光芳は?」

「そっちも、指名手配ずみだ。ふたりを捕《と》れば、ジ・エンド。疋田、もういいぞ」

「水島家の張り込みは?」

「足りてる。捜査から離れろと言ってるんだ」

「水島彩子は見つかったんですか?」

「美容院の聞き込みは終わった。水島早希が通っている学校の聞き込みもだ」

「水島彩子と早希も、重要参考人になると思います。もっと、掘り下げた捜査をするべきですが」

曽我部は講堂に目をやった。

「見ろよ、このざま。いまは浅賀と山崎の身柄確保で手一杯だろう。ほかはあとまわしだ。言われたとおりにしろ。あとは一課の皆様の出番だ」

従う気はなかった。まだ、わからないことが多すぎる。八〇三号室に来ていたはずの本犯《ホンバン》はどうするのか。

部下とともに講堂にいる捜査員たちのあいだを歩いた。山崎智也と浅賀光芳の立ち回り先の話ばかりだ。

デスク席で、塩原警部補がノートパソコンと向かい合っていた。プリントアウトされた表を見た。八〇三号室の押収品一覧表だ。白い微物が記されていて、鑑定済みという説明書きが入っている。それについて塩原に訊いてみた。

「そいつはパテだ。接着剤と混ぜてプラモなんかの肉盛りや切削《せっさく》に使うんだそうだ」

「プラスチックモデルの？」

「マニアが既製品を改造するときの必需品だそうだよ」

疋田はアリスのオフ会で会員が持っていたビキニ姿の女のフィギュアを思い出した。あれは市販の人形から改造されていたはずだ。山崎は八〇三号室で、人形の改造作業をしていたのではないか。それが床に落ちて、北原奈月の頭髪に付着したと考えられないか。

「それと、八〇三号室の壁にあった血の痕、人血に間違いなかった。男だ。しかも、ごくまれなRhマイナスB型。風呂の排水口に成人男子の頭髪がけっこうたまっていて、それをもとに血液検査をしたら両者は一致した」

「じゃ、浅賀光芳の血？」

「その線が強いな」

部屋の主《あるじ》にいったい、なにがあったのか？

「山崎に殺されて部屋を乗っ取られた？」

「その可能性は否定できないが、ふたりの間柄からすると、どうだろう」

「間柄というと、ふたりには接点があった？」

「北千住のシェアハウスだ。浅賀光芳の前住所をたどったら、そこに山崎も住民票をおいていた。ふたりは仲がよかったらしいんだ。水島早希も来たそうだ」

「早希も？　いつです？」

「先週の木曜日と土曜日の午後。父親のことをしつこく訊かれたらしい」

オフ会に参加していたときだ。

「そうそう、浅賀光芳は携帯を持ってるみたいだぞ」

「携帯？」

「戸山東ハイツって、一人世帯が半数を超えてるのは知ってるか？」

「ええ、のようですが」

「万一の用心に、一人世帯は緊急連絡表を書く決まりになっているそうだ。それに携帯の番号が書かれてあった。これだ」

塩原は緊急連絡表の写しを疋田に見せた。携帯の番号が記され、その下に見守る会と記入されている。

「見守る会？」

「介護サービスをするNPO法人のようだな。折りたたみ式の携帯を一日一度開くと、このNPOに自動でメールが届くらしい。無事を確認するための見守り携帯と言っているみたいだ」

まだ浅賀は五十歳のはずだ。ひとり暮らしで不安を感じる年代ではない気がするが。

「この携帯の会社へ行って、携帯の位置確認をさせているが期待できん。電源を切ってある」

野々山に呼ばれてふりむくと、サイバー犯罪対策課の越智が立っていた。

「大金星ですね」

丸い顔に笑みを浮かべて言った。

越智から見れば、疋田のクラークへの張り込みが事件解決の突破口になったように映るのだろう。

「もらったネタのおかげだよ」

「その話はここだけということに。疋田さんもさんざんな目に遭わされたことだし」

疋田は捜査から外されることを話した。

「これからっていうのに、それはないですよ」越智は不服そうに言った。「ジュンを見たってほんとうですか？」

「あと少しのところで逃げられた」

「ジュンと聞いてピンときたんですが、八〇三号室ってアリスの連中の拠点になっていたんじゃないですか？　ジュンはそこへ行く途中で疋田係長と出くわして、泡喰って逃げ出したと思ったんですけどね」

疋田もそのことは考えていた。

「連中の言っていた〝箱根〟は八〇三号室ですよ。疋田係長、このヤマが片づいたら、芋づる式にアリスの奴らを検挙できます。すごいじゃないですか」

「越智さん、例のやつ」

野々山が急《せ》かせると、越智はデスク席に疋田を連れていった。八〇三号室の押収品が入った段ボール箱の中から、丸い壁掛け時計をとりだした。電池式のありふれたものだ。

「ここ見てください。ちっちゃな穴があるでしょ」

越智は時計の文字盤の12のところを指さした。文字の上に小さな穴がある。

「これって、ピンホールカメラ用の穴です」

越智は時計を裏返しにした。12の裏のあたりだ。上下二カ所にねじ穴があった。その左にガムテープをはがしたような痕もある。

「この二カ所の穴はマイク内蔵のカメラ本体がとりつけられている場所です。いまはとりはずされてますけど。ガムテープの痕は、ここに小型録画機を貼りつけてあったんじゃないかと思います」

「盗撮していたってこと？」

「四畳半全体を撮影できます。カラーで二十五万画素くらいある映像だから、顔もはっきり映ります。スイッチを入れると一定時間録画する方式のやつを仕込んでいたんじゃないかと思うんです。心当たりはないですか？」

「八〇三号室で遊ぶ連中を盗撮して、児童ポルノの動画映像として売るとか」

「映っている側のリスクが高すぎてとても使えないでしょう。残された使い道としては……」

「脅し？」

越智は真顔でうなずいた。

だとすれば、盗撮映像が山崎と本犯とのあいだで、駆け引きに使われている可能性もある。

疋田は三人の部下の顔を見やった。三人とも、これでは引くに引けないというような顔をしている。疋田も同じだった。このまま捜査をやめる気はまったくなかった。しかし、不安も大きかった。特捜本部をはずれてしまえば、捜査情報が入ってこなくなるからだ。本犯にたどりつく手がかりを得ることができない。

「山崎智也のことは聞いたな?」

三人に確認するとみな、うなずいた。

「山崎を一点突破する腹だ。やつさえ見つければすむと思っている」

「水島家を張り込んで? もう帰ってこないと思いますよ」

末松が言った。

「おれもそう思う。なにか、ないだろうか?」

「水島彩子と早希の関係者の聞き込みは? 終わったと言っているようですけど、足りないですよ」

「ヤサの張り込みで充分だと思っている。でも、おれはもう一度、ふたりの関係者へ当ったほうがいいと思う。まず、水島彩子の周辺を調べようと思うがどうだろう」

「やってみますか」

末松が言った。

「明日、例の子役のオーディションがありますよ」

小宮が言った。

「吉沢貴子の子どもが出るのか?」

「出ないと言っています。でも、行ってみるべきではないかと思うんです」

「どうして？」

「北原奈月がもし生きていたら、行っていたかもしれませんよ」

「関係ないと思うが」

「ホシが身代金引き渡し現場に指定した池袋サンシャインの四階広場のことで。あの日、ウイングのコンサートが開かれていたじゃないですか。あのときのバックダンサーの所属先が明日のオーディションを主催するうちの一社だったんです。それで、ちょっと気になって」

「なんという会社？」

「レインボーです。アリスのホームページにバナー広告を出していた会社だし」

アリスの話が出て、疋田は興味をそそられた。

「明日の何時からだ？」

「午前十一時から。貸しスタジオのビレッジ新宿で。実際は書類選考に残った子どもたちの二次オーディションになりますけど」

「一般も入れるのか？」

「公開ではないですけど、事前に見学の申し出をすればオーケーです」

「行ってみるか」

話を聞いていた越智が口を開いた。

「アリスのホームページ、管理者に当たってみますか?」

胡散臭《うさんくさ》いホームページだ。捜査事項関係照会書を持っていったところで、話をはぐらかされるに違いない。捜査令状がなければホームページの持ち主はわからないだろう。

「令状請求できる?」

「なんとでも口実を作ります」

「頼む。スエさんと野々山は引き続き水島彩子の聞き込み。例の熟女クラブ、保安の館野に訊けばなにか出てくるぞ」

同じ生活安全課の館野は、風俗営業許可を担当するベテランだ。陰で赤羽の風俗王と呼ばれている。実弾もふところにしているという噂だ。

「了解」

「なにかあり次第、連絡をくれ」

*

夜のとばりが下りていた。後部シートに深々と沈んで、本条洋介《ようすけ》はその建物に目線を送っていた。B17号棟の半分ほどの部屋に明かりがともっている。二階の二〇三号室のあたりは闇だ。あの部屋に住み着いている男は帰ってくるのか、来ないのか。居留守を使っているわけでもあるまいに。

北原美紗子の責任は自分が取ると申し出た山崎を信用した自分が馬鹿だったのか。いますぐクルマから降りて、あの部屋に住む人間をこの手で引きずり出したかった。しかし、それはできない。団地内の広い車道の角ごとに、セダンやワゴン車が停まっている。警察車両だ。

戸山東ハイツのあの部屋をなぜ警察が知ったのか。ジュンのせいだろうか。

ほとぼりが冷めるのを待って、部屋の後始末をさせるためにジュンを送り込んだのが裏目に出てしまった。それにしても、警察はなぜ、先回りして団地に張り込んでいたのか。考えられることはひとつ。山崎が警察にチクったのだ。

昨夜の不手際を思い出すたび、腹の虫がうずいた。連絡に応じなくなった山崎と話をつけるために、わざと八〇三号室に出向くと伝えた。女の子を用意しておけと命令したのだ。山崎がそれに応じたという知らせは会長室で聞いた。

問題はそれからだ。いつもなら山崎は親子を連れて部屋まで来る。なのに、昨夜は来なかった。下で待機させていた松永によれば、山崎は母親と女の子を降ろすと、呼び止める間《ま》もなく消え去ってしまったという。

もうひと押しすれば、山崎の手から、あの動画を取り戻すことができると思っていた。

それがどうだ。山崎はかたくなに拒むようになった。

もともとは、ジュンの紹介で知り合った男だ。カネさえ与えれば、どんな要求にも応じる重宝な存在だったのだ。しかし、それがどうだ。どうして、やつはあれほどまでに、自分たちを避けるようになったのか。

「松永」本条は運転席にいる男に呼びかけた。「私書箱はどうだった？　わかったのか？」

「思ったよりガードが堅くて」

「山崎の名前は出してないだろうな」

「めっそうもありません。ためしに私書箱を開設して、セキュリティは大丈夫かと訊いてみただけです。そのあいだに、ボックスをチェックしましたが、それらしいのが見つからなくて……」

山崎が私書箱のことを吐いたのは先週の土曜の晩のことだった。松本伸也という名でボックスを借りていると。まさか、別名で借りているとは思わなかった。致命的なミスだ。だが、ボックスさえわかれば、難癖をつけて中身を取り出すことができたはずなのだ。

「水島早希はほんとうに取ってくると言ったのか？」

「言ったように見えました」

「見えましただと？」

本条は運転席を足で蹴り上げた。

「すみません。もう少し、厳しくあたるべきでした」

助手席の有馬がかばうように言う。

水島早希のことが頭をよぎった。

あの娘だと思った。有馬と松永が山崎を脅していたとき、割って入ってきたというではないか。あの娘は事情を知っている。動画は早希の手に落ちたのではないか？

山崎の手からそれは離れてしまった。だから、山崎は自分たちを避けているのではないか。いまごろ、あの娘から動画を取り戻そうと必死になっているかもしれない。

「あの娘を探し出すしかない」

「やるしかないです」

そう答えた有馬の声が上ずっていた。

7

翌日。午前十一時。

オーディションの控え室は、親子連れの参加者たちで満席だった。疋田は最後列でその様子を見ていた。母親がほとんどだ。男親はひとりしかいない。遠方からの参加者たちもいて、用意された三〇脚ほどの長机とイスの上は荷物でいっぱいだ。

ビレッジ新宿は西新宿のオフィス街と住宅地の境目にある。税務署通りに面して建つ五階建ての多目的レンタルスペースだ。

疋田は携帯をとりだしてメールをチェックした。慎二からの返事はない。

電話番号がわかったのだから、何度も電話してみようと思った。しかし、実行できなかった。もし、恭子がそばにいたら厄介なことになると思ったからだ。会えるものも会えなくなると。

小宮がやってきて、耳打ちした。

「入り口のスタッフが使っている名簿を見ましたけど、わかりません」

小宮はそれだけ言うと、疋田の横にすわった。

「いいさ。名簿だけでも手に入れたんだし」

疋田の手元にある一枚の名簿には、参加者の氏名と生年月日が掲載されている。それ以外の情報はない。レインボーから通知を受けとった子どもが誰かわからないのだ。

「吉沢貴子は来ませんね」

「来ないだろう」

オーディションは小スタジオで参加者個人個人のカメラテストからはじまった。三〇名の参加者のうち、まだ七名ほどがすんだところだ。オーディション対象は五歳から八歳の男女。女の子のほうが多い。派手な服を着せられ、ポニーテールやおだんごに編んだ凝った髪をしている。

携帯がふるえた。岩井刑事課長からだった。なんだろうと思いながら、後ろ手にドアから廊下に出た。オンボタンを押す。

「北原美紗子の自殺現場から山崎の指紋が出た」

岩井が言った。

疋田は送話口を手でおおい、

「カステル西赤羽1号棟の八階？」

「そうだ」

「自殺は偽装で、美紗子は山崎に殺された？」

「我が子が殺されたきっかけは、母親自身が作ったにしても、誘拐の狂言を延々とさせられて美紗子は神経がまいったんだろう」

「このまま放っておいては警察に勘づかれるから、思い切って殺した、ということ？」

「美紗子が自殺した時間帯に、1号棟のエントランスホールから階段を上がっていく男の姿が防犯カメラに残っている。人相風体、山崎と似ている。誘拐は狂言だったと見るのが妥当だ。早く帰ってこい」

通話は一方的に切れた。疋田がいる場所などモノの数に入っていないようだ。

席に戻り、小宮にそのことを伝えた。小宮はなにも言わず、ただうなずいた。

「捜査はふりだしだ。またしんどくなるぞ」

「ですね」

「長期戦も覚悟しないと。お母さんの具合はどうだ？」

疋田はやんわりと訊いた。

「明日、退院します」

「そうか、よかった。おめでとう」

小宮はあまり嬉《うれ》しくなさそうだ。

「退院だと、なにかと忙しくなるな。休めよ。手伝うことがあったら、なんでも言ってくれていいから」

「とくにないと思います」

疋田はそれ以上、言わなかった。

「せっかくですから、もう少し見ていきますか？」

帰署したところで、急ぎの仕事もないだろう。

「そうしてみるか」

疋田はすわりなおした。

カメラテストが終わり、グループ面接が行われるホールへ移動するように案内が流れた。

そこは廊下の突きあたりの中ホールだ。参加者が入ってから、疋田は小宮と会場入りした。

大音量のダンスミュージックが流れていた。メタルパーカッション系だ。子ども向けにこれはないだろうと思った。照明が落とされたホールは暗い。二階まで吹き抜けになっている高い天井に、ライトや反響板が垂れ下がっている。テレビ局のスタジオそのものだ。入り口近くに長机が二脚、並べられてある。机の前に所属と氏名が書かれた紙が六枚垂れていた。審査員席のようだ。参加者はそのうしろ側に並べられたパイプ椅子《いす》に席を求めて動いている。疋田と小宮は最後列にすわった。まわりに参加者はいない。

ふいに音楽が止まり、ホールの前方に若い女性司会者が現れた。

「あー、驚かせちゃいましたぁー?」

参加者たちは静まったままだ。照明が明るくなった。

「カメラテストはいかがでしたかー?」

司会者は耳に手をやり、様子を聞くというジェスチャーをする。

「さて、これからが本番かなあ。グループ面接についてお話ししますね。名前を呼ばれた方は、五人ひと組でステージに上がってくださいね。保護者の方もごいっしょにお願いします。心配いりませんよー、ね?　それから、順に保護者さまから、お子様のPRをしていただきます。そのあと、質疑応答に入ります。それが終わったら、最後にちょっとだけ、えっと、なんていうのかな、連想ゲームかな。お子様にしていただいて終わりでーす。それでは、審査員の方々をご紹介しますね。どうぞー、お入りください。皆さん、拍手で、はい、はい――」

わき起こる拍手に迎えられるように、六人の審査員が入場してきた。所属先と名前が紹介され、順に席に着いた。

司会者がホールの隅に移動すると、照明が落とされた。床の切り込みがふいにせり上がり、そこにスポットライトの明かりが当たった。高さ七〇センチほどのところで止まり、そっくりステージになった。同時に巨大なスクリーンが天井から下りてきて、ふたたびダンスミュージックが流れ出した。スタッフの手で、ステージに大人用と子ども用のパイプ椅子が五脚ずつ並べられる。

雰囲気にのまれて、緊張で泣き出す子どもが出てきた。それをなだめる母親もいれば、子どもの顔に入念なマッサージをほどこす母親もいる。

音楽が小さくなり、名前が呼ばれた。

「近藤由香《こんどうゆか》さん、重田香織《しげたかおり》さん……」

母親とふたりして、暗い中を次々とステージに上がっていく。子どもを椅子にすわらせ、自分も席に着いた。

一番最初に呼ばれた母親にマイクが渡された。

「じゃ、近藤さん、持ち時間、二分でお願いいたします！」

司会者に声をかけられ、おずおずと若い茶髪の母親が子どものPRをはじめた。

「近藤由香と申します。えっと、由香はカメラテストで恥ずかしがってしまって、わたしのうしろに隠れちゃったんですけど、もう大丈夫みたいです――」

もじもじする子どもとは対照的に、てきぱきと話す母親の顔がスクリーンに映し出された。

同じ調子で四人のPRが終わり、最後のひとりがマイクを握った。

「為永朋香《ためながともか》の母親の容子《ようこ》です。娘についてお話しします。幼稚園に通っているんですけど、けっこうマイペースなところがあって、大丈夫かなあ、と思っていたりするんです。でも、ダンスのレッスン中は目の色が変わるくらい熱心ですし、今回も本人が出たいというので――」

続いて審査員による質疑応答がはじまった。

長髪の若そうな審査員がマイクを握った。その審査員の顔がスクリーンに大写しになる。

「まず、重田香織ちゃんに質問します。歌って踊るのが好きで三歳から劇団に入ったっていうことですけど、もし合格したら、なにをしたいかなぁ？」

「えっとぉ、お菓子のシーエムゥー」

「え、いきなりCMに出演するの？」

審査員が大げさな身ぶりで訊くと、母親がマイクを口にもっていった。

「この子、身長が高いので、ファッション誌のカタログがぴったりだと思うんですけど」

「あ、そっちのほうが正解」

会場がどよめいた。

白髪《しらが》の目立つ髪の男がマイクをもらい受けた。

「じゃ、最後です。為永朋香ちゃんに質問です。オーディションに参加した理由は？」

落ち着いた声からして五十代だろうか。その審査員の顔がスクリーンに映った。

おや、と疋田は思った。この顔はどこかで見た覚えがある。どこでだろう。

母親の容子が子どもの肩に手をあて、マイクを朋香の口元に運んだ。

カメラがズームインして、スクリーンに朋香の顔が広がった。

「為永朋香です。オーディションに参加した理由を言います。それは毎日、テレビに出て、千葉に住んでいるおじいちゃん、おばあちゃんにわたしを見てもらいたいなと思ったからです」

幼いにしては、語尾がはっきりしている。

「お仕事は大変だと思いますけど、お母さんに助けてもらって、学校の勉強とお仕事をしっかり両立させていくつもりです。よろしくお願いします」

「うーん、朋香ちゃん、すごいわねえー」

司会者が素人っぽいコメントを吐いてステージ前に出てきた。

「さて、最後になりました。お母さんがたは、先にステージを降りていただけます？」

ふいのことに、子どもたちは不安げな様子で親を見送った。

司会者はステージに上がり、「皆さん、スクリーンの前に集まってくださーい」と五人を移動させた。司会者はメモ帳を見ながら、

「ちょっと、皆さんの感性のテストをしたいと思います」

むずかしい言葉が出て、何人かが母親のいるほうをふりかえった。

「いいですかぁ、これからわたしが、あることを話しますから、気がついた人は手をあげて答えてくださいねー。いい？　わかった？」

子どもたちの反応はなかった。

「じゃ、言いますね」司会者はメモを見やった。「タレント、歌手、俳優さん、どれも素敵ですね。でも、夢じゃないんですよ。一次審査を突破した皆さんの前には限りない未来が開けています。そこで、ちょっと質問です。皆さんに降る未来の色は何色ですかー？」

たちまち手が上がった。為永朋香だ。

ほかの四人は言われた意味がわからず、きょとんとしている。

「はい、朋香さん、どうぞ」

「黄色です」

大きくてよく通る朋香の声が響いた。

参加者席から散発的に拍手が起きた。朋香の顔が正面から少し左を向いたところで止まり、一点を見つめた。司会者の口がふたたび開いたと同時に、顔は元に戻った。

「あー、ちょっとむずかしかったかなあ。じゃあ、ここで一組目は終わります」

ステージから降りていく五人を見ながら、疋田は違和感を覚えた。なにか引っかかるものがあった。それがなんであるのか、とっさにはわからなかった。小宮がこちらを見ていた。割り切れず、すっきりしない表情をしている。疋田と同じ感想を抱いているようだ。

オーディションは続いた。PRが行われ質疑応答になり、ハプニングめいた寸劇が繰り返された。疋田はオーディションに集中した。最初の組のときに芽生えた違和感がふくらんでいくのを抑えられなかった。なにがそうさせているのか、依然としてわからなかった。あの審査員のことも気にかかる。気がつくと会場に残っているのは自分とスタッフだけになっていた。

そのとき、携帯がふるえた。急いでとりだして、メールを見た。慎二からだ。

〈今度会える?〉

息が詰まりそうになった。

会える? このおれが慎二と……? 急く心をなだめながら、返事を入力する。

〈いつだっていいよ〉

すぐ返事が来た。

〈お仕事はいいの?〉

かまうものか。

〈いつだってOK〉

〈今度の土曜は?〉

〈わかった〉

〈十時に行くね〉

〈了解〉

携帯を持ったまま、しばらくぼんやりした。胸のつかえがとれたような感じだった。待ち望んでいたことが現実になった。にわかには信じられなかった。やはり、慎二は来ていた……。

スタッフから声がかかり、あわてて席を離れて出口に向かった。

誰もいなくなった審査員席の前で立ち止まり、垂れている紙を見た。気にかかった審査員の席にはトーシン開発、本条洋介と書かれている。そのとき、疋田の脳裏によみがえるものがあった。オフ会のとき、店の入り口ですれ違った白髪の男の顔だ。もしかしたら、この審査員は……。

会場から出た。オーディションの参加者たちが、エントランスのところでかたまっていた。子どもたちがはしゃぎまわり、大人も緊張から解放された顔で話が弾んでいる。そのあいだから小宮が抜け出てきた。

「眠っちゃったのかと思いました。呼びかけても、薄目を開けているだけだし。疲れたのかなあって。帰りますか」

肩を並べて参加者たちの中を通り抜けたそのとき、

「係長、サキです」

とするどい声を放ったかと思うと、小宮は人垣を縫《ぬ》うように走り出した。

何事が起きたのかと思った。小宮の姿はまたたく間に入り口から消えた。

疋田は小宮の口から出た言葉を反芻《はんすう》した。

サキ——水島早希？

遅れて入り口から出た。目の前にシャッターを下ろした焼き肉屋がある。左右は狭い路地だ。小宮はいない。

勘を頼りに、ブロック塀に囲まれた民家の角まで走った。細い路地の先に小宮の後ろ姿があった。

「早希です。早希が」

小宮の声が伝わってくる。

わけがわからないまま、疋田は路地に走り込んだ。突きあたりだ。右方向に小宮の姿が見えたが、すぐ左手に消えた。一方通行の車道に出た。居酒屋の多い通りの向こうに、小宮が突っ立っていた。追いついたところは、幼稚園の建物の前だ。

「すみません、見失っちゃって……」

息を継ぎながら小宮は言った。

「水島早希だったのか？」

「間違いないです。名前を呼んだら逃げたし」

どうして、こんなところに現れたのか？

「オーディション会場にいたはずです」

小宮は乱れた髪をかきあげながら、水島早希の消えた路地をうらめしそうにながめた。

昨日から水島早希は行方《ゆくえ》をくらましている。北原奈月の誘拐殺人事件になんらかのかたちで関与していて、それで警察に捕まりたくないがために、逃げ出したように思われた。

ほんとうにそうだろうか。早希の母親もどこかに雲隠れしてしまっている。こちらも、事件と関わっているのだろうか。

「会場に戻ろう」

「水島早希が通っている学校に電話してみますか？」

「戻ってからでいい」

そう言ったとき、みたび携帯がふるえた。越智からだった。

アリスのホームページの持ち主がわかったという知らせだった。

＊

早希は神田川《かんだ》にかかる橋のたもとでうしろをふりかえった。追っ手の姿はなくなっていた。あの女は警官に違いないと思った。会場に来ていたのだ。オーディションの様子をずっと見張っていたのだ。でも、このわたしが目当てで来たのではないと思った。オーディションに参加している親子連れを見にきたはずだ。警察は誘拐事件がオーディション参加者と関係していることをつかんだのだろう。でも、具体的に誰が関係しているかわからないので、会場の様子を探りに来たのではないか。

自分の顔を見て、女の警官は凍りついたような表情になった。どこで、わたしのことを知ったのだろう。山崎のせいだろうか。きっとそうだ。あいつが犯人だと警察もわかったのだ。うちにあいつが住み着いていたことをつきとめたのだ。

やっぱり、家に帰らなくてよかった。家にいたら、いまごろ自分まで警察につかまっていたはずだ。誘拐事件の共犯者として。

彩子はどうしただろう。警察につかまっただろうか。わたしのことをしゃべっているだろうか。誘拐事件ではなく、山崎がしていた児童ポルノの商売を手伝っていたことを。

ここで引き下がることなど頭になかった。為永という母親の口から父親のことを聞き出すまでは、あきらめない。荻窪《おぎくぼ》にある里奈の家から、為永のアパートまで、歩いて二十分ほどだった。為永のアパートに着いたのは午前十時すぎ。その前の駐車場で為永が出てくるのを待ち構えた。

十時半ちょうど、為永は子どもを連れてアパートから姿を現した。声がけできないいま、為永は電車を乗り継いで、地下鉄の中野坂上《なかのさかうえ》駅で降りて、オーディション会場に入ってしまった。

受付で早希は芸能関係に興味があるので見学したいと申し出ると、中に入ることができた。そのあと、オーディションを通して見てから、エントランスで為永を待ち構えていた。そこにあの女の警官が現れたのだ。

早希は神田川沿いを歩いて、青梅《おうめ》街道に出た。中野坂上の方角に道をとる。

歩道沿いにある路地のかげから、神田川の方向をうかがった。

広い歩道をジージャンをはおった為永容子が女の子の手を引いて歩いてきた。安手の厚底靴に黒タイツに短パン。智也と一緒だった一昨日《おととい》の晩とは違って、少し派手な格好だ。

早希はふたりの前に出た。

為永容子は杭《くい》を避けるように、早希の横を通りすぎようとした。

「朋香ちゃん」

声をかけると為永朋香は、不思議そうな顔で早希をふりかえった。

早希は朋香に近づき、目線の高さが同じになるようにしゃがんだ。

「千葉のおじいちゃん、元気?」

そう声をかけると朋香はきょとんとした顔で、早希を見つめた。

早希は朋香の腕をつかんで、自分のほうへ引き寄せる。

容子はあっけにとられた顔で見つめた。

早希は朋香を抱き上げるとそのまま、駐車場と建物のあいだの狭い路地に連れ込んだ。

すぐ先に神社の境内がある。

「ちょっと、なんですか」

甲高い声を上げて、容子は追いかけてきた。

早希は朋香を抱いたまま、鳥居をくぐり抜ける。

「あなた、誰?」

容子の狼狽《ろうばい》する声を聞き流す。

さらに奥へ連れていった。神社の境内につながる階段の前で立ち止まった。

走り込んでくる容子をにらみつけ、朋香の前でしゃがむ。

小さな肩を手でおさえつけ、

「朋香ちゃん、よかったよー」

と声をかけた。

意味がわからず、朋香は早希の目を覗きこむだけだ。

「ちょっと、なにするんです」

追いついた容子は朋香の肩においた早希の手をふりはらおうとした。

早希はそれをかわし、朋香を思いきり引き寄せた。

「オーディション、朋香ちゃんが一番だったよー。ね、ね、よくできたね」

何度も呼びかけると、朋香はようやく安堵の表情を浮かべた。

「なにすんのよ、あんたっ」

容子が苦しげに言いながら、朋香の腕を引っぱった。それに抵抗して、

「やめなって」

と早希は声を荒らげた。

トートバッグからナイフをとりだす。刃を出して、容子の眼前にかざした。

容子が息をのみ、その場に突っ立った。

「朋香ちゃん」ナイフを見せたまま、早希は声をかけた。「高い高い団地あるよねえ。そ
この八階の八〇三号室。行ったことあるよね？」

「とやまひがしハイツ……」

ぽつりと朋香は洩らした。

「そうそう、わかってるじゃない。5号棟の八〇三号室。一昨日も行った?」

朋香はこくんとうなずいた。真顔になっていた。この子はわかっていると早希は思った。あの部屋でなにをされていたのか、はっきり認識している。

容子が凍りついたように見下ろしている。

「来なかったけどぉ」

朋香はつぶやいた。

「え? おじちゃんは来なかった?」

「前はいたけど、いなかった」

「あ、あの」

容子は動揺していた。顔が引きつって、ゆがんでいる。

「お願いです、離してもらえませんか?」

早希はナイフを容子の顔めがけて突きだした。

「あんた、親でしょ? なにしてんの?」

容子はひるんで身を引いた。

「八〇三でさあ、男と会わせてんじゃん。それでも親? わかってるよ、この子」

ナイフで朋香をさしながら言うと、容子がたじろいで、その場でかたまった。

「どうしたんだよ、こんなもんが恐いのかよ」

腹立たしくなり、ナイフを地面に突き刺した。

「あんた、北原奈月、知ってるだろ？」

「あ、あ」

「どっちなんだ？　知ってるんだろ？」

「あ、はい」

「あの子もそこに行ったんだよ。わかってるのかよ？」

容子はふいに気づいたというような感じで、

「……誘拐されて殺された子？」

早希は朋香を抱き寄せた。

「決まってるだろ。あんたが、この子を連れ込んだ部屋で相手をさせた男だよ。そいつに殺されたんだよ」

容子は腰が抜けたみたいに、膝を折った。

「あ……あの人が」

早希は朋香を突き放した。ナイフを抜き取り、容子に近づく。

動けないでいる容子の顔の前で、ナイフを上下に動かした。

母親に張りついた朋香がべそをかきだした。

「やめなって言ってるんだよ。その子をあの部屋に連れて行くなって言ってるんだよ」

容子が首をすくめて、小さくうなずいた。

「二度と行くなよ、行ったら承知しねえぞ」

ずるずる後退する容子に朋香はしがみついた。早希は容赦《ようしゃ》しなかった。

ナイフを容子の胸元に持っていく。身がすくんだように容子が静止した。朋香の手をすがるように握りしめた。

「八〇三号室の持ち主、どこにいる?」

蠟《ろう》のように青白くなっていく容子の顔を見ながら、早希は悟った。この女は父親のことを知らない。浅賀光芳の顔も見たことがないのだと。

それでもいいと思った。父親のことはともかく、この女と直接会って、威嚇《いかく》するのが自分の目的だったのだと早希は思った。少しずつ朋香の泣き声が大きくなった。

「行くなよ」

早希は声を荒らげた。

「わかったのかよ?　八〇三に行くなって言ってるだろっ」

目をくぼませた容子が、わずかにうなずいた。

さざ波が引くように、早希はこもっていた熱が冷めていくのを感じた。

朋香を抱き上げて、路地を走り去っていくふたりを見つめた。

話しているあいだ、彩子のことが頭にこびりついて離れなかった。なにか、終わったような気がした。打ち負かしてやれたのだろうかと思った。まだまだだと思った。父親と会って話を聞くまでは終わらない。

智也から携帯に電話が入った。早希はオンボタンを押して耳にあてがった。

「おまえ、どこうろついてるんだ？」

「あんたに関係ねえだろ」

気が立っていた。

「おまえのことを思って言ってるんだ。へたに動くとやばいことになるぞ」

「やばいのは智也、あんたのほうだ」

「……なにかあったか？」

「為永の母親と会ったんだよ。もう二度とあそこに行くなって脅してやった」

電話の向こうで山崎が息をのむのが聞こえた。

「……為永の……それで気が晴れたか？」

「晴れるわけねえだろ。お父さんはどうしたんだよ。どこへ連れてったんだよ？」

「だから、返せば教えてやるって言ってるだろ。どうするんだ？　このままじゃ、会いたくても会えなくなるぞ」

智也の腹の底が読めなかった。父をどうしたのか？　昨夜思いついたことが頭をよぎった。父の居所を知るには、それしかない。早希は気をしずめ、ゆっくりと口を開いた。

8

ビレッジ新宿のエントランスは、二組の親子連れが残っているだけだった。電話を終えた小宮が疋田をふりかえった。

「水島早希は今朝から学校に来ていません。無断欠席です」

「昨日は？」

「昼前に学校に来て、午後から早退届を出して帰ったそうです。母親からも連絡はないと言っています。彼女、戸山東ハイツの八〇三号を訪ねたけれど、父親に会えなかった。でも、八〇三号室で行われていることについて、なにか知ってしまったんじゃないでしょうか？　八〇三号室を使っている人間のこともわかって、その人と会うためにやって来たとしたらどうでしょう？」

「父親のことを訊き出すために？」

「それはどうかわからないですけど。彼女は、あの部屋で我が子をペドファイルと平気で会わせるような親がいることを知った。その親に用があって、やってきたとしたらどうですか」

北原奈月は今回のオーディションに参加する予定だった。八〇三号室に我が子を連れ込む母親がほかにいたとしてもおかしくない。その母親が今回のオーディションに参加していた可能性もある。だとしたら、水島早希はなんの用があったのだろう。

「このオーディションにはなにかあります。そう思いませんか？」

「参加した親子連れや企業の情報がいる。とくに審査員だ。トーシン開発の本条洋介という人物について知りたい」

「え、審査員も？」

疋田は本条洋介という審査員に対して抱いた疑惑を説明した。

「わかりました。スタッフはまだ残っているはずです。管理事務所で訊いてきます」

小宮を待っているあいだ、疋田はグループ面接が行われた中ホールの中に入った。審査員席をはじめとして、参加者たちがすわっていたパイプ椅子もそのままになっていた。ステージに上がって、そこからホールを見た。七〇センチほどの高さだが、ホールの隅々までながめることができる。ここでスポットライトを浴びたら、大人でも、緊張するに違いない。そのとき、またあの思いがもたげてきた。

グループ面接の一組目を見ていたときに湧いた得体の知れない違和感だ。それが少しずつ形を成してきた。身を硬くしてそれを待っていると、突然、それはやってきた。

ドアが勢いよく開いて小宮が飛び込んできた。

疋田はステージの下に降り立った。

「スタッフは別室で審査中で時間がかかるそうです」

「審査員はまだいるのか？」

「本条もふくめて、もうとっくに帰ったそうです。いまはスタッフが集計している途中です」

「特捜本部の名前を出した？」

「赤羽中央署の生活安全課の名刺を使いましたけど」

ホシとつながることも視野に入れて、小宮はそう判断したのだ。

「本条洋介については？」

「トーシン開発という不動産会社の会長です。ネットで調べたら、五つの子会社を持っています。その中にレインボーもあります」

「そうか……」

「オーディションの参加者の住所氏名が入った一覧をもらってきました。レインボー社のPR誌もついでに。本条洋介ってすごく横柄で評判悪いですね。それと、かわいい幼女には目がないらしいです」

小宮はそこそこ厚いPR誌をよこした。

「集計が終わるのはいつ？」

「三時ごろには終わるそうです。合格者はたいてい二人か三人だそうですけど」

疋田は参加者の一覧に目を通した。七割は都内在住者だが、秋田県や広島県といった遠方からの参加者もある。ＰＲ誌の表紙にあるロゴを見たとき、以前、小宮と見たアリスのホームページにバナー広告を出していたロゴと同じであることに気づいた。

ＰＲ誌の誌面の半分は広告にとられていた。飲食店関係が多い。中ごろにある広告が目にとまった。誌面の下半分を使った相続税対策の案内だ。見ていてふと、そのことを思い出した。

誘拐犯からマル害あてに、はじめてかけてきた電話だ。犯人は渋谷の地下街にある公衆電話を使った。肝心なのはその電話の前に貼られていたポスターだ。ホットヨガスタジオのオープン告知ポスターと並んで、相続税対策の案内ポスターが貼られてあった。いま、疋田が目にしている案内広告は、あのとき見たものと同じ内容だった。誘拐犯――山崎智也は、電話をかけている最中に、このポスターが目にとまって、驚いたのではないか？誘拐したという偽装の電話をかけたそのとき、たまたま、このポスターと鉢合わせしたのではないか。

そのとき、山崎が事件の陰に潜む、自分とはべつの真犯人のことを思ったとしたら？この相続税対策を開催する側の人間が本犯であることを知っていて、その巡り合わせに肝を潰した。そう仮定してみると、そのあとの事件の展開が呑《の》み込めてきた。

身代金受け渡しの場所を池袋のサンシャインシティに指定したのは気まぐれではない。あの日、レインボー所属のバックダンサーたちが踊るのを知っていて、山崎はあえてそこを使った。本犯が見れば腰が抜けるほど驚いたはずだ。自分が手にかけた少女の身代金の受け渡しに、本犯自身が関係している場所を指定されたのだから。

アリスのホームページに誘拐当日の北原奈月の写真をアップロードしたのも、山崎智也ではないか。少女を斡旋《あっせん》する側の山崎は、本犯を脅すつもりでそうした。本犯にだけわかる、脅しのサインを送りつけたのだ。

目的はカネだろうか。北原奈月の死体の後始末をさせられたのかもしれない。山崎は、それに腹が立った。〝商売道具〟を台無しにされて、その償《つぐな》いをさせることを思いついたのだ。脅しのネタとして決定的なものがある。八〇三号室に仕掛けられた隠しカメラだ。本犯の犯行をつぶさに記録したものだ。その映像はテディベアにおさまっているのではないか。そして、そのぬいぐるみはいま、水島早希が持っている。

自分の勘が当たっているなら、山崎はいま、本犯と対立している。水島早希がそれに巻き込まれている可能性が高い。

そのとき、携帯に末松から電話が入った。

「王子にいます。水島彩子を確保しました」

疋田は思わず腰を上げた。

「どこで？」

「保安の神様様々ですよ。彩子が勤めていた熟女エステの支配人を紹介してくれて」

同じ生活安全課の館野巡査部長だ。

「そいつ、いままでもべつの風俗店を持っているんですけどね」

「彩子は女の子の寮にかくまわれていた？」

「ご名算。これから本署へあずけに行きます。それと、水島早希から、母親宛にメールが入っています。彼女、父親のアパートに向かってますよ」

疋田は驚いた。

「それ、どこ？」

「雑司《ぞうし》が谷《や》。同じメールを係長のほうへ送りますから」

「たのむ。それから、そこに彩子を引き取りに来るよう、一課の捜査員を至急呼んでくれ」

「えっ？」

「いいから、言うとおりにしろ。スエさん、おれたちにはまだ仕事が残ってる」

「わかりました。すぐに」

疋田は電話を切り、小宮に電話の中身を話した。

小宮は安堵の色を浮かべて、「よかった。すぐ行きましょう」と言った。

「その前に、オーディションのスタッフを紹介してくれないか」

「いいですけど、なにか？」

「確かめたいことがある」

9

路地の先にも、うしろにも人影はない。山崎智也は柵に飛びついて、とがった先端に注意しながら向こう側に飛び降りた。湿った土に着地する。樹木が生い茂る中を忍び足で園路まで進んだ。新宿御苑は閉園時間をとっくに過ぎて、園路は人っ子ひとりいない。

十二日前の金曜日の夜のことが思い出された。

カーテンにくるんだ北原奈月の死体は重くてかさばった。塀のきわに停めたクルマの天井に上げ、そこに自分も飛び乗って、注意深くカーテンごと内側に落とし込んだのだ。

あの晩、本条洋介からすぐ来るようにと電話が入ったのは、午後八時ちょうどだった。いつもなら、一時間、場合によっては二時間近く、ねちねちと子どもを責め立てるのが常だから、はじまって十五分もしないうちに声がかかったので、一抹《いちまつ》の不安を抱いた。母親に電話してみたが、いつものように、団地のすぐ外側にあるファミレスにいるという答えだった。

八〇三号室のドアを開けたとき、本条はワイシャツ姿で狭い通路に立っていた。冷たい雨に当たっているように、肩を落としていた。歳よりも若く見える顔に、見たことのない細かいしわが寄っていた。ズボンを見て悪い予感がした。子どもの声がしない。

本条を押しのけて、リビングに入った。テーブルに台本のようなものが広げられたままになっていた。オーディションの台本らしかった。開いたままのふすまから、畳の上に落ちている口紅が目にとまった。四畳半の部屋は静まりかえっていた。そっと覗きこんだとき、リビングチェストにおおいかぶさるようにして、立っている女の子の素足が見えた。手が垂れている。爪先《つまさき》が畳すれすれに接地しているだけで、ぶらさがっているような感じだった。

呼びかけてみたが返事がない。氷の塊を背中に押しつけられたように震えが止まらなくなった。おそるおそる四畳半に踏み込んだ。

北原奈月はスカートだけを穿《は》き、上半身裸の格好で、リビングチェストの上の新聞紙に顔を突っ込むような形で倒れ込んでいた。スカートの下に下着はつけていなかった。まったく動かない。

どこから手をつけていいのか判断に苦しんだ。一刻も早く、部屋から逃げ出したかった。ここで下手に手を出したら、まずいことになると思った。錯綜《さくそう》する思いとはべつに、手が伸びて裸の奈月の肩にふれた。

その瞬間、ピンでとめてあったのがはずれたように、奈月の身体が畳にくずれ落ちた。半開きになったままの目でにらみつけられて、山崎はふすまに張りついた。

奈月の顔の下半分が口紅で真っ赤だった。口が笑っているように半開きになっていた。スカートがまくれ上がり股《また》が露出している。山崎は手を伸ばしてそこを元に戻した。冷たくなった身体に手をあてがい、目を閉じさせた。リビングにあった水玉模様の服を着させた。

部屋に置いておけないということ以外、考えがまとまらなかった。母親のことを考える余裕はなかった。踏ん切りをつけるしかないと思った。

本条は背中を向けたまま通路に立ち尽くしていた。役に立ちそうにない。トイレの仕切りになっているカーテンをつかんで、思うさま引っぱった。留め具がはずれて、カーテンが手元に落ちてきた。四畳半に引き返し、カーテンを死体の横に広げて、奈月の背中と尻に両手を差し込んだ。冷たくてざらついた肌の感触を感じながら、カーテンの上に乗せる。左端を調節して死体の身体の上にかけ、そのままカーテンの上を転がして簀《す》巻《ま》き状態にした。上と下をたたみ込むと、ひとつ、片づいたという思いがよぎった。

そのとき、壁についた口紅の痕が目に入った。どうして、こんなところに口紅がついているのか。本条のしわざだという以外、見当もつかなかった。

タオルでそれらを拭《ぬぐ》いとり、リビングチェストの上にある新聞紙を押し入れに片づけた。カーテンにくるまれた死体を担ぎ上げようとしたとき、壁掛け時計が目にとまった。

山崎はふすまを閉めて、時計をはずした。

裏側に仕掛けてあった盗撮カメラと小型録画機をはずして、ポケットにしまった。のちにそれが役立つとは考えもしなかった。死体を玄関前に運んでから、本条に声をかけた。

本条は自分の唇に手をあてがい、

「ちょっと塗っただけなんだよ。急に、逃げ出すからさあ。こっちもびっくりしちゃって。先生に言うとか、わめきだして」

山崎は本条のズボンのそこに目をやった。

「チャックくらい閉めろよ」

言うと、本条はあわてて、引き上げた。

唇に紅を塗っただけだと？　塗ったところに、むりやり口を吸ったのだ。それだけじゃない。もっとひどいことをした。想像するだけで胸くそが悪くなった。

「もうだめですよ、ここは」

山崎はそう伝えただけだった。

本条はうなずくばかりだ。

「撤収しますから、タオルで拭いてくれませんか」

黙っているので、

「指紋とか拭くんだよ」

と声を荒らげた。

本条は鈍そうにうなずき、渡されたタオルでテーブルの上を拭きだした。

山崎も別のタオルで家中のあらゆるものを拭いた。ぼうっとしている本条に、家の中にあるものすべてをゴミ袋に入れて捨ててこいと命令した。

ようやく動き出した本条は、せっせと処分にかかった。山崎はふだん、ここに来て使っている人形改造用の道具をゴミ袋に放り込んだ。ふくらんだゴミ袋を抱えて、本条は部屋から出ていった。

最後にベランダの窓を拭いてから、戻ってきた本条にこのタオルも捨てるようにと渡した。

死体を担いで部屋を出るとき、本条が、「どこに捨てる?」と訊いてきた。

「まかせろよ、高くつくからな」

と吐き捨てた。

いくら他人の不始末の後片づけといっても、子どもが殺されたことが発覚してしまえば、自分にまで警察の手が及ぶのは明らかだった。しかし、カーテンにくるんだ死体はまだ息をしているようで、一刻も早く手放したかった。思いついたのは新宿御苑しかなかった。千駄ヶ谷駅方面なら、人目につかないことを知っていたのだ。しかし、あのとき、部屋になにか残してきたものがあったのかもしれない。

それにしても、こんなところに大の大人を呼び出すとは、とんでもないガキだと山崎はひとしきり早希のことを思った。

どっちにしろ、ここで会ったが最後だと痰《たん》を吐いた。テディベアを奪い取ったあとは、奈月と同じ目に遭わせてやる。どうせ美紗子を手にかけてしまったのだ。きょうはそれをしなければならない。そうでないと、この自分までが警察に捕まってしまう。早希が警察に駆け込む前に、息の根を止めるしかなかった。

そのあと、本条からカネを吐き出させる。手はじめにアリスのHPに奈月の写真をアップしてやった。さらに、八〇三号室で盗撮した動画の冒頭部分をネットで送りつけた。そのときの本条の顔を拝《おが》みたかったものだ。さんざん、いい思いをして、そのあげくに、『死んじゃったみたいだから、片づけろ』だと。

ふざけるのもいいかげんにしてくれ。おれはてめえの奴隷じゃねえだろ。

指定された日本庭園に着いた。

山崎は腕時計を見た。午後四時四十五分。待ち合わせ時間まで、まだ十五分もある。どのあたりで襲うか。少女とは言っても、興奮しているだろうから油断はできない。ズボンのポケットから、ひもをとりだした。テディベアさえ確認できれば、あとは一気に片をつけるつもりだった。

ふいに強い力で右手をつかまれたかと思うと、首に太い腕がはまり込んできた。一気に締《し》めつけられて、視界がかすんだ。身動きがとれなかった。目の前に生白い顔が現れて、山崎は息をのんだ。

どうして、ここに本条がいるのだ……。

顔をねじ曲げると、松永のひげ面があった。

かなわない相手だ。あきらめて力を抜くのと、松永の腕が離れるのが同時だった。

「もっと早く言うことを聞けば、こんなことまでしなくてもすんだんだぞ」

本条が言った。

松永に全身をくまなく身体検査されるのを我慢した。

それがすむと、松永は本条に向かって、「持ってません」と声をかけた。

本条が歩み寄ってきた。

「あの女子高生から取り戻したんじゃないのか？」

早希が持っているのをどうして本条が知っているのか。不思議に思いながら、山崎は口を開いた。

「取り戻すもなにも、会えないし」

本条の顔がむくむくと盛り上がり、笑みを浮かべた。松永に目をやったかと思うと、その瞬間、松永がこちらをふりむいて拳が腹にめり込んだ。胃が外に飛び出るほどの衝撃を受けて、山崎は前のめりに倒れ込んだ。さらに脇腹に硬い靴先が突きささり、激痛が走った。

「おれもおまえも、あの早希とか言うガキにだまされたようだな」

山崎はようやく状況を呑み込んだ。

早希は、この連中に電話をし、ここへ来れば、おれがテディベアを渡すと言ったのだ。自分にはここで待つと。

「どこなんだよ、ええ」

また松永の靴が胸板に食い込んだ。息ができずに、その場でじっとした。

「山崎、あのガキ、なんて言ったと思う？」本条が言った。「山崎さんと会ったら殺してください、だぞ」

無性に腹が立った。我慢の限界だった。

「こんなところで油を売っていても埒《らち》があかん。行くぞ、山崎。わかってるんだろうが。あのガキの居場所くらい」

山崎は松永に腕をとられて歩きだした。身の内がたぎっていた。こんなやつらの言いなりになってたまるか。そう思って腕をふりほどこうとした。しかし、がっちりとはまりこんだ松永の腕はびくともしなかった。

*

カーナビは雑司が谷の住所にセットされていた。十分前、末松から送られてきたメールに記されていた地番に。霊園の南にある住宅地の中ほどだ。

水島早希が母親の携帯に、メールを入れたのは、いまから三十分前の十七時四十八分のことだ。メールに先だって、これから、お父さんに会いに行くから、お母さんも来てと電話をかけてきた。

そこへ行ってはいけないと疋田は思った。いくら父親と会いたくてもだめだ。

過去はどうあろうと、早希は父親を好いていたのだろう。必死で探していたのだ。会えば父親の味方をするかもしれない。

カーナビの到着予想時刻は十八時五十五分。渋滞を避けて抜け道を走れば、もう少し早く着ける。末松たちより、先着するはずだ。

「浅賀光芳はいるでしょうか?」

助手席にいる小宮が、不安げにつぶやいた。

「いると思う」

疋田は答えた。

「浅賀の住んでいるところが、いまになってわかったということは、誰かに教えられたということでしょうか？」

「知っているのは山崎智也しかいないぞ」

疋田はハンドルを小刻みに回しながら答える。

「山崎が教えたとすれば、彼もそこに向かっているかもしれませんよ」

「のはずだ」

「では、本条も？」

「きっと来るはずだ」

動画を取り戻すために。

「ちょっとやばいですね」

「かなりまずい」

一刻も早く、浅賀の住んでいるアパートに着かなくてはならない。

「もう、早希は着いているでしょうか？」

疋田はカーナビの地図を見た。アパートの近くに、都電の駅やバス停は見当たらない。徒歩で行くとすれば、それなりの時間がかかるはずだ。

「着いていないことを祈るしかない」

「戸山東ハイツって都営だし、八〇三号室は単身世帯用だから、家賃は安いんですよね？」

「二万円と言っていた」

「じゃ、どうして、浅賀光芳は雑司が谷なんかにアパートを借りて住んでいるんでしょうか？」

「八〇三号室を見てきただろ？」

「ひととおりは」

「団地はもともと人が少ない。それに加えて5号棟は三分の一が空き室だし、あとは老人の単独世帯がほとんどだ。部屋の構造も独立して、防音もいい。ぴったりだと思うぞ」

「幼女売春にですか……どれくらいのカネを取っていたんだと思います？」

疋田はその問いに答えなかった。高額なのは間違いない。そのカネを山崎は浅賀とシェアしていたと見ていいのではないか。そのために、浅賀は部屋を空けておかなくてはならない。

本犯《ホンパン》はおそらくネットで山崎と知り合った。山崎はカネ払いのいい客だと思って、本人と会ってみたくなった。本犯とのなれそめはそんなものではないか。

「でも、ずっと部屋を留守にしていると、まわりから怪しまれるんじゃないですか？」

ふたたび小宮は訊いた。

「いや、お互い干渉しないし、されないのがあの団地の常だ。部屋の出入りがないからといって、怪しまれることはないはずだ。それに、あの見守り携帯がある」

「折りたたみ式の携帯で、一日に一度でも開くとＮＰＯにメールが自動で届くあれですか？」

「アリバイ作りにはもってこいだ」

「たしかに……事件が起きた日、北原美紗子はあの部屋まで奈月ちゃんを連れていったと思いますか？」

「たぶん。男が来るまで、美紗子は奈月をなだめていたと思う。男が現れたら、子どもを安心させるために、笑顔で親しげな会話をする。そのあと、折りを見て母親は外に出る。そういう手順で」

「奈月の司法解剖のとき、死体の胃にふ菓子とグミが残っていましたよね？」

「食べて間もないやつだったな」

「奈月は美紗子に連れられて部屋に入り、男を待っていた。そのあいだに、チョコレートのふ菓子を食べた。男がやってきたので、美紗子が手順通りの演技をして先に部屋を出ようとしたとき、奈月は腹が減っていると言い出した。美紗子はしかたなく、自分のアセロラ風味のグミを奈月に与えて部屋をあとにした、という感じかも」

「アバンチュールは長くてせいぜい一時間程度と見ていい。それ以上は子どもが耐えられないだろう」

「裸にしていっしょに風呂に入ったり……」

小宮はそれから先の言葉をつまらせた。

「ほかにも被害にあった子はいたはずです」小宮は続けた。「なめこクラブは獲物を物色するための場だったかもしれません。山崎は器用だから布絵本くらい朝飯前です。上手に作っているのを母親たちが見れば、いっぺんに親しくなります」

「はじまりは山崎が水島彩子の家に転がり込んでからか？　それ以前に吉沢貴子が山崎の取引相手だったかもしれない」

「逆を考えてみたらどうですか？　吉沢貴子の住まいがわかっていて、そんなときに山崎は水島彩子と知り合った。彩子からなめこクラブのことを聞かされて、その中に吉沢貴子もいた。このサークルは使えると思って、彩子の家に移り住んだというのは？」

「ありえる」

「いま思えば、箱根のこともわかります。誘拐直後の美紗子に箱根のことを問いかけても、彼女は知らん顔でした。あれはほんとうに知らなかったんです。捜査も戸山公園の箱根山ではなくて、あくまで神奈川県の箱根という前提でしたし。おそらく、奈月ちゃんの学校や団地で捜査員が〝箱根の秘密基地を知らないか〟と訊いて回るのを見ているうちに、不安にかられて山崎に相談したんでしょう。美紗子は自分の子どもが友だちに箱根に秘密基地があると言っていたなんて、考えもしなかったはずです」

「そう思う。山崎はそれを逆に利用することを思いついて、箱根の寄木細工を手に入れた。それをこっそり美紗子に手渡して、それとなく警察に箱根に行ったとうそをつくよう入れ知恵した」

「美紗子は山崎の言いつけにしたがったけれど、次第に疑いの目が自分にも向けられるようになったと感じ、おびえ出した。あげくに警察に白状すると言い出したので、山崎は美紗子を殺すしかなくなった」

「その線が濃厚だ」

「でも、どうして八〇三号室の壁に、浅賀光芳の血が大量に残っていたんでしょう？」

思い当たる理由はひとつしかないと疋田は思った。浅賀光芳は二年前まで、同じ団地の12号棟の２ＤＫに住んでいた。家族向きの部屋で彩子との復縁を夢見ていた。早希と同居する日を待ち望んでいたのだ。それが、キャンセルされた。浅賀は生きていく力を失った。きっとそうだ。

信号が赤になり、疋田はクルマを停止させた。

携帯をとりだし、登録されている警官の名前をモニターに表示させた。

曽我部副署長だ。通話ボタンを押す。コール音が五回して、ようやく相手が出た。

「なんだ、用があるなら手短に言え」

「浅賀光芳の携帯の発信地はわかりましたか？」

「電源が切られている。わかるはずないだろ」

「山崎智也の居所も？」

「わからん。疋田、おれを御用聞きだと思ってるのか？　いちいち訊いてくるな」

「必要があるからうかがったまでです」

「おまえどこにいるんだ？　晩嬢もいっしょか？」

小宮とともに、オーディション会場からべつの場所に向かっていることを話した。

「雑司が谷？　なんだ、それ」

「重要参考人がいると思われるアパートです」

電話の向こうで、息づかいが荒くなった。

「浅賀か？」

「おそらく」

「場所は？」

「言います。ひかえてください」

おい、紙とペンという曽我部の声が聞こえた。用意できたと言われ、疋田はその住所を告げた。

「まさか、単独で乗り込もうってことじゃないよな？」

曽我部は疑念に満ちた声で訊いた。

「くわしい事情はまたあとで。緊急事態です。これから、重要参考人の確保に向かいます」

「おい、待て……」

疋田は聞かないふりをして通話を切った。

「お見事」助手席の小宮が言った。「BBコンビで行きましょう」

意気込んで言った小宮の携帯が鳴った。しばらく話して電話を切る。

「オーディションのスタッフからです。オーディションの合格者が決まりましたよ」

「誰？」

「三人いて、そのうちのひとりは為永朋香です」

グループ面接で最初に登場した女の子だ。はきはきして、頭のよさそうな印象が残っている。彼女なら受かって当然かもしれない。

信号が青になり、アクセルを踏み込んだ。疋田は水島早希の顔を思い浮かべた。

行かないでくれ、頼むから。そこには殺人鬼がいる。手ぐすね引いて、待っているのだ。

10

彩子は姿を見せなかった。メールしたのに返事がないのは、来る気持ちがないからだろう。せっかく、住まいを教えてあげたのに。彩子にとっては他人でも、浅賀光芳は血のつながった、わたしの肉親なのだ。会おうとしてなにがいけないの？

もう待てなかった。早希は踏みしめるように階段を上った。訊きたいことがたくさんありすぎて、頭の中がまとまらなかった。木戸を開けて靴を脱いだ。共同トイレの手前の部屋だ。二二号室。いるのだろうか、ここに。

いなくてもいいと思った。べつの人であってもよかった。早希は息を止めてドアをノックした。男の人の声がした。

父の声？

ドアが内向きに開いて、メガネをかけた顔が現れた。おっとりとした表情だ。

顔の形が少し変わっている。細い目と広い額《ひたい》はよく覚えている。もっと、大きかった記憶があるのに実物は違った。

「えっと、どちらさんでした？」

ぼそぼそとつぶやくような話し方を聞いて、懐《なつ》かしさがこみ上げてきた。

言われて無理はないと思った。別れたときはまだ小学校一年生だった。いま身体だけは大人だ。

「早希です。水島……早希」

そう口から出たとき、父は、あ、あ、と二回言った。当惑した、決まり悪そうな表情を見せた。

まだ信じ切れていないような顔で、上がってと言われ、早希は八畳一間の畳の部屋に上がった。

ステンレスの流しに丸いガスコンロが一台置かれている。カラーボックスと小さなちゃぶ台があるだけだ。早希は正座した。

「ここのこと、よくわかったね？」

珍しげに部屋を見回す早希に、浅賀は切り出した。十年ぶりに対面したというのに、まるで昨日までいっしょに暮らしていたような口ぶりだった。

「一所懸命、捜しました」

「あ、そうかあ」

浅賀は息苦しさを覚えたように、窓を少し開けながら言った。

早希は相手の顔から目を離さず、

「わたしのこと、知ってる？」

「いま、高校生だっけ？」

早希はフリースクールに通っていることを話した。

「頑張ってるね」

「あの、身体、大丈夫ですか？」

一語一語探るように訊いた。

浅賀の顔色はよかった。健康そうだ。

「うん、そっちだけはもってるよ」

「お薬、飲んでいる？　脳梗塞《のうこうそく》の」

浅賀は意外そうな顔になった。

「脳梗塞？　なったことないけど。それ、誰から？」

おかしいと早希は思った。

「見守り携帯の事務所に伝えてあるって聞きましたけど」

「見守り携帯？　なんのことだろう。携帯は持っていないけど」

「メールとかもしないんですか？」

「したことない」

「戸山東ハイツ5号棟の八〇三号室、お父さんの部屋でしょ？」

「うん、まあ」

「どうして、ここに住んでいるの？」

「それは……」

浅賀はとぼけるように言った。

早希はようやく理解した。

八〇三号室は客と女の子を引き合わせるために、いつも空けておく必要があった。

山崎はそのアリバイ作りのために、浅賀にはないしょで見守り携帯を借りた。その届け出のとき、借り主は脳梗塞の経験があると申し出たのだ。五十歳で借りることに対して、疑いをもたれなくてもすむように。

「お勤めはしています?」

「いまはちょっと休んでいてね」

部屋を貸し出している見返りに、カネをもらっているのだろうか。

「あの、訊きたいことがあります」早希は背筋を伸ばして続けた。「八〇三号室でなにが行われているか、知ってますか?」

なにも言わないまま、浅賀は窓の外に視線を送った。

——この人は、知っている。

八〇三号室でなにが行われているのかを。北原奈月がそこで殺されたことも。山崎から聞かされているのだ。おまえも共犯だから、あの部屋のことは誰にもしゃべるなと。

「知ってるよね、北原奈月のこと?」

「北原?」

早希は足をくずし、浅賀ににじり寄った。

「わかってるくせに……アヤさんには話したの?　奈月があそこで殺されたこと」

「きみ、なにを言ってるの」

浅賀が言うのを無視した。

「どうして、二年前、お母さんとよりを戻さなかったの？」

ふいに自分のことを訊かれて、浅賀は混乱の度を増した。

「オヤジのせいじゃないぞ」

うしろから声がしてふりかえると、山崎智也がドアのすき間から現れた。

「よりを戻そうっていう話がついたときに、彩子がまたべつの男を作って乗り換えたんだよ」

山崎は言うと、荒い息を吐きながら畳に上がった。こめかみのところが腫れて血がついていた。

早希は窓際にしりぞいた。

山崎が着ているベストが裂けて、その下にある白いTシャツに土の上でひきずったような跡がついていた。胃が縮こまったようにしめつけられた。

山崎はわき腹に手をあてたまま、苦しげな顔で続けた。

「あいだに入ってくれって言うから、引き受けたまでだ。うっ……それを彩子は反故《ほご》にしやがって。それを電話で伝えたが、どうも妙な感じだった。それで、あの部屋に行ったときだ」

あの部屋……八〇三号室？

山崎はしゃがんで、自分の首をさした。

「浅賀はここをてめえで切って、血の海の中だ」

お父さんが自殺を図った？

「病院に連れてって、さんざん疑われたのはこっちだ。介抱して身体が元通りになるまで、まるまる三月《みつき》かかった。な、浅賀」

浅賀は言われて、首をすくめるようにうなずいた。

「彩子は、あんな女だ。例のごとくその男にふられた。少しはおれだって、分け前をもらってもいいだろう？」

それだけ言うと、山崎は苦しげに両腕を前についてうなだれた。

それがわたしの家に上がり込んできた理由？　勝手すぎる。わたしのことはどうでもいいわけ？

「あんたに……言われる筋合いじゃない」

早希はふりしぼるように言った。

足元にあるトートバッグをゆっくり引き寄せた。底にあるナイフに手が届いた。片手で抜き身を出した。

「最低っ――」

早希がふりかぶり、ナイフの切っ先を山崎の背中にふり下ろした。

山崎の右肩にナイフが突き刺さった。腕がしびれた。その手を横からつかまれた。山崎が身を寄せてきたかと思うと、みずからナイフを抜き取った。

「なんて、ガキだ、てめえ——」

ナイフの刃が顔に降りかかってきた。思い切り声を出しながら、早希は目をつむった。服の擦《す》れ合う音がした。

浅賀光芳が山崎の上にまたがり、その手からナイフを奪おうとしていた。膝ががくがくふるえて立てなかった。ふたりが取っ組み合いするのを見守るしかできなかった。ドアから、べつの人間の影が現れた。……松永。

松永はふたりの様子を見て、笑みを浮かべていた。早希はもうだめかもしれないと思った。

＊

合流場所にセダンがやって来た。乗っていた末松と野々山に指示を出し、疋田は小宮とふたりで歩きだした。古い民家が立て込んだ狭い路地だ。距離にして一〇〇メートル足らず。ペンキの一斗缶《いっとかん》が積まれた塗料店の角を曲がった。ゆるい右カーブに面して、二階建ての古い木造アパートが建っていた。

翳《かげ》りだした西日がモルタルの壁を照らしている。六戸ある部屋のサッシ窓すべてに、物干し竿がかかっている。アパート前の狭い駐車場に、黒塗りのレクサスがスペースを専有するように斜めに停まっていた。

疋田は塗料店のところまで下がって、レクサスの車内を見た。運転席に人はおらず助手席に髪を短くカットした中年の女が乗っている。後部座席に人の影が見えた。顔ははっきりしない。

先着されたかもしれない。

アパートの手前に生け垣があり、そこに路地があるようだ。

疋田は小宮が差しだしたスマートフォンの地図を見てから、元来た道を引き返した。クルマの通れない路地に入り、住宅街を迂回《うかい》してアパートの側面に着いた。ブロック塀に「緑風荘《りょくふうそう》」という看板がついている。門を開けたとき、女のわめき声が聞こえた。アパートの二階からだ。若い女の声だ。

もう、水島早希は着いていたのか？　もしかしたら、山崎もいるのか……。

疋田はアパートの敷地に飛び込んだ。アパートの階段を駆け上がり、靴を履《は》いたまま二階の廊下に上がった。二二号室のドアが五センチほど開いていた。足でそっと押した。

畳に倒れ込んでいる男が見えた。天井をにらみつけている。山崎智也？　中を覗きこんだ。山崎の足元だ。ドアに背を向けてがっしりした男が右手にナイフを握りしめて立っている。

窓際に張りつくように、小顔の女の子がそれを見つめ、中年の男が彼女におおいかぶさるように背中を見せていた。女の子の顔に、恐怖と絶望が色濃くにじんでいた。

疋田は息を殺して足を踏ん張った。ドア前の男の背に身体ごとぶつかった。男は窓の反対側につんのめった。どうにか転倒をこらえると、こちらをふりかえった。

男の目が赤くたぎっていた。背広の下から肩のあたりが筋肉で異様に盛り上がっている。

警察、と言う前に男がナイフを右腹の前で抱えるようにして突進してきた。

切っ先がふれる寸前、疋田はかろうじて身体を左にふった。

その動きに男は追従してきた。ナイフの刃先が顔めがけて飛び込んでくる。

数センチのところで、ナイフを握った男の手首を両手でつかんだ。

左手を男の首に回し、右手でナイフを握っている腕を押さえつける。真下に男の靴下が見えた。

そこをめがけて、疋田は靴のかかとで踏みつけた。男の口からうめき声が出た。

男の力が抜けるのを感じた。手の甲をつかんで、ひねり上げる。ナイフが落ちた。

それを見定めると、疋田は男の顔に渾身《こんしん》の頭突きを食らわした。男の歯を頭頂部で感じた。

　そのまま、相手を抱き込むように畳に横倒しになった。ふりほどこうとして、のたうちまわる男にしがみついた。動き回る男の喉元《のどもと》に手をあてがい、力いっぱい絞《し》めた。男のこぶしが後頭部に当たった。こらえきれず、男から離れようとした。

　男の動きが急に緩慢《かんまん》になった。見ると、小宮の太ももが男の首をはさんでいた。

　疋田は腰のベルトから手錠をとりだし、男の手にかけた。小宮とふたりして男の上体を起こし、後ろ手にもう片方の腕に手錠をはめた。

　壁にかかっているズボンをはずし、座り込んでいる男の身体に巻きつけた。身動きのとれなくなった男を押し入れの前にすわらせる。

　止めていた息を吐いた。首筋から汗が噴き出た。静まっていたはずの心臓がいまになって、動悸《どうき》をうちはじめた。胸のあたりがきりきり痛み出した。

　男を見下ろすと、首を横にふり、

「おれじゃないって。そいつだ、そいつが刺した」

と窓際で少女におおいかぶさったままでいる男を見やった。

　警察ですとその男に声をかけると、こちらをふりむいた。

「浅賀？」

　呼びかけると男はうなずいた。

「水島早希？」

もう一度言うと、男は少女の背に手をあてがい、

「娘です」

とはっきりした声で言った。

疋田は畳に仰向《あおむ》けで転がっている山崎を見た。

ベストの下に着ているTシャツが血で赤く染まっていた。背中から血だまりが広がっている。服のあちこちが裂けて、ズボンには土がついていた。

いま自分が格闘した男から暴行を受けたのだろうか。

「松永か？」

押し入れの前の男に声をかけると、どうして名前を知っているという感じで、うなずいた。

「アリスのホームページはおまえ名義だな？」

松永はあっけにとられたような顔になった。当たっているようだ。

カネを出しているのは、べつの人物のはずだが。

畳の上にトートバッグがある。黄色いテディベアのぬいぐるみが覗いていた。

これを奪い合って、山崎は浅賀に刺されたのだろうか。

とにかく、水島早希は救えたと疋田は安堵した。息を大きく吐くと、また心臓が痛み出

した。

「係長」

小宮に呼ばれて、窓際に寄った。

駐車場に停まっていたレクサスの右手から、野々山が運転するセダンが近づいてきた。疋田が手で合図すると、セダンはレクサスの鼻先に停まった。レクサスの前進をはばむように。

疋田は二二号室を出た。頭突きをしたところが痛んだ。息を整えると、ようやく心臓の痛みがやわらいだ。階段を駆け下りる。

レクサスの助手席にいる女は、突然現れたセダンに行く手をはばまれて、困惑した表情だ。

息をつきながら、疋田はセダンを回り込んだ。

レクサスの後部座席にすわる男のシルエットが見える。窓が半分開いて、その男がこちらを見た。心臓が動悸を打ち出した。

この男だと疋田は思った。

オーディションのグループ面接の一組目のときだ。あのとき、女性司会者は言った。

『……一次審査を突破した皆さんの前には限りない未来が開けています。そこで、ちょっと質問です。皆さんに降る未来の色は何色ですか』

間をおかず、即座に為永朋香が手をあげて、『黄色です』と答えた。

朋香はそのまま顔を左に向け、審査員席を見やった。その動作が示した意味に気づいて、疋田は震撼《しんかん》した。

殺された北原奈月のスカートのポケットに残されていたメモ書きのことを思い出したからだ。赤い折り紙の裏に奈月の手による文字が書き込まれていた。

〝ふるみらい〟

『皆さんに降る未来』

——あれは司会者のセリフだったのだ。

ここに来る前、オーディションのスタッフに、グループ面接の台本はあるかと訊いた。あると答えた。それを事前に審査員に知らせることはあるかと問うと、共同開催なので不公平になるのを避けて、開催当日に渡すことになっていると言った。

今回のオーディションに限って、前もって入手したいと申し出たプロダクションはないかと尋ねた。スタッフはありましたと答えた。レインボー社から強い要望があり、渡さざるを得なかったと。有馬という秘書の名刺を持った女性が訪ねてきて、渡したという。グループ面接の順番もプロダクション側の要請で変えられるかと訊いた。変えられるということだった。

幼稚園児の為永朋香は大人でも答えられない質問に即座に反応した。

台本を入手した人物から、事前にその質問について知らされていたからだ。戸山東ハイツ5号棟八〇三号室で。あるいは電話を使って母親経由で。為永朋香は、その質問の答えを前もって用意していた。

為永朋香も八〇三号室の利用者だったのだ。

そして、北原奈月と同じ台本のセリフを教えられた。

オーディションに参加した朋香は『黄色です』と答えて、すぐ審査員席に目をやった。そこにすわっている人物とアイコンタクトを交わしたのだ。

――どう、おじちゃん？　うまく答えることができたでしょ。

と。

トーシン開発会長の本条洋介という男に向かって。

六月七日、北原奈月は八〇三号室で本条とふたりきりになった。殺される直前、奈月は本条から台本のセリフを教えられた。

忘れてはいけないと思い、奈月はこっそりと折り紙の裏にメモを書いたのだ。

野々山の運転するセダンのせいで、レクサスは前にもうしろにも動けない。助手席の女が困惑して、きょろきょろしている。疋田はレクサスの真横に立った。後部シートの開いた窓から本条の横顔が覗いている。

ここにいることが本犯《ホンパン》たる、なによりの証《あかし》だ。

「バロンさん」

呼びかけると男は驚きに満ちた顔で疋田をふりむいた。

華奢《きゃしゃ》な体つきだ。少年のような雰囲気がある。肩近くまで伸びた白髪の頭も、かえって若さを引き立てている。

男はとりつかれたような表情で、疋田を見ていた。

その顔がふと、ジュンの顔とダブった。ゴンドラに乗っていたとき、飲まされた甘くて苦いコーヒーの味がよみがえってくる。

疋田は後ろ手にもっていたテディベアを本条に見せた。

「欲しかったのはこれか？」

答える術《すべ》を失ったみたいに、本条が狼狽《ろうばい》しているのがわかった。

エピローグ

着ていくものを迷った末、疋田は七分袖のボーダーシャツを選んだ。一度穿《は》いたスラックスも堅苦しく思えて、昨日買い込んだカーゴパンツに着替えた。ベルトを締めながら、八畳一間の部屋を見る。慎二が来てもいいように、今朝は六時に起きて掃除をすませた。冷蔵庫には、慎二の好物だったマンゴープリンも入れてある。自分の住まいだと胸を張って言えない狭さだ。いずれは、もう少し郊外のアパートかマンションに移ってもいいが、いまはまだ、その時期ではない。

部屋の鍵と財布は持った。忘れ物はない。新品のスウェードブーツを履いて、アパートを出た。携帯だけ、手に持った。

梅雨《つゆ》の中休みで、雲の合間から薄日が射していた。日が当たると少し暑いが、日陰は涼しい。

このあたりは、十五年前、新卒で配属された警察署の管内だ。離婚したあとも、この場所を自然と選んだ。さて、どこへ出かけるか。池袋まで出るか。それとも、もっと遠出するか。

慎二の気分次第だ。

駅が近づくにつれて、胸の高まりを感じた。

五年前に別れたきりの息子の姿が目に浮かんで離れなかった。

まだ、一一〇センチそこそこの、やせ形の体型。右肘に自転車に乗っていて転んだときの傷がある。わずかにウェーブのかかった髪は父親譲りだ。

あれから五年。どれほど身長が伸びただろう。体重はいくつになったろうか。声は？

この日が訪れるのを、どれほど、待ちわびたことか。

上板橋駅に着いた。午前九時四十五分だった。ひっきりなしに、改札口を人が出入りしている。

下り方面の降り口に目をやった。電車が行ってからしばらく経《た》っているらしく、人はいない。

時刻表で次の到着時刻を見る。成増《なります》行きが四十七分。

しばらくして、構内放送が流れた。下り列車がホームに着いたのだ。

改札口に身をもたせかけ、下り方面の降り口に目をこらした。

ぱらぱらと人が上がってきた。大学生くらいの若い男がふたり。続いて、中年の女性。

そのあと、おおぜいの客が改札口にやってきた。子どもの姿はない。

最後の客が改札口を通ると、あたりは閑散《かんさん》とした。肩で息を吐いた。この列車には乗っていないようだ。次の列車の到着まで、五分ほどある。池袋行きの上り列車が到着した。乗客たちが改札口にやってくる。ひとりひとり、確認した。いない。やはり、池袋から乗ってくるのだろう。

長い時間に思えた。

五十二分。

構内放送が流れた。

電車がホームに入線する振動が伝わってきた。それから三十秒ほど待った。ひとり、またひとりと乗客が上がってきた。女子学生が三人まとまって、姿を見せた。そのうしろにいる人影に目を奪われた。

ジーンズに清々《すがすが》しい綿スラブの半袖シャツ。黒いデイパックを背負っている。

少し伸びた髪が、ゆるく波打っていた。

女子学生の横をすり抜けるように近づいてくる慎二の姿を見つめた。

喉元から熱いものがこみ上げてくる。どう言葉をかけようか。

疋田はゆっくりと改札口から身を起こした。

手が少しふるえているのがわかった。

本作品はフィクションであり、実在の人物・事件・団体とはいっさい関係がありません。

解説——常に新しい警察小説の可能性を探し続ける醍醐味

文芸評論家　細谷正充《ほそやまさみつ》

こんなに短期間で変わるものなのかと、大いに驚いた。安東能明《あんどうよしあき》の作家イメージのことである。二〇一〇年九月から十二月にかけて刊行された三冊の新刊によって、一気に激変したのだ。その理由も含めて、まずは作者の経歴を俯瞰《ふかん》してみよう。

安東能明は、一九五六年、静岡《しずおか》県に生まれる。明治《めいじ》大学政経学部卒。浜松《はままつ》市役所勤務の傍《かたわ》ら小説の執筆に取り組み、一九九四年、「褐色《かっしょく》の標的《ひょうてき》」で、第七回日本推理サスペンス大賞優秀賞を受賞。タイトルを『死《し》が舞《ま》い降《お》りた』に変更し、作家デビューを果たした。二〇〇〇年には、『鬼子母神《きしもじん》』で、第一回ホラーサスペンス大賞特別賞を受賞する。ここから本格的な作家活動を始め、『漂流《ひょうりゅう》トラック』『15秒』『幻《まぼろし》の少女《しょうじょ》』『強奪《ごうだつ》　箱根駅伝《はこねえきでん》』等、次々にサスペンス小説とホラー小説を発表。一作ごとに舞台や題材を変えながら、高水準のエンターテインメント作品を書き続けた。しかし多彩な内容が、逆に作家のイメージを摑《つか》みづらくした面もあったのである。

しかし、二〇一〇年に転機が訪れた。この年の九月、所轄《しょかつ》署の生活安全課に異動となったひとりの刑事の、執念の単独捜査を活写した長篇『潜行捜査《せんこうそうさ》　一《いち》対決一〇〇《ひゃく》』を刊行したのだ。さらに十月には、不祥事の責任を被《かぶ》って所轄に左遷されたエリート警官の奮闘を綴《つづ》った連作『撃《う》てない警官《けいかん》』、十二月には警視庁生活安全課の特別捜査隊の活躍を描いた連作『聖域捜査《せいいきそうさ》』が上梓《じょうし》された。どれも面白い作品だが、なかでも『撃てない警官』は素晴らしく、収録作の「随監《ずいかん》」は第六十三回日本推理作家協会賞短編部門を受賞している。たった四ヶ月の間に、このような作品が立て続けに刊行されたことで、すぐさま作者は警察小説の新たな書き手と目されるようになったのだ。その期待に応《こた》えるように、以後も警察小説が書き継がれ、現在へと至っている。本書もその一冊だ。二〇一四年の『CAドラゴン』から始まる三部作で、ハード・アクションに挑《いど》むなど、新たな試《こころ》みも成《な》されているが、現在は警察小説の安東能明というイメージが定着しているといっていい。

本書『限界捜査《げんかいそうさ》』は、「小説NON」二〇一二年十月号から翌一三年八月号まで連載された。単行本は祥伝社から、二〇一三年十一月に刊行されている。舞台は東京の赤羽《あかばね》。葵《あおい》ヶ丘《おか》団地で母親の北原美紗子《きたはらみさこ》と暮らす、小学一年生の奈月《なつき》が行方不明になった。過去の誤認逮捕が原因で所轄をたらい回しになり、やっと赤羽中央署生活安全課少年第一係係長になった疋田《ひきた》務《つとむ》は、部下の小宮真子《こみやまこ》たちと共に、捜査に当たる。だが、その矢先に奈月を誘拐したという電話が美紗子にかかってきた。捜査本部が立てられ、生活安全課は手助けに回ることになる。身代金を受け取ろうとした男は逮捕されたものの、奈月の死体が新《しん》宿御苑《じゆくぎよえん》で発見された。どうやら行方不明になった日に殺されていたらしいが、死因ははっきりしない。疋田を敵視する赤羽中央署副署長の曽我部《そがべ》実《みのる》の言動に悩まされながら、生活安全課の面々は真相を追う。

一方、葵ケ丘団地には、水島早希《みずしまさき》という少女がいた。母親の彩子《あやこ》と、彩子の愛人の山崎《やまざき》智也《ともや》と一緒に暮らしている、フリースクール通いの女子高生だ。ふとしたことから智也が、自分の実の父親の携帯を持っていることに気づいた早希は、不審なものを感じて父親の行方を求める。早希の前に、どんどん現れてくる意外な事実。そして彼女の行動は、疋田たちの捜査とクロスすることになるのだった。

小学一年生の女児の行方不明から誘拐事件へ、さらには死体の発見と、物語はスピーディーに展開していく。次々と起こる新たな動きと、明らかになる真実に、ページを繰《く》る手が止まらない。生前の奈月が言っていたという『秘密の場所があるんだよ』『箱根《はこね》のお山の近く』という言葉は、どこを指しているのか。死体となった奈月から発見された〝ふるみらい〟というメモは何を意味するのか。さらに、当初は事件と無関係に見えた、早希サイドのストーリーが、事件とどう繫《つな》がっているのか……。たくさんの魅力的な謎を鏤《ちりば》め、読者の興味を引っ張る作者の手腕は、さすがというほかない。

しかも、疋田たちが真相に肉薄する過程で浮かび上がってくる、犯罪者たちの姿は、あまりにも醜悪すぎる。サイバー犯罪対策課の越智《おち》昌弘《まさひろ》の協力もあり、あるオフ会へとたどりついた疋田。だが、そこに集まった人々は、唾棄《だき》すべき存在であった。疋田に向けてオフ会参加者が喋《しゃべ》るセリフの内容は、活字を追っているだけで胸糞《むなくそ》が悪くなる。あまり詳しくは書けないが、このような犯罪者を剔抉《てっけつ》することが、本書の重要なテーマということができよう。

また、ＢＢコンビと呼ばれる疋田と真子が、それぞれ家庭の事情を抱えている点も見逃せない。誤認逮捕の騒動が元で別れた妻が引き取った、息子の慎二《しんじ》からの連絡を待つ疋田。自分をスポイルし続けてきた母親の入院に、心を乱される真子。親子の関係性の悩みが、ＢＢコンビのキャラクターを深めると同時に、本書の事件の中にある親子像と響き合う。特に、疋田と息子の一件は、ダーティーな親子関係へのカウンターであり、最終的に一服の清涼剤となっているのだ。『鬼子母神』の頃から、親子の問題にこだわり続けている作者らしい読みどころである。

それにしてもだ。作者の警察小説を俯瞰していると分かるが、とにかく所轄と生活安全課を扱った作品が目に付く。なぜか。チャレンジ精神が旺盛《おうせい》だからだろう。警視庁の捜査一課は、警察組織の花形であると同時に、警察小説の花形でもある。したがって警察小説の題材になることが多い。それを作者は嫌った。警察小説ブームの中で、無数に書かれた警視庁捜査一課を後追いするより、あたらしい世界を切り拓《ひら》きたい。ストーリーの面白さは当然として、そのような姿勢があるからこそ、常に新鮮な気持ちで作者の警察小説を手にすることができるのである。

しかも本書に登場する生活安全課の面々は、ヒーローではない。先に述べたように、疋田や真子は、よくある家族の問題を引きずっている。末松孝志《すえまつたかし》や野々山幸平《ののやまこうへい》といった、他のメンバーも、特別な能力を持っていない。ただ普通の刑事として、事件に向かっていく。関係者を当たり、事実を積み重ね、犯人へと迫っていくのである。現実に存在するかのような四人のチームの、地を這《は》う捜査が、すべてを暴く。警察小説の本質的な面白さが、生活安全課の行動に詰《つ》まっているのである。

この他にも、まだ指摘したい魅力があるのだが、行数にも限りがある。最後のポイントとして、物語の舞台に触れておきたい。主人公たちが担当している、赤羽の描写が実に見事なのである。荒川《あらかわ》を挟《はさ》んで埼玉県と隣接する赤羽は、東京北部の交通と商業の要衝として発展。団地を密集地帯を抱える一方で、長いアーケード通りとその周辺に下町情緒を残し、活気を呈《てい》した街であった。個人的な話になるが、一九八〇年代から九〇年代にかけて、古本屋目当てに赤羽をうろちょろすることがあったが、アーケード通りには人が多く、昼から開いている飲み屋もあった。いささか猥雑《わいざつ》だが、元気な空気が充満しており、楽しく遊ぶことができたものである。しかし交通の変化や、大型団地の老朽化、住人の少子高齢化などが重なり、赤羽の人口は減少している。だから疋田が、

「団地はどこも植生が豊かだ。中央公園など草が生《お》い茂っている。空き家も多いことだし、子どもひとりを隠すような死角はごまんとあるのだ」

と、思うところなど、風景がありありと幻視できるのだ。おそらく、赤羽を舞台にしようと決めて、現地を丹念に取材したのであろう。ちょっとした描写の端々《はしばし》から立ち上がってくる、赤羽という街も、本書の面白さを支えているのである。

なお、疋田務をはじめとする赤羽中央署生活安全課の面々は、二〇一四年十月に刊行された『侵食捜査《しんしょくそうさ》』でも主役を務めている。本書と併《あわ》せてお薦《すす》めしたい。そして彼らの活躍が、これからさらに読めることを、願っているのである。

《参考書籍》

『親は知らない』　読売新聞社会部　中央公論新社
『晩嬢という生き方』　山本貴代　プレジデント社
『孤独死　あなたは大丈夫ですか？』　吉田太一　扶桑社
『団地が死んでいく』　大山眞人　平凡社新書
『遺体鑑定―歯が語りかけてくる』　鈴木和男　講談社
『事件現場清掃人が行く』　高江洲敦　幻冬舎アウトロー文庫
『ひとり誰にも看取られず―激増する孤独死とその防止策』　ＮＨＫスペシャル取材班＆
　佐々木とく子　阪急コミュニケーションズ
『私は私。母は母。』　加藤伊都子　すばる舎
『ロリコン』　高月靖　バジリコ
『９人の児童性虐待者』　パメラ・Ｄ・シュルツ　牧野出版
『児童性愛者』　ヤコブ・ビリング　解放出版社
『藤沢周平　父の周辺』　遠藤展子　文藝春秋
『Ｙｅｓ　お父さんにラブソング』　川上健一　ＰＨＰ研究所

このほか、新聞雑誌、インターネット記事を参考にしました。記して御礼申し上げます。

（本作品は、平成二十五年十一月に単行本として刊行されたものに、加筆・訂正したものです。）

一〇〇字書評

切・り・取・り・線

購買動機（新聞、雑誌名を記入するか、あるいは○をつけてください）

□（　　　　　　　　　　　　）の広告を見て
□（　　　　　　　　　　　　）の書評を見て
□ 知人のすすめで　　　□ タイトルに惹かれて
□ カバーが良かったから　　　□ 内容が面白そうだから
□ 好きな作家だから　　　□ 好きな分野の本だから

・最近、最も感銘を受けた作品名をお書き下さい

・あなたのお好きな作家名をお書き下さい

・その他、ご要望がありましたらお書き下さい

住所	〒				
氏名		職業		年齢	
Eメール	※携帯には配信できません	新刊情報等のメール配信を 希望する・しない			

この本の感想を、編集部までお寄せいただけたらありがたく存じます。今後の企画の参考にさせていただきます。Eメールでも結構です。

いただいた「一〇〇字書評」は、新聞・雑誌等に紹介させていただくことがあります。その場合はお礼として特製図書カードを差し上げます。

前ページの原稿用紙に書評をお書きの上、切り取り、左記までお送り下さい。宛先の住所は不要です。

なお、ご記入いただいたお名前、ご住所等は、書評紹介の事前了解、謝礼のお届けのためだけに利用し、そのほかの目的のために利用することはありません。

〒一〇一・八七〇一
祥伝社文庫編集長　坂口芳和
電話　〇三（三二六五）二〇八〇

祥伝社ホームページの「ブックレビュー」からも、書き込めます。
http://www.shodensha.co.jp/bookreview/

祥伝社文庫

限界捜査《げんかいそうさ》

平成28年3月20日　初版第1刷発行

著　者　安東能明《あんどうよしあき》

発行者　辻　浩明

発行所　祥伝社《しようでんしや》

東京都千代田区神田神保町3-3

〒101-8701

電話　03（3265）2081（販売部）

電話　03（3265）2080（編集部）

電話　03（3265）3622（業務部）

http://www.shodensha.co.jp/

印刷所　図書印刷

製本所　図書印刷

カバーフォーマットデザイン　芥　陽子

Printed in Japan ©2016, Yoshiaki Ando　ISBN978-4-396-34185-5 C0193

祥伝社文庫　今月の新刊

安東能明
限界捜査
『撃てない警官』の著者が赤羽中央署の面々の奮闘を描く。

石持浅海
わたしたちが少女と呼ばれていた頃
青春の謎を解く名探偵は最強の女子高生。碓氷優佳の原点。

西村京太郎
伊良湖岬《いらご》　プラスワンの犯罪
姿なきスナイパーの標的は？　南紀白浜へ、十津川追跡行！

南　英男
刑事稼業　強行逮捕
食らいついたら離さない、刑事たちの飽くなき執念！

草凪　優
元彼女《モトカノ》…
ふいに甦った熱烈な恋。あの日の彼女が今の僕を翻弄する。

森村誠一
星の陣（上・下）
老いた元陸軍兵士たちが、凶悪な暴力団に宣戦布告！

鳥羽　亮
はみだし御庭番《おにわばん》無頼旅
曲者三人衆、見参。遠国御用道中に迫り来る刺客を斬る！

いずみ光
桜流し　ぶらり笙太郎《しょうたろう》江戸綴《つづ》り
名君が堕ちた罠。権力者と商人の非道に正義の剣を振るえ。

佐伯泰英
完本　**密命**　巻之十一　残夢　熊野秘法剣
記憶を失った娘。その身柄を、惣三郎らが引き受ける。

井川香四郎　小杉健治　佐々木裕一
競作時代アンソロジー
欣喜《きんき》の風
時代小説の名手が一堂に。濃厚な人間ドラマを描く短編集。

鳥羽　亮　野口　卓　藤井邦夫
競作時代アンソロジー
怒髪《どはつ》の雷
ときに人を救う力となる、滾る〝怒り〟を三人の名手が活写。